DER ROTE SALON

TOM WOLF

DER ROTE SALON

Preußenkrimi

berlin.krimi.verlag
be.bra verlag

Bibliografische Information der Deutschen Nationalbibliothek

Die Deutsche Nationalbibliothek verzeichnet diese Publikation in der Deutschen Nationalbibliografie; detaillierte bibliografische Daten sind im Internet über http://dnb.d-nb.de abrufbar.

KulturBrauerei Haus S, Schönhauser Allee 37, 10435 Berlin
post@bebraverlag.de
Lektorat: Gabriele Dietz, Berlin
Umschlag: Hauke Sturm, Berlin, unter Verwendung eines Gemäldes von Karl Wilhelm Wach, »Königin Luise als Hebe vor dem Brandenburger Tor«, 1812, akg-images, Berlin
Satzbild: Friedrich, Berlin
Schrift: Stempel Garamond 10/13,5
Druck und Bindung: GGP Media GmbH, Pößneck
ISBN 978-3-89809-517-4

www.bebraverlag.de

Für Rike, meine geliebte Frau

Die wichtigsten historischen und *fiktiven* Hauptakteure

Jean-Pierre Arrat, Emigrant
Johann Rudolf von Bischoffwerder, Außenminister
Christian Bonneheure, Ex-Sekretär
Philippe Dampmartin, Emigrant
Georg Distel, Polizeichef
Valentin Göttler, Harfenbauer
Johann August Groth alias Karl, Diener
Beatrice de Grève, Hausbesitzerin und Harfenistin
Ernst Ludwig Heim, Arzt
Gerardine (Marquise) de Lalande, Aeronautin
Jérôme (Marquis) de Lalande, Aeronaut
Amadé de Paul, Komponist
Anne de Pouquet, Ladengehilfin
Friedrich II., Altkönig von Preußen
Friedrich Wilhelm von Preußen, Kronprinz
Friedrich Wilhelm II., König von Preußen
Louis Ferdinand Prinz von Preußen, Schönling
Luise von Preußen, Kronprinzessin
Wilhelmine Rietz, geborenen Enke
(spätere Gräfin Lichtenau)
Sophie Marie Gräfin von Voss, Oberhofmeisterin
Johann Christoph Wöllner, Justizminister
Karl Friedrich Zelter, Maurermeister,
Sänger und Chorleiter

Ich werde Ihnen sagen, wie es nach meinem Tod zugehen wird: Es wird ein lustiges Leben bei Hofe werden. Mein Neffe wird den Schatz verschwenden, die Armee ausarten lassen. Die Weiber werden regieren und der Staat wird vor die Hunde gehen. Da wird es mich freuen, schon abgelebt unter Geistern zu sein.

Friedrich der Große, 1785

Einkünfte vermindert, Ausgaben vermehrt, Genies zurückgesetzt, Dummköpfe am Ruder. Ich kehre nach Paris zurück, denn ich will nicht länger zu der Rolle des Tiers verdammt sein, die kotigen Krümmungen einer Regierung zu durchkriechen, die sich jeden Tag durch eine neue Kleinlichkeit und Unwissenheit auszeichnet. Dieses Preußen ist die Fäulnis vor der Reife.

Comte de Mirabeau, 1787

»Bringen wir es hinter uns!«, befahl Distel. »Bitte nur das obere Stück.«

Der Meister des dunklen Orts nickte lächelnd und führte uns zu drei gemauerten Tischen. Mit einem Schwung, der mich schon früher entgeistert hatte, da er seinem ehrwürdigen Amt nicht recht zu Gesicht stand, enthüllte mir der Lächler das Antlitz einer Dämonin: das Gesicht gedunsen, die Pupillen schreckhaft geweitet, die Augäpfel grausig nach links unten verdreht, wodurch Stauungsblutungen sichtbar wurden, die auf dem vormals perlmuttweißen, jetzt cremefarbenen Grund wie braune Faulstellen wirkten. Der Mund war nicht offen, trotzdem hing die Zunge heraus. Sie schien nur an einem kleinen Ende zu baumeln – abgebissen im Erstickenskrampf. Eine rote Linie lief um den Hals, sehr dünn, was auf eine filigrane feste Schnur als Tatwerkzeug hindeutete.

»Anne de Pouquet!«, entfuhr es mir, und ich hielt mich heftig aufschluchzend an Jérôme. Dafür – unter anderem – verfügen Frauen über Ehemänner … um sich in der Rechtsmedizin, wenn ihnen eine Leiche gezeigt wird, an ihren Arm gekrallt, ausweinen zu können. Und so die Form zu wahren. Frauen müssen aufschluchzen, krallen und eisern geradestehenden Ehemännern die Samtschultern mit Tränen benetzen!

»Was ist mit ihr geschehen?«, fragte der braunsamtschulterne Jérôme.

Mein früheres Interesse an Gewaltverbrechen war zeitweilig so groß, dass ich tiefe Blicke in einschlägige Handbücher warf und daher die auffälligen sekundären Merkmale der Tötungsart leicht wiedererkannte.
»Stranguliert!«, brachte ich gepresst hervor, als hätte ich es auf die lächelnde Anerkennung abgesehen, die Theden erfreut nickend bezeugte, während er sich zwischen die beiden Tische linkerhand stellte. Seine Fleischerschürze glomm schwachrosa im Funzellicht der Unschlittlampen. Mir schwindelte und die Brust ward mir eng. Auch breitete sich ein Gefühl in meinem Bauch aus, so widerwärtig, dass mich der Ekel fast überwältigte.
Was war geschehen? Ich dachte an unsere gemeinsamen Monate. Der Geist konnte diese Tote nicht mit der Lebenden meiner Erinnerung in eins setzen. Alles in mir sträubte sich, das Offensichtliche zu akzeptieren.
»Es geschah das Gleiche mit ihr wie mit diesen beiden!«, sagte Theden und ließ mit viel Elan die Kopf- und Brustpartien zweier weiterer Dämonen vor unseren Augen erscheinen, indem er die oberen Drittel der Laken synchron mit den Händen umklappte.

*

Während ich dies schreibe und auf die träge dahinziehende Havel blicke, lenkt mich eine reisefertige Schwalbengesellschaft im Schilf ab. Diese kleinen, unermüdlichen Vögel zögern wie die Störche noch immer, nach Süden zu ziehen. Das reißt meine Gedanken kurz aus dem Strudel der Erinnerung und lässt sie in sanfterem Fahrwasser Atem schöpfen. Ich verlasse für eine kleine Schleife den Ort des Schreckens, die Berliner Pathologie, in der ich 1793 so ver-

loren und fassungslos stand, und lasse den Geist aufsteigen und zu meinem geliebten Ehemann Jérôme fliegen.
Kaum einen Monat ist es her, dass er mit dem Ballon aufstieg. Er hat guten, stetigen Wind erwischt und bis Paris nur glückhafte sechs Tage gebraucht, wie er schreibt, davon drei in einer Kutsche, da auch der schönste, nach Südwest blasende Antizephyr mitunter auf Abwege gerät. Jérôme fährt nicht ohne Begleitung: Ein Freund und leidenschaftlicher Aeronaut ist bei ihm, was mich einigermaßen beruhigt. Gestern kam ein Brief aus Straßburg mit einer Zwischenbilanz. Die meteorologische Sektion der Pariser Akademie wird ein Dutzend Wetterballone kaufen nebst zehn achromatischen Taschenperspektiven, die geographische Abteilung überdies fünfzehn Lochkameras mit Zeichenaufsatz für die Feldvermessung und fünf Theodolite! Den Vogel aber schießt der schwerreiche Baron von Walmoden ab, dem Jérôme in Nancy in den Schlossgarten fiel. Er hat vor Begeisterung über dieses Ereignis einen Aerostaten mit einem Volumen von 250 000 Kubikzoll in Auftrag gegeben. Ich tat einen Luftsprung, als ich weiterlas: »Dieser Enthusiast akzeptierte 25 Tsd. Livres ohne Wimpernzucken! Und er wird nach Kanzow kommen, um von uns die Technik der Aerostation zu erlernen!«
Unsere Existenz, die ganz auf das atmosphärische Element, auf Licht und edelste Handwerke gegründet ist, scheint damit wieder für ein Jahr befestigt. Endlich werden wir die Schule bekommen, die so dringend benötigt wird, und einen richtigen Hofmeister für die Kinder in unserer Kolonie wird es somit auch bald geben.
Die Enkelin meiner Cousine Evelyn war ein paar Tage bei mir auf dem Land zu Besuch. Sehe ich Philippas rote Stiefel, das weiße Kleid, den blauen Hut und die raubkatzenhafte Geschmeidigkeit, mit der sie aus der alten Sandspinne

gleitet, habe ich mich in den späten Siebzigern lebhaft vor Augen. Sie ist so alt, wie Kronprinzessin Luise war, als sie nach Preußen kam. Wir sind uns sehr ähnlich, und der einzige kleine Unterschied, diese lächerlichen paar Jahre, verschwinden gänzlich, wenn wir beisammen sind und uns austauschen. Ob Sie es glauben oder als wunderliche Bemerkung einer Alten abtun: Mit seinen achtundsechzig ist Jérôme heute viel jünger und geistig beweglicher als mit vierunddreißig, Und er war mir schon 1786, im Jahr unserer Heirat, um acht Jahre voraus.
All die Unruhe Berlins wurde über der Provinz ausgesprüht, während Philippa mir die neuesten Neuigkeiten berichtete. Ich erlebte den jüngsten Salon der eitlen Levin, als sei ich dabei gewesen. Seit letztem Oktober ist sie wieder in Berlin, inzwischen verheiratet mit einem gewissen Varnhagen von Ense, einem steifen Patron, dessen Goetheverehrung so weit geht, dass er seinen Heros in der Haltung und im Sprechen nachahmt. Da er dieselbe plattfüßige Natur besitzt und auch die Hände wie zwei Flügel über dem ausladenden Gesäß verschränkt und dabei den Kopf vorneigt, hat er allseits den Spottnamen Varnhagen von Ente bekommen, was – wenn sie es hört, die kleine Rahel noch blassblütiger macht vor unsäglicher, unproduktiver Wut. Welch ein Glück, dass ich ihren neuerlichen Stall der Kulturziegen nicht zu besuchen brauche, denn es würde mich töten, ihnen auch nur eine Sekunde beim Grasen und Meckern beiwohnen zu müssen.
Seit Jahren besuche ich Berlin höchstens ein oder zwei Mal im Monat. Ich muss sagen, dass mir die Berichte der Großnichte vollauf genügen. Meine liebste Philippa! Sie hatte drei Tage zu tun, um mit dem Wichtigsten zurande zu kommen. Allmählich wurde sie ruhiger, lachte häufiger, statt wasserfallartig zu reden, freute sich an den späten Blumen

und Gemüsen im Garten, an den Schmetterlingen, den Vögeln, den Wolken, sah versonnen auf die Mückenschwärme, die im Zwielicht tanzten. Sogar die Sterne und die Ruhe fielen ihr auf, wenn wir abends in Decken eingepackt draußen saßen. Und gestern, bevor sie wieder zurückfuhr, um im großmütterlichen Delicatess-Comptoire ihr Tagwerk fortzusetzen, standen ihr die Tränen in den Augen. Verträumt schaute sie und wollte dableiben. Das macht der Zauber von Kanzow.

Ich hatte Philippa, einem letztjährigen Versprechen folgend, weiter aus meinem Leben erzählt und war von der Heirat bis in das Jahr gelangt, in dem ich auf eigene Faust mit einem ersten Fall in die kriminalistischen Fußstapfen meines Urgroßvaters trat. Es wurde damals öffentlich so gut wie nichts über jene unnatürlichen Todesfälle bekannt, denn der Vater des jetzigen Königs hatte kein Interesse an schlechter Publizität – begreiflicherweise, möchte ich sagen, denn dieses schreckliche 1793 war nicht eben sein ruhmvollstes Jahr in einer Reihe an Ruhm armer. Der geplante *Spaziergang nach Paris* war ein Fiasko und die Eroberung von Mainz fast nicht der Rede wert, wenn man von der die Damenwelt beunruhigenden Meldung absieht, dass der Prinz Louis Ferdinand dabei eine kleine Schramme erhielt …

Doch das alles änderte nichts daran, dass schon vor der Doppelhochzeit, die damals für Monate das Tagesgespräch in Berlin beherrschte, auch die sogenannten Harfenmorde das Interesse der Öffentlichkeit auf sich zogen. Nachrichten innerhalb Berlins wurden seinerzeit noch vorwiegend mündlich verbreitet.

Was ich Philippa über jenen fernen Dezember andeutete, ließ sie vor Neugier fast vergehen, und so flehte sie beim Abschied: »Schreib es auf, Großtantchen! Bitte, schreib es mir, in Briefen! Oder in einem kleinen Roman! Das wäre noch weitaus besser! Mein Gott, was sie alle für Augen machen würden ... Stell dir bloß vor, was die Varnhagen empfinden müsste, wenn sie lesen könnte, wie wenig sie doch im Grunde erlebt hat und wie belanglos ihre ganze Stubenexistenz ist! Ich sage dir, es ist das nichtigste Frauenzimmer unter der Sonne. Beinahe noch ärger als die Herz ist sie, und du würdest sie alle mit einem Federstreich erledigen ... hinwegfedern!«

Wir haben über dieses Wort herzlich gelacht. Philippa ist raffiniert, sie weiß genau, was ich über ihre Salonlöwinnen denke. Im Salon der Varnhagen wird nur salzlose Lyrik rezitiert und Gebäck eingetaucht, bis es wie Nachmittagsklatsch im Munde zerfällt. Die einstige Jakobinerin in mir kann über diese modernen Berliner Teekätzchen nur müde lächeln. Im Salon der Madame Roland, der Condorcet und auch in dem der Justizministerin Dodun an der Place Vendôme – was wurde da gefochten und gekämpft! Gleichberechtigung – wie nahe waren wir daran, und wie fern sind Rahel und Consorten ihr heut!

Es ist kein schlechter Gedanke, über jene Dinge zu schreiben, wenn ich es mir genauer überlege! Statt mich unentwegt nach Jérômes Rückkehr zu verzehren, werde ich mich beschäftigen und ins Reine bringen, was mir sonst bis ultimo als blutige Fahne durch den Kopf flattert. Man muss sich die Ungeheuer von der Seele rollen, sonst fressen sie einen auf. Ich komme nicht umhin, den Anfang noch einmal zu lesen. Wie sehr ist es nötig, sich immer wieder des Beginns zu vergewissern, bevor man fortschreitet!

I

Ich kann an die folgenschweren Jahre, in denen wir in Paris, im Herzen der Revolution, lebten, nur mit Herzklopfen zurückdenken. Die Umwälzungen nach 1789 sind uns allen zu vertraut, um Worte darüber zu verlieren, auch wenn es keineswegs der Wahrheit entspricht, was die neuesten Werke über diesen Gegenstand mitteilen: dass man in den gebildeten Ständen in Deutschland stets auf der Höhe des Geschehens gewesen sei. Man verfolgte das Treiben eher durch ein umgedrehtes Fernrohr, wodurch alles in weite Distanz rückte.

Die deutschen Gelehrten waren schon immer Stubenhocker. Nur wenige gingen nach Frankreich, um mit wachen Blicken zu beobachten, Pamphlete zu verfassen und sich in den Clubs die Köpfe heißzureden. Einer der Wenigen, die nicht nur sprachen und schrieben, sondern auch zur Tat schritten, war Georg Forster, und ich bin stolz, sagen zu können, dass ich den großen Mann ein Jahr vor seinem Tod als wahren Freund kennenlernte.

Zwei Amerikamüde aus New York – so erreichten Jérôme und ich das revolutionäre Paris. Wir langten zu einem Zeitpunkt an, als Desmoulins vor dem Palais Royal schon *Zu den Waffen!* gerufen, der teuflische Marquis de Sade die Anstürmenden aus der Bastille heraus mit schmutzigen Lügen über Folter und Gefangenenmord zum Äußersten aufgestachelt und die elenden Pariser Frauen bereits ihren Triumphzug nach Versailles getan hatten. Wer will den

Gang einer Umwälzung kritisieren? Was soll ich sagen angesichts der zügellosen Gewalt, die das Land in den kommenden Jahren durcheilte und deren Zeugin ich ward? Die Bestialität ist nur zu verstehen, wenn man sich vor Augen hält, dass diese Revolution ein Naturereignis war: der orgiastische Ausbruch des aufgestauten Hasses von schmählich Unterdrückten gegen ihre schamlosen Unterdrücker.

Georg Forster, seinerzeit in Paris, riet uns, nach »Mayence« zu gehen, ins 1792 von den Franzosen eroberte Mainz, wo er mit anderen jakobinisch Gesinnten Anfang März eine Republik gegründet hatte, die der Konvent als eigenes Departement anerkannte. Auch jene Anne de Pouquet, scheu und fein – viel zu fein für diese Welt! –, kam mit uns. Ich wusste nichts über sie, aber wir waren, so schien es mir, sofort ein Herz und eine Seele.

Die Offenheit der Menschen und ihre grenzenlose Fähigkeit zur spontanen Empathie, sobald eine Idee sie einte, ist ein Charakteristikum dieser Zeit und war trotz allem Übel etwas, das ich niemals vergessen werde. Anne de Pouquet hatte ein großes Faible für die Geisterbeschwörung und Geisterseherei, die damals sehr in Mode war, und sie hatte mit den Geistern über all jene gesprochen, welche damals die großen Töne spuckten: über Danton, Robespierre, Arrat und Hébert ... Das, was die Geister ihr zur Antwort sagten, ihre weiß Gott nicht sehr hohe Meinung von diesen Herren, bestärkte sie in ihrem Entschluss, das Land umgehend zu verlassen, so erklärte sie mir. Wir hofften immer noch, dass der Terror bald vorüber wäre. Es war abzusehen, dass er bald jeden bedrohen konnte, der einer plötzlichen Laune des revolutionären Wohlfahrtsausschusses nicht entsprach.

In Mainz aber wurden wir herb enttäuscht. Die Jakobiner glichen sich überall. Als von Bürgerinnen und Bürgern ein

Eid auf das Blutregime in Paris gefordert wurde, verweigerten wir uns. Ich weiß noch, wie wir berieten, was zu tun wäre. Immerhin war etwa ein Viertel der Mainzer nicht mit dem Pariser Terror einverstanden. Mehrere Tausend Eidverweigerer, wir mitten unter ihnen, wurden ausgewiesen. Wir hatten vor, nach Frankfurt zu gehen und weiter nach Berlin. Doch die sogenannte *Exportation* funktionierte nicht. Erst ließ uns keiner hinaus: Die Wache an der Rheinbrücke wusste von nichts, und ein Munizipalbeamter erklärte mundvollst, dass es gar keine Exportation gäbe … Bei einem zweiten Versuch versperrte uns die unter preußischer Führung angetretene Belagerungsarmee den Weg. Der kommandierende General wollte, scheint's, nicht, dass den Mainzern Vorteile durch diese Verminderung der Zivilbevölkerung entstünden: weniger Menschen – länger reichende Vorräte. Dabei wäre man mit diesen sowieso noch Monate ausgekommen. Auch Generäle rechnen wie Milchmädchen, dachte ich, ohne zu wissen, wer derjenige war, dem ich so viel Ignoranz vorwarf.
Wohl oder übel richteten sich Anne de Pouquet, Jérôme und ich in einer Masse von Tausenden auf ein kaltes Maiennachtlager im Freien zwischen den Fronten ein. Mein Gatte indes trug einen Trumpf an seiner republikanischen Uniformjacke, von dem er nichts ahnte – das Abzeichen des Cincinnatusordens. Auf wundersame Weise kam es zu einer Wiederbegegnung, die unser Glück wurde: Ein bei den Preußen stehender Soldat, der dieses unverkennbare goldene Merkmal mit dem schwarzen Adler sah, rief urplötzlich zu Jérôme herüber:
»Yorcktown?«
Es war ein Lieutenant, der Seit an Seit mit Jérôme die amerikanische Unabhängigkeit von den Briten erfochten hatte. Sie begrüßten einander lautstark und wechselten einige

Worte auf Englisch, die den Umstehenden unverständlich bleiben mussten.
Die Reihe der Preußen öffnete sich. Im preußischen Lager herrschte Aufruhr, und man wurde plötzlich sehr hellhörig, als unser richtiger Name fiel: de Lalande. In Frankreich hatten wir uns aus guten Gründen schlicht »Granget« genannt. Anne de Pouquet stutzte, dann lachte sie zerstreut und seltsam befreit.
Eine riesige Gestalt, die mir dunkel vertraut vorkam, bahnte sich einen Weg durch den Pulk der einfachen Soldaten, der uns umstand. Erst glaubte ich, eine geisterhafte Erscheinung vor mir zu sehen, denn die Ähnlichkeit mit meinem Urgroßvater war einfach zu groß. Doch dann schloss ich weinend und lachend meinen Vater Honoré, den Befehlshaber des Regiments von Beeren, in die Arme!
Ich begegnete dort auch einem alten Bekannten, den ich zuletzt im Berliner Tiergarten in den Zelten erlebt hatte: dem Herrn von Goethe, der mit seinem Herzog als militärischer Beobachter an der Mainzer Belagerung teilnahm. Wir blieben ein paar Tage Gast der Truppe und durften uns Hoffnung machen, Pässe für die Reise nach Berlin zu erhalten.
Goethes Verdienst war es, Jérôme, Anne de Pouquet und mir einen ersten heimlichen Blick auf die künftige preußische Kronprinzessin und ihre Schwester zu ermöglichen, die dort inmitten des Belagerungsheeres ihre Verlobten trafen, den Kronprinzen und seinen Bruder. Wir heftelten uns bei Goethe ins Zelt ein und durften so durch einige Schlitze im Stoff alles aufs Genaueste beobachten. Die Turtelnden wandelten unmittelbar vor uns ganz vertraulich auf und nieder. Luise und Friederike schritten wie zwei Engel durch das Getümmel des kriegerischen Feldlagers: himmlische Erscheinungen! Das war mein erster Eindruck, der mir niemals verlöschen wird. Kronprinz Friedrich Wilhelm, als

steifer Stock verschrien, verwandelte sich in Gegenwart seiner Luise: Er lächelte, lachte, rezitierte Verse, was immer noch so blechern und drehwalzenartig klang, dass wir Mühe hatten, uns das Lachen zu verbeißen.

Sein Bruder Louis war hübscher. Wenn ich die Wahl gehabt hätte, mir wäre, glaube ich, die Krone nicht so wichtig gewesen ... Indessen: So hinreißend wie Louis Ferdinand, Prinz Ferdinands Sohn, war Friedrich Wilhelms Bruder Louis bei Weitem nicht, und ich konnte gut verstehen, was sich im Laufe dieses ebenso freuden- wie verhängnisvollen Jahres zwischen dem Lebemann und den feengleichen Schwestern anbahnen sollte.

»Ei fahre Se doch aach mit, zur Redutt in Hombursch!«

Goethe konnte hinreißend frankfurtern, wenn er gut aufgelegt war, und das war er an diesem schönen Nachmittag. Mein Vater fühlte – ganz Diplomat und Militär – beim Kronprinzen vor, und der zeigte sich tatsächlich höchst erfreut über die Verstärkung des kleinen Redouten-Corps. Man befürchtete, bei der Tanzgesellschaft im ländlichen Homburg wie weiße Raben zu wirken, auf die *das Gevögel herabstößt*, wie der Herr Geheime Legationsrat sich ausdrückte und genüsslich wiederholte:

»'s Geföööschel!«

Wir nahmen bewegten Abschied von meinem Vater, der uns Pässe und seinen Segen mit auf den Weg gab. Von dem verwunschenen Taunusstädtchen würden wir am nächsten Tag direkt weiterfahren nach Nordosten, denn es wäre keineswegs ratsam gewesen, die Einnahme von Mainz abzuwarten. Es war schon vorauszusehen, dass nach dem Fall der Feste die Straßen Richtung Westen von Militär und Gefangenentransporten verstopft sein würden.

Die Gastgeber, Landgraf Friedrich V. Ludwig von Hessen-Homburg und seine Gattin Caroline, hatten keine Mühe

gescheut, ihr kleines Schlösschen für den Besuch der königlichen Hoheiten und der Prinzessinnen herauszuputzen. Man nahm den Kaffee auf der schönen Terrasse rund um den Weißen Turm, von der man die blauen Berge der Taunus-Höhe zum Greifen nahe vor sich hatte. Anschließend fuhr die Festgesellschaft in kleinen, schnellen Kutschen durch eine kerzengerade Allee endlos weit, wie es uns schien – zur Meierei der Landgräfin, wo in einem verwunschenen Park mit See und Insel, der kleine Tannenwald genannt, getanzt und guter Wein getrunken wurde. Alles war traumhaft illuminiert, und es gefiel uns über die Maßen.
Anne de Pouquet und ich genossen das Glück, auf der Fahrt vom Schloss zum Ort der Redoute in der Kutsche der Prinzessinnen und der Landgräfin zu landen, wohingegen Goethe und Jérôme bei den Prinzen und dem Landgrafen saßen, wo sie sich weit weniger gut amüsierten. Der Prinz war wortkarg, und Goethe erging sich in Gemeinplätzen, berichtete mein Liebster mir später. Sie argwöhnten beide einen heimlichen Jakobiner in ihm. Und jede Schilderung der verabscheuenswürdigen Taten des Regimes wurde mit Blicken quittiert, die zu besagen schienen: Du bist an allem schuld! Der Ärmste, das war garstig.
Was soll ich sagen? Es waren keine hochgeistigen Gespräche, die Anne de Pouquet und ich mit den beiden glücklichen Mecklenburgerinnen führten … Unser Lachen schallte weit in den lichten Wald hinaus, der in der lauen Sommernacht balsamisch duftete. Luise und Rieke waren zwei einfache Mädchen, siebzehn und fünfzehn Jahre alt, die sich für all die Themen begeisterten, an denen Gleichaltrige Gefallen fanden: formschöne Halbschuhe, grüne Musselin-Chemisenkleider für festliche Anlässe mit Rotfuchs-Puffärmeln, Schärpen aus gelbem Seidentaft, violette Haarbänder, den symbolischen Gehalt von Schleifenfor-

men, die Frage, ob dem Turban oder der Schleife der Vorzug zu geben sei, der Stola oder dem Schal, und ob man sich überhaupt entscheiden müsse, Rezepte für Süßspeisen, Schritte der neuen Tänze, Harfenspiel, kleine Hunde, Bowlenrezepte (Waldmeister mit weißem Rheinwein und viel Himbeersirup!) sowie letztlich die Frage, ob man beim Guillotiniertwerden noch nachdenke, wenn der Kopf schon im Korb läge, ob man den Himmel oder den Korb oder den Henker sehe ... Dies von zwei Gören zu hören, denen beim Anblick von Blut schon schlecht würde, war für Anne und mich eine harte Probe.
Sie unterschieden sich im Naturell nicht so sehr, wie man sagte. Ich fand Luise keineswegs zurückhaltender oder etwa Friederike vulgär. Gickelnd erzählten uns die beiden, wie sie im Hof des Goethe'schen Elternhauses in Frankfurt zum ersten Mal in ihrem jungen Leben eigenhändig Wasser gepumpt hatten. Als sie hörten, dass wir lange in Paris gewesen waren, wollten sie alles über Marie Antoinette hören, und wir mussten gehörig improvisieren, denn wir waren der letzten Königin von Frankreich ja nie begegnet. Auch hier interessierten aber bloß die berühmte Schuhsammlung und die Schoßhündchen.
Das Plaudern setzte sich auch während des kleinen Festes fort, die ganze Nacht über, denn es wurde Walzer getanzt, bis die Sonne aufging und die Wasser des Teiches märchenhaft in den frühen Strahlen blinkten. Der Kronprinz genoss den Walzer, doch es war abzusehen, dass man seinem Vater davon berichten und ihn maßregeln würde, denn der Walzer galt, wie so vieles, was irgend schön ist, als frankophil, weil körpernah. Wenngleich die Schwestern beide von dem Prinzen Louis Ferdinand schwärmten, den sie vor Tagen zum ersten Mal gesehen hatten, so waren sie doch unsterblich in ihre zukünftigen Ehegatten verliebt.

Spät in der Nacht, in den Tanzpausen, kamen wir auf die Geistergeschichten, die vor allem Luise liebte. Sie kannte schier endlos viele davon, etliche aus dem Mecklenburgischen. Die meisten aber aus der Familiengeschichte der diversen Landgrafenlinien von Hessen: Hessen-Darmstadt und Hessen-Homburg. Viele Vorfahren in diesem Zweig hatten das zweite Gesicht, nicht wenige spukten ... Hier wurde mancher verstohlene Blick zum regierenden Landgrafen geworfen, denn es war klar, dass bei so gravierender Vorbelastung etwas auf ihn abgefärbt haben musste. Er wirkte in der Tat sehr ... vergeistigt.

Wir schieden von den Prinzessinnen mit den innigsten Beteuerungen der Zuneigung und Freundschaft, wenngleich Anne de Pouquet und ich genügend Wirklichkeitssinn besaßen, Luises und Friederikes Freudenbekundungen über ein baldiges Wiedersehen in Berlin durch die mildernde Brille der besonderen Umstände zu betrachten.

Die weite Reise in die ferne preußische Hauptstadt war beschwerlich, aber sie verlief frei von Zwischenfällen. Ich weiß nicht mehr, wie viele Grenzen wir passierten, aber ein halbes Dutzend waren es sicher, und war heilfroh, als wir den Tempelhofer Berg hinabrollten, aufs Hallesche Tor zu, und ich endlich wieder die liebwerte Heimatstadt zu meinen Füßen hingestreckt sah.

Großmutter Marie nahm uns mit Freuden auf. Sie hatte sich kaum Hoffnung gemacht, uns noch einmal lebend wiederzusehen. Wir machten allerhand Pläne für unsere Zukunft. Jérôme wollte Ballonauffahrten für das Publikum veranstalten. Zugleich aber gedachten wir, unsere hauptstädtische Existenz auf festere Beine zu stellen. Den Cameras obscuras wurde bei Künstlern wachsendes Interesse entgegengebracht. Auch Taschenperspektive waren wohl ein stets verkäufliches Produkt, indes entging uns nicht, wel-

che Spielzeuge bei den Berlinern den Vogel abschossen: die Laternae magicae, die magischen oder Zauberlaternen! So erblickte die segensreiche Idee, außer kleinen Fernrohren und Wetterstationen und Lochkameras auch magische Bildwerfer herzustellen, das Berliner Licht. Wir sollten es nicht bereuen – es wurde ein dauerhaft gutes Geschäft, bis heute. Später kamen wissenschaftliche Vermessungsgeräte wie Theodolite und Sextanten hinzu. Von heute aus betrachtet, war es eine merkwürdige Idee, Laternen des Grauens herzustellen, während die Schreckensherrscher in Paris die Königin köpften. Aber es war nun einmal eine grausame Zeit voller schauerlicher Ereignisse.
Wir mieteten ein kleines, schmales Haus in der Mohrenstraße, unmittelbar neben der Dreifaltigkeitskirche, ein Stück in Richtung auf den Wilhelmsmarkt, das unseren anfangs noch bescheidenen Plänen sehr entgegenkam. Im Parterre nahmen die Küche und die Werkstatt ihren Platz ein, zugleich Wohn- und Empfangszimmer. In der oberen Etage lagerten Waren und Rohstoffe; zudem stand dort unser Ehebett. An Nachwuchs dachten wir damals noch nicht. Es war für einen Marquis und eine Marquise, die wir ja dem Stande nach hätten sein können, sicher eine ungewöhnliche Behausung. Doch uns gefiel es, und die Berliner fanden die adelige Wohn- und Lebefabrik vollends spaßig.
Als es Herbst wurde, waren wir so weit konsolidiert, dass wir mit einiger Zuversicht nach vorne blicken konnten. Rechtzeitig zu Weihnachten hatten wir einen für jedermann erschwinglichen Bildwerfer produziert, der kleiner, leichter und doch optisch besser war als alle anderen. Ein in Großmutters Laden aufgebauter und täglich nachmittags mit großer Wirkung vorgeführter Prototyp unserer Zauberlaterne tat seine Wirkung. Wir kamen fast nicht zurande mit all den Bestellungen. Die Kleinen aus der großen Fami-

lie übernahmen das Malen der Miniaturen auf die Bildscheibchen. Es machte allen großen Spaß. Die Revolution verblasste in der Entfernung – wie ein Bild, das auf sich auflösenden Nebel projiziert wird. Es hatte sogar wirklich den Anschein, dass das System des Terrors sich bald vernichten würde. Welch törichte Verzerrungen der tatsächlichen politischen Verhältnisse doch allein durch die räumliche Entfernung entstehen können!

Mir graute ein wenig vor der zweiten Dezemberhälfte, insbesondere auch vor den wenigen Tagen bis zum Heiligabend, denn die Zahl der Bestellungen vermehrte sich noch immer, obwohl wir schon mehrere hundert magische Bildwerfer verkauft hatten. Die meisten Kunden waren zu ungeduldig, bis Weihnachten zu warten. Der wohlige Schauder, die bloße Illusion der Gefahr – eine schauerliche Séance nach Art von Schillers *Geisterseher* –; danach verlangte es die braven Bürger damals des Abends: die Frauen, um sich recht zu gruseln, und die Männer, um das sogenannte schwache Geschlecht beschützen zu können.

Der Optiker Rall aus der Jägerstraße schliff die Linsen für unseren Verkaufsschlager; Spang, der Kupferschmied, war mit dem Anfertigen passgenauer Tuben beauftragt, der Glaser Grüne mit dem Zuschneiden der Bildflächen, sodass wir selbst nur das Biegen der Bleche für das Gehäuse und das Zusammenfügen aller Einzelteile besorgten. Eine Heidenarbeit noch immer, trotz allem!

Es war abzusehen, dass noch mehr Helfer vonnöten wären. Wir würden viele Interessenten auf später vertrösten müssen. Ich hätte gern Anne de Pouquet als Unterstützung gewonnen, doch sie hatte eine Anstellung bei einem Instrumentenbauer am Rondellplatz gefunden, die sie mit großer Glückseligkeit zu erfüllen schien. Aus ihren spärlichen Erzählungen über ihre frühere Existenz hatte ich dunkel in

Erinnerung, dass sie unter allen Instrumenten die Harfe am meisten geliebt und auch mit viel Hingabe gespielt hatte. Im Salon der Gouze hatte ich wohl einmal ihr Spiel gehört, aber ich muss gestehen, dass ich nicht viel Erinnerung daran besaß und zu wenig musikalischen Verstand, ihre Kunst genügend einzuschätzen.

Wir schrieben uns kleine Briefe, aber dennoch rückte Anne de Pouquet, wie auch Paris und die Revolution, für mich über den prosaischen Aufregungen des Weihnachtsgeschäfts in die Ferne.

Zur Laterna-magica-Fabrikation gesellten sich noch die Vorbereitungen des Weihnachtsfestes in Großmutters Haus. Wie hatte ich mich darauf gefreut, Anne de Pouquet zum Fest aus ihrem stillen Kämmerlein zu locken und ihr die Segnungen des großmütterlichen Gänsebratens zuteil werden zu lassen. Doch wie groß war meine Enttäuschung, als sie mir schrieb, dass sie uns einen Korb geben müsse ... Ihre Begründung war ebenso rätselhaft wie unwiderlegbar. Ich habe ihre Briefe eine Zeitlang entbehren müssen, später jedoch wieder zurückbekommen, daher kann ich den Wortlaut hierher setzen:

»Meine Teuerste!

Ein ganz unerwarteter Besuch und Einbruch in mein Leben wirft unsere schönen Weihnachtspläne über den Haufen! Oh, glauben Sie mir, ich habe gute Gründe! Und halten Sie mich nicht für misogyn oder menschenscheu! Weil ich Sie in guten Händen weiß und als eine starke, heldische Bürgerin kenne (hören Sie mich reaktionär lachen!), mildern sich meine Bedenken, mich von Ihrem Fest zurückzuziehen.

Seien Sie nur nicht in Sorge oder Trauer, denn dazu ist kein Grund! Die Geister sind rege und harren der Wiederkehr. Die Könige steigen wieder aus der Seine. Sie sind nicht für immer gestorben! ... Er ist die reine Harmonie, er ist es, der meine Seele zum Klingen bringt wie die Saiten einer Harfe ... Wenn ich in der Nacht zu ihm spreche, so erscheint er mir auch am Tage in lichter Deutlichkeit ...

Dagegen sind die Könige nur schwache Schatten ... Doch entbinden Sie mich davon, mich vorderhand genauer darüber auszulassen. Es gibt Dinge, über die kann man besser reden als schreiben, und sogar zum Reden sind sie noch zu heilig. Dennoch, schreiben Sie mir ruhig weiter, damit ich ein wenig von Ihrem Fest miterlebe. Aber seien Sie nicht gekränkt oder zürnen mir gar, wenn ich im Schreiben künftig zurückhaltend sein werde. Kämen Sie in Person, mich einzufordern, so fänden Sie ein ganz aufgelöstes Nervenbündel (wohlig aufgelöst ...), doch nicht die, welche Sie in verständiger Erinnerung haben. Ich hoffe sehr, Sie schon bald wiederzusehen –

AdP«

Wenn Anne de Pouquet von Geistern sprach, war etwas im Busch. Vor allem, wenn sie dabei die alten Könige erwähnte, die sie so gern auf die Welt zurückgezaubert hätte. Daher war der Fall für mich klar: Der Besuch, von dem sie so geisterhaft-verblümt sprach, war ein Mann, und zwar eine ganz bestimmte Spezies: ein Geliebter! So wurde mir die Geheimniskrämerei verständlich. Verzückt Liebende verstecken und hüten sich naturgemäß vor Störung.

Die Revolution hatte vieles zu Fall gebracht, doch die stets heiklen Beziehungen zwischen Frauen und Männern waren die alten geblieben. Französische Zustände in der Liebe gab es nicht, auch wenn Frauen wie Marie Gouze sich einen von Ängsten und überkommenen Vorstellungen befreiten Umgang der Geschlechter wünschten. Die Gouze hat ihre Vision sogar teilweise ausgelebt, doch zuinnerst blieb sie unglücklich mit ihren wechselnden, flüchtigen Liebhabern. Es war ein Haschen nach dem Wind, eine ungestillte Sehnsucht – ein Begehren, das ohne festen Punkt brennt und so nur irrlichtert und verheißungsvoll leuchtet, ohne zu wärmen und Glut zu entfachen. Ihre Version der Erklärung der Frauenrechte hatte ihr einen finalen Schnitt am Hals eingebracht. Die Revolution fraß nicht nur ihre männlichen, sondern auch ihre weiblichen Triebkräfte.

Ich würde der Gouze niemals nacheifern und fühlte keinen Drang, meinen Jérôme durch einen anderen zu ersetzen, und diesen durch den nächsten und den übernächsten … Warum hätte ich auch sollen? Er war und ist mein Ein und Alles! Ich wünschte Anne de Pouquet somit nur ein glückliches Fest und stellte mir vor, wie sie und ihr Geliebter das vom Schnee verzauberte Berlin aus dem warmen Liebesnest heraus betrachten würden.

Hatte Anne de Pouquet jemals einen Mann erwähnt, mündlich oder schriftlich? Ich konnte mich nicht erinnern. Zudem bin ich eine flüchtige Leserin, das will ich gern eingestehen, solange mich nicht gute Gründe zur Aufmerksamkeit zwingen. Ich nahm mir ihre Briefe am Abend ihrer Absage noch einmal vor. Mir fiel auf, dass sie schon des Öfteren von Geistern geschrieben hatte. Hier hänge ich die Stellen hintereinander, um einen Eindruck des Tonfalls zu vermitteln:

»Es ist eine Aura um mich her, wenn ich innigst an die großen Abgeschiedenen denke, die aus dem Geisterreich betrübt in Frankreichs Zukunft blicken! Die Krone, so wunderbar, wie einst der himmlische Bräutigam, der mich erwählte, sie trug, sitzt auf meinem Haupt. Oh, könnte ich Dir nur annähernd beschreiben, welch ein

Gefühl es ist, den Geistern zu begegnen, mit ihnen zu sprechen …«
»Du sollst mich nicht für eine Betschwester halten, wenn ich Dir von meinen Zitationen rede. Meine Andacht ist voller Feuer, doch ich weiß wohl, dass ich mich zu weit von der Welt der Menschen entferne, wenn ich zu Dir so rede. Ich spreche oft zum Ahn der Franzosenkönige: zu Frankreichs stillem und weisen König, dessen Krone wir im Innersten bewahren …«
»Keiner der vielen anderen, den wir aus den Fluten der Seine gerufen haben, in die der Pöbel sie geworfen, bewegt mich so … Durch Töne reinen Gesangs oder ein gut gespieltes Musikstück wird seine eilende, rastlose Natur für kurze Momente zum Verweilen gezwungen …«
»Und wenn er da ist, wenn wir in seiner Anwesenheit sind, erfüllt uns sein Geist … Die Idee des künftigen Königtums ist dann wie die wertvollste aller Kronen auf meinem Kopf …«

Ich erschrak über die Entrückung und Weltferne, die aus diesen Zeilen sprach. Wenn ich sie als Auszug las, nur diese Stellen hintereinanderweg, so kamen sie mir seltsam verrückt vor, ja ich fürchtete um die geistige Gesundheit der Schreiberin … Nein, all diese Worte schienen mir nicht auf einen Irdischen gemünzt zu sein. Sie sprach von der Liebe zu einer Lichtgestalt, zu einem Erlöser, Heiland. Sie redete vom himmlischen Bräutigam – von Jesus Christus? Dann wieder von einem Geist, den sie zitierte. Sie betete zu einer Schimäre. Das konnte nicht der echte Mann sein, den ich hinter ihrem letzten Brief vermutete.
Die Arbeitslast unterdrückte in den folgenden Tagen sogar meine Lust, ihrem Willen zuwiderzuhandeln und sie frech herauszuklopfen, um sie so, wohlig aufgelöst, neben ihrem

geheimnisvollen Besuch durch den Türspalt in Augenschein zu nehmen.
Zudem versetzte ein Brand in der Wilhelmstraße halb Berlin in Aufruhr und ließ den Gedanken an Expeditionen zum Rondell verkümmern. Es tuteten die Feuerhörner, es läuteten die Glocken. Löschkarren und Handwerkertrupps, im ewigen Wettstreit um den Taler und die zehn Silbergroschen Belohnung dafür, als Erste bei der Brandstätte zu sein, dröhnten durch die Mohrenstraße. Später hieß es, ein kleines Haus, auf halbem Wege zum Halleschen Tor, sei bis auf die Grundmauern niedergebrannt; zwei Wohnungen, eine davon an einen Emigranten vermietet. Wahrscheinlich tot. Brandstiftung! Man habe ein Zündbesteck gefunden. Auch wollte der Hausbesitzer, der mit dem Leben davonkam, eine dunkle Gestalt bemerkt haben, die ums Haus schlich. Die Genauigkeit mancher Personenbeschreibungen versetzt mich mitunter in ehrfürchtiges Staunen …
Wir waren unterdessen gezwungen, zwanzig kleine Lampions in Ballonform anzufertigen, die Großmutters Phantasie zufolge mit brennenden Kerzen in den kleinen Gondeln als Hauptschmuck den Festbaum im Saal in der Roßstraße zieren sollten. Ich fügte mich seufzend drein. Mit einem noch immer kindlich-hoffnungsfrohen Gefühl entsann ich mich des Zuckerwerks und der kleinen Präsente, die früher für die Kinder am großen Tannenbaum hingen. Tag für Tag wurde davon gepflückt, bis sogar die Erwachsenen einen Trittwinkel brauchten, um dranzukommen. Wie hatte ich sie in meiner Kindheit zu beknien, die erwachsenen Gottheiten! Welche unhaltbaren Versprechen wurden uns abgenötigt, das gute Betragen im nächsten Jahr betreffend! Ich drohte in eine rührselig-stumpfsinnige Dämmerstimmung zu verfallen, was – glaube ich – der verborgene Hauptzweck solcher christlichen Feste ist.

Am zehnten Dezember 1793, eine knappe Stunde vor Sonnenaufgang, als gerade der achte Schlag von der Dreifaltigkeitskirche ausgeschwungen war, klopfte es hart und fordernd an unsere Haustür. Man konnte schon am Klang erkennen, dass da nicht irgendwer anpochte. Marthe, unser Hausmädchen, kam bestürzt in die Stube und brachte nur ein Wort heraus:

»Polizei!«

Jérôme warf mir einen belustigten Blick zu.

»Sie finden etwas an der Schreckenslaterne auszusetzen ... Wahrscheinlich ist ihnen unser Modell zu revolutionär!«

Wie groß die Angst der Deutschen vor den Emigranten und vor allem Französischen war, hatten wir in den letzten Wochen immer wieder zu spüren bekommen. Die wenigsten Eingeborenen wussten etwas Genaues über die eigentlichen Hintergründe dieser Massenflucht aus Frankreich ins früher so wahlfranzösische Berlin. Nur natürlich, dass die Vermutungen über die Ankömmlinge ins Kraut schossen. Wir nahmen uns streng in Acht und überlegten immer genau, was wir sagten. Der preußische König hatte seine Beamten angewiesen, jede Form des Jakobinertums aufs Schärfste zu bekämpfen. Die Monarchen Europas fassten sich nach der Hinrichtung des Königs und der Königin von Frankreich unweigerlich an den eigenen Hals ...

»Herr de Lalande, gnädige Frau ...«, sagte der Eintretende, lächelte kaum merklich, als er mich ansah, und fügte hinzu: »Sie kennen mich, wissen aber nicht, wo sie mich hintun sollen!«

Vier weitere Polizeioffiziere blieben vor dem Haus stehen. Der große ergraute, spindeldürre Mann kam mir wirklich irgendwie bekannt vor. Sein Gesicht war glatt, die Wangen schmal, die längliche Nase hatte eine leichte Neigung zum Krummsäbel. Seine Stirn war hoch, und die Ohren lagen

an. Die Augen funkelten wie kleine grünliche Kieselsteine. »Stimmt, mein Herr! Es gehört sich nicht, mit dem Unwissen der anderen Schindluder zu treiben! Heraus damit, wo haben wir uns …«
Nachdem er die Folter, auf die mich sein Anblick gespannt hatte, noch einen Moment wirken ließ, erlöste er mich mit den Worten:
»Möglich, dass Sie sich eines jungen Polizeicommissars entsinnen, der mit Ihnen im Blumenthalwald aus einer Flasche trank?«
Er hatte zu Jérôme hingesehen, der die Stirn in teuflische Falten legte und mir scherzhaft zürnte:
»Liebste, ich wusste schon immer, dass du mir etwas verschwiegen hast!«
Ja, ich entsann mich dieser Szene: Urgroßvater und ich standen nach der Besichtigung eines schauerlichen Schauplatzes im Wald bei Prötzel* und stärkten uns mit Branntwein. Ich hatte eigentlich angenommen, dass niemand meinen Schluck bemerken würde … Jetzt hatte ich es:
»Oh – natürlich! Sie sehen blendend aus! Herr Distel, nicht wahr? Wie geht es Ihrem Chef, dem Polizeipräsidenten? Ist Cit… äh … Herr Philippi wohlauf? Braucht Ihr Chef wieder meine Hilfe?«
Revolutionsterminologie war so eingängig. Den *Citoyen* und die *Citoyenne* bekam ich einfach nicht aus dem Kopf. Immerhin hatte ich begriffen, dass man hier im Amtsjargon des reaktionären Feindeslandes weniger *Monsieur* als vielmehr *Herr* sagte. So hieß auch die *Madame* jetzt *Frau*. Die normalen Berliner waren zum Glück noch immer weitaus französischer und weniger gutdeutsch im Umgang.

* Tom Wolf: Goldblond. Verheerende Torheit

»Bedaure, gnädige Frau! Herr Philippi weilt nicht mehr unter uns. Ich bin sein Nachfolger. Aber, ja, wenn Sie es so nennen wollen: Ich brauche Ihre Hilfe, Sie müssen mir ein paar Fragen beantworten.«
Der einstige Adjunkt war also jetzt Polizeichef! Er ließ mir keine Zeit, mich für meine Ignoranz zu schämen.
»Haben Sie diesen Brief geschrieben?«
»Verzeihen Sie, Polizeipräsident! Ich gratuliere Ihnen! Der Wechsel fiel in die Jahre unserer Abwesenheit. Von welchem Brief …« Schon während ich fragte, erkannte ich ihn. Es war der, den ich zuletzt an Anne de Pouquet geschrieben hatte. »Ja, das habe ich.«
Mitunter braucht mein Kopf länger, als er sollte, um das Offensichtliche zu begreifen. Etwas stimmte nicht. In meinem Brief stand so gut wie nichts, die Frage nach dem Weihnachtsbesuch hatte ich mir verkniffen – wie auch in den zwei Briefen zuvor schon. Wenn man also mit dieser Handschriftenprobe bei mir vorsprach, dann …
»Wie gut kannten Sie Fräulein de Pouquet?«
»Was ist mit ihr?«
»Waren Sie schon länger befreundet?«
»Hat Sie etwas ausgefressen?«
»Sie müssen meine Fragen beantworten, Frau de Lalande! Nicht ich die Ihrigen …«
Das sah ich ganz anders.
»Erst will ich wissen, warum Sie mir diesen Brief zeigen und mir private Fragen stellen.«
Ich kochte innerlich. Zugleich hörte ich Jérôme leise lachen.
»Können Sie ermessen, Herr Präfekt, was es heißt, mit dieser Frau verheiratet zu sein?«
Manchmal hasste ich Jérôme, auch wenn es sicher nur Taktik war, die ihn dreist mit dem Fragenden paktieren ließ.

Georg Distel erklärte daraufhin:
»Ich werde Ihnen schon nichts verschweigen, gute Frau. Die Adressatin dieses Briefes, ihre Briefpartnerin ... Sie müssen mit uns kommen, in die Anatomie ... sie zu identifizieren.«
Ich hielt mich kurz mit der unverschämten Wendung von der *guten Frau* auf, die der *braven Bürgerin* in nichts an Perfidie nachstand. Dann aber begann der wichtigere Gehalt der Mitteilung bei mir anzukommen, und alles drehte sich.
»Sie meinen, Anne de Pouquet ist tot?«
Der Polizeichef nickte.

2

Jérôme hätte es niemals zugelassen, dass mich fünf preußische Polizisten allein in die Stankhöhle des Grauens entführten, wo sich der Geruch von echten Pferden mit dem Tabakschmauch von menschlichen Eseln und Riesenrössern mischte. Daher war er an meiner Seite, als wir schweigend über den Markt der Gens d'Armes liefen, den man jetzt allseits eindeutschend Gendarmenmarkt nannte. Distel machte keine Anstalten, mir vorderhand mehr zu sagen. Der Polizistenkordon hatte sich aufgespalten: Zweie gingen vorweg, zwei folgten uns. Es musste so aussehen, als würden Schwerverbrecher abgeführt.
Auch im Marderüberwurf fror ich wie eine Schneiderin, als wir den Lindencorso überquerten und uns anschickten, den Großen Stall zu betreten. Durch zwei verschneite Höfe gelangten wir in den hinteren, akademischen Gebäudeteil, wo die kahlen Astfinger einer riesigen Blutbuche im klirrenden Windhauch schwankten. Ihre dünnen Spitzen kratzten an den bleiernen Dachrinnen, Eiskristalle wurden auf uns herabgeweht.
Als ich die Räume unterm Anatomischen Lehrsaal betrat, die Eimer, Wannen, Bäche, Flüsse, Ströme und Seen, ja Meere und Sintfluten von Blut gesehen hatten, erkannte ich nicht nur diesen Ort wieder, sondern auch den Mann, der dort noch immer sein Unwesen trieb: Theden, den Ersten Generalchirurg und Pathologus der Königlichen Charité. Dieser schlanke, aber nicht dürre baumlange Mann be-

grüßte mich mit dem breiten wesenlosen Lächeln, für das er berühmt war, da es nie aus seinem Gesicht wich:
»Ich freue mich, Sie wiederzusehen, Madame! Die Memoiren Ihres verewigten Urgroßvaters stehen als Bibel des guten Geschmacks und des Esprits inmitten all der geringen Bücher meiner kleinen Studienbibliothek. Stets erbaue ich mich aufs Neue an seinem Witz, denn wie haben die Moden und die Zeiten sich verschlechtert! Ich sehe auch mit Bedauern, dass Sie inzwischen die männliche Mode nicht mehr so hoch schätzen wie einst ... Ein Jammer! Ist das das Ergebnis der Revolution? Dass Revolutionärinnen Röcke tragen?«
Er spielte auf die Tatsache an, dass ich schon früher gerne Hosen getragen hatte, was meine Zweifel an der Wahrhaftigkeit seines Wiedererkennens vollends auslöschte.
»Mein Herr, Sie irren«, konterte ich. »Jetzt bin ich *Sansculotte* – auf weibliche Art. Ich darf Ihnen gestehen, dass mir mein vormaliger Besuch in Ihrem Studio auch nicht aus dem Kopf ging. Ich habe nie die damit verbundenen Bilder vergessen können, obwohl ich in Paris, wo mein Gatte und ich einige Jahre weilten, weit garstigere zu sehen bekam.«
Ich schwieg beklommen, während ich die schmutzigen Laken ringsum betrachtete, unter denen sich auf ewig unbewegliche und bald schon zerfallende menschliche Körper schemenhaft abzeichneten.
»Bringen wir es hinter uns!«, befahl Distel. »Bitte nur das obere Stück.«
Der Meister des dunklen Orts nickte lächelnd und führte uns zu drei gemauerten Tischen. Mit einem Schwung, der mich schon früher entgeistert hatte, da er seinem ehrwürdigen Amt nicht recht zu Gesicht stand, enthüllte mir der Lächler das Antlitz einer Dämonin: das Gesicht gedunsen, die Pupillen schreckhaft geweitet, die Augäpfel grausig nach links unten verdreht, wodurch Stauungsblutungen

sichtbar wurden, die auf dem vormals perlmuttweißen, jetzt cremefarbenen Grund wie braune Faulstellen wirkten. Der Mund war nicht offen, trotzdem hing die Zunge heraus. Sie schien nur an einem kleinen Ende zu baumeln – abgebissen im Erstickenskrampf. Eine rote Linie lief um den Hals, sehr dünn, was auf eine filigrane feste Schnur als Strangulationswerkzeug hindeutete.

»Anne de Pouquet!«, entfuhr es mir, und ich hielt mich heftig aufschluchzend an Jérôme.

Ich hatte sie im Schatten der Guillotine kennengelernt, auf der gerade ein Comte den Tod fand. Ratsch, klack – aus. Ich musste die Ärmste trösten, denn es ging ihr aus unerfindlichen Gründen sehr nah. Wer der Geköpfte war, erfuhr ich erst viel später, und auch so viel anderes, was mich damals vielleicht hätte mehr interessieren sollen …

Ich habe das Geschriebene noch einmal überlesen, um mich wieder darauf einzustimmen, und kann nun fortfahren:

… Der neben Anne de Pouquet liegende Mann war groß, nicht eben kräftig und hatte ein schmales Gesicht. Ich erkannte ihn sofort, trotz der Grimasse. Es war der ehemalige Konvents-Abgeordnete Gaston Armand Comte de Mâconnais-Rambouillon, ursprünglich ein Brissotin-Anhänger, ein Gefolgsmann des aus der Gironde stammenden gemäßigten Republikaners Jaques Pierre Brissot. Über Nacht war er zum Royalisten geworden, als er von der Schändung der Grablege der Artois und Bourbonen gehört hatte. Er ergriff Partei für den Duc de Roux, der für die innige Verknüpfung von Kirche und Königtum eintrat und eine obskure Gemeinde von royalistischen Glaubensfanatikern anführte, über die ich aber nichts Genaues wusste. Die blutrünstigen Jakobiner hatten de Roux als prominentesten Gegner der Kultfreiheit an den Pranger gestellt und hinrichten lassen. Durch seine Parteinahme für

den Duc wurde auch Mâconnais-Rambouillon zum Gejagten. Den Häschern in Paris war er nur knapp entkommen. Jetzt lag er tot im Berliner Exil.
Ich schätzte ihn auf Anfang sechzig, wohingegen der kleine, dickliche Mann an seiner Seite, den ich wohl vom Sehen, aber nicht namentlich kannte, etwas jünger aussah. Fünfzig vielleicht? Er zeigte die gleichen Verzerrungen im Gesicht; insgesamt machte er den Eindruck eines Handwerkers, der sein Leben in einer behaglichen Klause verbracht und gezwungenermaßen einmal den Fuß ins feindliche Leben vor der Haustür gesetzt hatte. Sein Gesicht war das eines erwachsenen Kindes. An seiner linken Schulter, die bei Thedens forscher Enthüllung freigelegt worden war, zeigte sich eine Harfe. Keine richtige, versteht sich ... sondern eine Zeichnung am Körper, die zuerst Forster bei den polynesischen Indianern beschrieben hat. Bei Seeleuten wurde diese Körperverzierung seither charakteristische Mode und ist der deutschen Sprache als *Tatauierung* einverleibt. Täuschte ich mich so in dem kleinen vermeintlichen Heimarbeiter? Ein Tatau? War er vielleicht sogar Kapitän eines Piratenschiffes gewesen?
Ich verspürte erneut das eigentümliche Kribbeln – wie damals, als ich den grausig gezeichneten Überresten des Ersten Hofküchenmeisters des großen Königs gegenüberstand.* Es war etwas Anklagendes in der Schutzlosigkeit und Blässe der Toten, das mich berührte und aufwühlte. Sie nahmen uns in die Pflicht, die Schlinge des Gesetzes um die Hälse ihrer Mörder zu legen. Das war die gerechte Forderung der ums Leben Betrogenen! Das war ihre Ansprache, die ich hörte, dort in der akademischen Gruft.
»Kennen Sie die beiden?«, fragte Distel, und ich nannte ihm

* Tom Wolf: Kristallklar. Mord à la carte

den Namen des Abgeordneten. Den anderen, den kleinen Dicklichen, kannte mein Mann.
»Er war einer der bevorzugten Goldschmiede der Königin. Sein Name lautete Alphonse Dampmartin«, erklärte Jérôme. »Er stammte aus meiner Heimat, ein Schüler von Francois Callot in Rouen. Als Lehrling war er einmal zu Gast im Schloss meiner Eltern, es muss 1765 gewesen sein.«
»Alphonse Dampmartin, ganz recht!«, sagte Distel. »Wieso kennen Sie ihn, wenn Sie ihn zuletzt vor so vielen Jahren sahen? Sie waren ein Knabe und er ein Lehrling.«
Ich fühlte, wie sich etwas in mir zusammenzog. Nicht nur das von der Revolution aufgemischte, verrückte Frankreich – auch das alte, vorrevolutionäre des Ancien Régime schien hier in der Stadt ein geisterhaftes Nachleben zu führen.
»Man sah sie im Paris der Revolution sehr häufig. Sie standen auf der Warteliste der zu Köpfenden ganz oben. Mâconnais-Rambouillon hat Louis Capet noch bis zuletzt verteidigt, und Dampmartin hat sich mit gleicher Vehemenz für die Königin stark gemacht. Er sprach sogar einmal vor dem Konvent, im Namen vieler Handwerker, die für Versailles gearbeitet hatten. Halb Frankreich schreinerte, zimmerte, punzierte, gravierte, fertigte Perücken, Schuhe, Kleider, Hüte und Kutschen für den Hof. Das Ende der Monarchie war auch das Ende der Zulieferer und Bediensteten: der Royalisten von Berufs wegen, wenn man so sagen will ... Die meisten sind abgewandert. Viele kamen hierher.«
»Louis Capet?«, fragte Distel irritiert. »Wie hätten Sie gestimmt?«
Es war erschreckend, der Mensch wusste offenbar gar nichts über die Revolution! Er kannte nicht einmal den Namen, mit dem man den König benannte, weil die Dynastie,

der er entsprungen war, nach Hugo Capet, dem Stammvater, Kapetinger hieß. Hatte Distel überhaupt eine Ahnung davon, dass es verschiedene revolutionäre Clubs gab, die sich bekriegten bis aufs Blut? Dass alle Beteiligten diese Fehde mit rabiater Vehemenz führten, auch wenn sie das Gleiche wollten: eine freie, große Nation? Jérôme schwieg hilflos angesichts dieser Ahnungslosigkeit, daher sagte ich: »Mein Herr – wären wir hier, wenn wir weiter Revolution auf diese Art machen wollten? Das Verbrechen am einstigen König ist abscheulich. Wir verurteilen es zutiefst. Konstitutionelle Monarchie wäre vielleicht die Lösung gewesen, doch die Revolution ist aus dem Ruder gelaufen. Das Gemetzel unter Mitbürgern, das der Chef der Nationalgarde, Marquis de Lafayette, auf dem Marsfeld veranstaltete, hat diese Einschätzung vorbereitet. Wenn eine frei gewählte Regierung sich nur noch Respekt verschafft, indem sie alle Bürger mit dem Tod bedroht, die das Wort Freiheit ernst nehmen, dann ist das Terror.«

»Die Tiefe der Zerrüttung des ganzen Landes wird Ihnen deutlich«, sagte mein Mann, der sich vom ersten Schock der Begegnung mit dem Unwissen erholt hatte, »wenn Sie sich vor Augen führen, dass der Bruder dieses Mannes dort, der einstige Anführer der Aufständischen in der Vendée – diesem unbeugsam royalistischen Landstrich im Westen Frankreichs – ... dass also Fédéric de Mâconnais-Rambouillon, bei der Schlacht von Cholet zum Gegner überlief! Er ist jetzt nur noch als *der Schlächter von Nantes* bekannt, denn er soll bei den Septembermorden eine neue, effektive Methode der Massentötung erfunden haben: voll besetzte Kähne mit Gefesselten mitten auf einem tiefen Gewässer zum Kippen bringen.«

Für einen Augenblick war es sehr still. Jérôme sprach weiter:

»Spätestens seit der öffentlichen Hinrichtung der Beamten der Schatzkammer, allen voran des Duc de Roux, wegen Ablehnung der Kultfreiheit, war für uns kein Bleiben mehr. Nicht weil wir Christen wären und ein offizielles Verbot des herkömmlichen religiösen Kultus verurteilen würden, sondern weil man von Staats wegen niemanden wegen seiner Gesinnung töten darf. In einer freiheitlichen Gemeinschaft muss unbedingte Glaubensfreiheit herrschen, Monsieur Distel!«

»*Herr* Distel, wenn ich bitten darf! Und merken Sie sich, was das Religionsedikt klarstellt: Es gibt nur *eine* Religion, nämlich die christliche! ... Ablehnung der *was*? Kult...?«

Ich hatte nur ein höchst schemenhaftes Bild von den preußischen Verhältnissen. Dass der geheimbündlerisch aktive Justizminister Wöllner ein Religionsedikt entworfen und der König es gebilligt hatte, kam mir erst in diesem Moment zu Bewusstsein. Der König umgab sich zwar mit royalistischen Émigrés, doch Franzosentum bedeutete für diesen Staatsdiener hier schlicht Jakobinismus ... Distel war das erste lebende Exemplar einer später so treffend *Franzosenfresser* genannten Spezies. Er hatte keine Ahnung von den Verhältnissen in Frankreich, weil er sie nicht haben wollte!

»Sehen Sie die Harfe da an der Schulter?«, fragte ich, die Verwirrung des obersten Polizisten zu einem Vorstoß nutzend. »Was hat das zu bedeuten?«

Distel überhörte meine Frage. Er schickte einen seiner Männer mit Jérôme vor die Tür der Leichenkammer.

»Was wissen Sie über die Harfe?«, fragte er mich und verriet mir damit, dass sie anscheinend viel zu bedeuten hatte, er aber nicht ahnte, was.

»Ich wollte sie früher einmal spielen lernen, doch es war mir zu schwierig. Ich hatte es nie so sehr mit den Instrumenten, müssen Sie wissen.«

Die beste Methode, es sich mit der Polizei zu verscherzen, war es, eine Frage mit Witz zu beantworten. Distels Miene verschloss sich wie die Eiserne Jungfrau.
»Ich ordne eine Leibesvisitation durch einen bestallten Amtsarzt an«, entgegnete er. »Es geht um ein eventuell vorhandenes Körpermerkmal.«
»Aus welchem Grund?«, fragte ich erbost. Ohne dass er oder sein Untergebener noch die kleinste Bewegung tun konnten, trat ich vor und entblößte Anne de Pouquets blasse Schulter: eine eintatauierte Harfe!
»Was fällt Ihnen ein?«, fuhr Distel mich an.
»Nun, wenig … zugegeben«, konterte ich. »Aber wenn ich mir überlege, dass wohl alle drei eine Harfenzeichnung auf der Schulter tragen, könnten es Mitglieder eines Geheimbundes sein! Derlei sollte man in Preußen ja nicht für ungewöhnlich halten. Der König …«
»Wollen Sie Ihrer Respektlosigkeit gegen Amtspersonen noch Majestätsbeleidigung hinzufügen?«, brauste er auf.
Ich hätte am liebsten auf der Stelle meine Schulter entblößt, doch Kleidung und Anstand verboten es mir.
»Waren Sie auch Mitglied des Harfenbundes?«, fragte er, damit die Richtigkeit meiner Vermutung eingestehend.
»Ich war nie in einem Bund oder Verein oder Club. Diese Tatauierungen sagen mir nichts. Und da Sie offenbar annehmen, ich lüge, so lassen Sie es überprüfen. Fragen Sie auch meinen Mann darüber aus. Er wird Ihnen gleich den Gegenbeweis erbringen können, ohne das Gebot der Schicklichkeit zu verletzen.«
Distels Stimme blühte auf vor unterdrückter Wut:
»Wir haben Ihre Briefe in der Unterkunft Ihrer Freundin de Pouquet gefunden und müssen Sie bitten, uns auch die zu übergeben, die sie Ihnen schickte.«
»Was für ein Mensch sind Sie nur? Wie können Sie anneh-

men, ich hätte mit diesem Wahnsinn hier etwas zu tun? Anne de Pouquets Freundin will ich mich kaum nennen, in dem Sinne, dass wir eine kleine Zeit – so lange es dauert, von Paris über Mainz nach Berlin zu reisen – Seit an Seit verbrachten und ich ihr freundschaftlich zugetan war. Was immer sie mir schrieb, war rein privater Natur und ganz belanglos – das müssten Ihnen meine Antworten doch gezeigt haben! Ich würde die Briefe niemals der preußischen Polizei zu lesen geben! Sie sind mir ein liebwertes Andenken an eine vertraute Reisegefährtin.«
»Wie stand die Pouquet zu Mâconnais-Rambouillon und Dampmartin? War sie ihre Geliebte?«
»Ich weiß nichts über das Verhältnis der drei zueinander. Sie war jedoch, denke ich, keineswegs eine Verfechterin der neuen Ansichten, denen zufolge die Frau sich die gleichen Freiheiten in der Liebe nehmen sollte, wie sie die Männer von altersher für sich beanspruchen.«
Distels Gesicht hatte die Süße einer Zitrone. Mir fielen die Briefe ein, in denen mir Anne de Pouquet die Erklärung der Rechte der Frau mitgeteilt hatte. Sie verfocht die Ansichten der Gouze weiß Gott nicht. Im Gegenteil, sie unterzog sie einer heftigen Kritik, denn sie war tief von der führenden Rolle des Mannes überzeugt, der für sie alles Starke, Grobstoffliche verkörperte, wohingegen die Frau für alles Zarte, Ephemere stand! Doch allein diese Exzerpte mussten bei dem weltfremden Preußenpolizisten wie Zündstoff wirken.
»Ganz wie Sie wollen, Frau de Lalande. Dann lasse ich eben, so leid es mir tut, meine Leute Ihre Wohnung auf den Kopf stellen! Bitte warten Sie draußen. Ihr Gatte muss mir noch einen Moment Gesellschaft leisten.«
Distel gab seinen Polizeioffizieren leise Anweisungen. Französische Revolutions- und/oder Geheimbund-Morde

mit unter Umständen widerchristlichen, gar ausschweifenden Motiven und erotomanischen Libertins als Opfern und/oder Tätern ... Es war offensichtlich, dass ihm das Wasser bis zum Hals stand.
Ich wurde hinausgeführt, kaum dass ich mich im Vorbeigehen von Theden verabschieden konnte, der unseren Disput mit sprachlosem Lächeln verfolgt hatte, während er seine Instrumente reinigte.
»Es hat mich sehr gefreut, Sie wiederzusehen! ... Wann und wo fand man sie?«, hauchte ich, in Richtung der Toten blickend.
»Meinerseits ...«, sagte er, doch ich vernahm mit Freude den heiseren Zusatz: »... in der Spukvilla der Äbtissin! Gestern früh! Mâconnais-Rambouillon und Dampmartin erhielten zuvor Betäubungsschläge. Dampmartin wohnte im jüngst abgebrannten Haus.«
Distel hatte unser Gewisper nicht gehört. Ich frohlockte innerlich! *Die Äbtissin*: Das war Amalie, die Schwester Friedrichs des Großen gewesen. Ihr einstiges Sommerpalais lag nicht weit von der vormaligen Wohnung dieses dicklichen Goldschmieds entfernt.
In fruchtloses Nachdenken versunken, fand ich mich mit einem hageren Mann auf der Wartebank, der ebenfalls zur Leichenschau geladen war, während sich Jérôme noch geschlagene fünf Minuten in Distels Polizeigriff wand. Irgendwo hatte ich auch diesen Herrn neben mir bereits gesehen. Blondes, leicht gewelltes Haar, blaue Augen. Grauer, eng anliegender Frack, gelbe Weste, weißes Hemd, graue Kniebundhose mit gelben Gallonstreifen. Seine Hände waren zartgliedrig und fein. Er stand höflich auf und verbeugte sich mit leicht schmerzverzerrtem Lächeln. Sein Nacken schien steif zu sein, und das kleidsam um den Hals geschlungene Tuch kam mir eine Idee zu breit vor. Wortlos

nahm er wieder Platz und starrte die langweilige Backsteinwand an.
Ein weiterer Kandidat wurde hereingeführt: untersetzt, schwarzhaarig – in Habitus und Gesicht dem toten Dampmartin gleichend. Ich verstand sein Gemurmel nicht, als er sich gegen mich verbeugte. Der hagere Blonde grüßte ihn von gleich zu gleich, doch was er nach *Bürger* flüsterte, verstand ich nicht bis auf den Satz: *Wir sind zu spät gekommen.* Er sprach dem anderen recht schwach sein Mitgefühl aus. Es war Dampmartins Bruder, nahm ich an. Eine Vermutung, die sich bewahrheiten sollte.
Ich sann, benommen nach dem Anblick meiner toten Reisegefährtin, über die Gewalt und die Revolution nach, soweit ich sie miterlebt hatte. *Wir haben in drei Tagen den Raum von drei Jahrhunderten durchquert*, hatte einer gesagt. Ich wäre die Letzte, die am Töten von politischen Feinden Gefallen fände oder die Hinrichtung von Adeligen guthieße – die Letzte auch, die in einer Erfindung wie der des Doktors Guillot etwas anderes sähe als eine höllische Mordmaschine. Das Fallbeil der Pariser Todesfabrik, des finsteren Schlachthofs Revolution, war das fürchterliche Denkmal einer zuvor nie erlebten Entfesselung eines geknebelten großen Volkes. Die Menschen brüllten *An die Laterne*, sie trugen die blutigen Köpfe ihrer Opfer auf Piken durch die Straßen, traten Erhenkte in den Gassenkot, warfen mit abgerissenen Gliedmaßen. Niemand kann den Gang der Geschichte aufhalten. Heute noch wache ich mitunter nassgeschwitzt auf, wenn mir eine der blutigen Szenen unheimlich aufscheint, die ich miterlebte. Damals schützte uns die verhängnisvolle Gewöhnung an das Schreckliche vor dem Verrücktwerden.
Jérôme und ich hatten das Wohlwollen der ungestümen Machthaber genossen, die zuweilen erst mordeten, dann

nachdachten. Es war nötig, die gefährliche Masse bei Laune zu halten, und dazu taugte unser Aerostat recht gut – eigentlich wenig Unterschied zum Rom der Cäsaren! Jérôme hatte sich zuletzt als Ausbilder der Revolutionsarmee als nützlich erwiesen und erstmals einen militärischen Beobachtungsballon erfolgreich eingesetzt. Unsere Ballonaufstiege machten uns eine Weile unantastbar, und wir hätten bei einer Auffahrt leicht ins Ausland enteilen können. Doch als uns endlich diese Idee kam, war es schon zu spät: Eines Morgens fanden wir nur noch die Reste unseres Ballons – die Seide war zu Soldatenhemden zerschnitten. Die Republik führte Krieg gegen die Reaktion. Österreich, Preußen und England hatten sich gegen das wild gewordene Frankreich verschworen.

Anfänglich zeigten sich die politischen Lager noch offen für wirklichen Austausch. Man diskutierte die Nächte hindurch und trank sich gemeinsam in einen Rausch der freiheitlichen Brüderschaft. Nach dem großen Aufstand gegen die Revolution allerdings nicht mehr ... Der Wohlfahrtsausschuss entwickelte sich zum Mördersyndikat und bediente sich des Revolutionstribunals für seine Zwecke. Immer schneller rollten die Köpfe, eine maschinelle Enthauptung der politischen Gegner begann. Die neue Verfassung wurde nicht in Kraft gesetzt: Zuerst sollte der Terror jeden Volksschädling vernichten. Das Ansehen der Revolution beim Volk ertrank im Blut. Auch was ich anfangs bewundert hatte, das freie Wirken selbstbewusster kluger Frauen, wurde unterdrückt. Frauen waren wieder rechtlos wie immer. Ich habe im Salon der Gouze, einer klugen und scharfzüngigen Vorkämpferin der Gleichachtung von Frau und Mann, viele der männlichen Revolutionäre schwadronieren hören: intelligente, schlaue Rhetoriker zumeist, kleine Wesen mit großem Mundwerk; die meisten von ihnen waren hochgekommene Anwälte. Danton, Mirabeau, Robespierre und – einmal, wie ich mich später erinnerte, auch Arrat ... Ich schielte noch einmal zu dem Herrn an meiner Seite. Verdammt: Das war Arrat!

Als Jérôme wieder herauskam und meine Banknachbarn sah, verengten sich seine Pupillen. Er nickte ihnen zu. Dann hörte ich, schon im Hinausgehen, Distel sagen:

»Herr Philippe Dampmartin?«

Der kleine Dicke erhob sich.

»Bitte kommen Sie herein! Herr Arrat? Sie müssen sich noch einen Augenblick gedulden!«

»Der wilde Jean-Pierre Arrat ist auch hier ... Es wird immer bunter ...«, murmelte Jérôme.

Unsere Schuhe knirschten im verharschten Schnee des Innenhofs.

»Was hat er mit Anne de Pouquet zu tun?«, fragte ich naiv.

»Nichts, nehme ich an«, sagte Jérôme. »Aber mit den zwei anderen sehr viel! Wenn es einen Mann gibt, dem ich die Bekanntschaft mit der Guillotine gewünscht hätte, dann ihm. Er ist ein Aufwiegler gewesen, übler als Danton! Die Hetze vor der Erstürmung der Gefängnisse geht zu drei Vierteln auf sein Konto. Die Sansculotten verehrten ihn wie einen Halbgott. Und er war ein Verfolger des revolutionsfeindlichen religiösen Glaubens in allen Spielformen. Aber die Jakobiner sind so zerstritten. Sie haben ihn auf Strafmissionen in die Provinzen geschickt. Er war ihnen zu revolutionär, das gibt's auch, siehe Hébert ...«

»Warum hat ihn Distel hierher bestellt?«

»Weil er Mâconnais-Rambouillons erklärter Feind war, nehme ich an. Auch die franzosenfeindliche Behörde scheint über einen gewissen gesunden Menschenverstand zu verfügen.«

Der Name Arrat und meine abseitigen Gedanken zuvor ließen mich mehr frösteln als die stählerne Witterung.

»Weshalb zur Hölle ist Arrat Émigré?«
Jérôme wiederholte genüsslich meine Worte:
»*Zur Hölle* ... Tja, warum ... *Zur Hölle* mit ihm und allen Irrlichtern dieser gottverdammten Revolution! Ich weiß es nicht. Er stand Jacques René Hébert nahe und veröffentlichte in Momoros *Journal des Cordeliers-Clubs* schon letztes Jahr deutliche Artikel gegen Robespierre. Er wurde als einer der Ersten öffentlich mit dem Tod bedroht. Aber er war nicht so leicht einzuschüchtern, hat unentwegt die Entscheidungen der Ausschüsse kritisiert. Er war in Rouen, in Malmaison, in St. Denis ... immer auf der Suche nach fanatischen Royalisten und anderen Revolutionsfeinden. Andere meinen, dass er sich hat kaufen und umdrehen lassen, dass er heimlich in den Kreisen der Hébertisten Informationen sammelte, die Robespierre beim Aufräumen halfen. Schwer zu erklären sonst, wie Arrat so lange dem Fallbeil entgehen konnte. Der ideale Doppelagent. Er kam zur gleichen Stunde mit Dampmartins Bruder hier an, ihre Namen standen untereinander in der Tagesfremdenliste. Vor zwei Tagen erst. Am achten Dezember.«
»Und Mâconnais-Rambouillon?«
»War schon länger da. Wie auch der erste Dampmartin. Zwei Monate? Ich muss gestehen, wenn mir auch die Émigrés gestohlen bleiben können, so liebe ich die Zugangslisten im *Journal* fast mehr als die Todesanzeigen ...«
»Hast du eine Idee, was den Goldschmied und den vormaligen Abgeordneten zueinander geführt haben könnte?«
»Keine Ahnung. Vielleicht Geschäfte?«
Er sah mich an, als ob ich ihn gebeten hätte, das Problem der Königsberger Brücken zu lösen, an dem schon andere fast verzweifelt wären.*

* Tom Wolf: Purpurrot. Tödliche Passion

In der Mohrenstraße erwartete uns das helle Chaos. Distels Schergen hatten in unserer Abwesenheit Haussuchung gehalten. Gipfel der Perfidie! Die aufgeräumte und warme Wohnwerkstatt war vom kalten, friedrichstädtischen Grausen heimgesucht worden, während man uns auf die Wache geschleift hatte. Marthe berichtete schluchzend, wie man sie zur Seite gedrängt und dann alles auf den Kopf gestellt hatte. Drei Gendarmen! Sie hatten die Schubfächer meines Sekretärs herausgezogen und den Inhalt auf den Boden ausgeschüttet, um dann alle Briefe mitzunehmen. Unterschiedslos! Es war unfassbar. Auch Jérômes gesamte Korrespondenz und seine Aufzeichnungen über Aeronautik waren aus seinem Arbeitszimmer verschwunden, die Bücher lagen wie Vögel mit geknickten Schwingen auf den Dielen, einzeln durchfleddert auf der Suche nach Geheimbotschaften. Man hielt sogar uns, die Verächter und Gegner des Pariser Terrors, für seine Agenten. Uns, die wir vielleicht bestimmt waren, zu seinen Exil-Opfern zu werden.
Jérôme ertrug es mit einer mir schwer verständlichen Gelassenheit. Ich war verzweifelt und vergoss Tränen vor Wut, während ich neben Marthe die verstreuten kleinen Dinge aufsammelte, die in die entlegensten Winkel meines Zimmers gerollt waren. Eine winzige Rose aus Marzipan, die noch von meinem Urgroßvater stammte, war zertreten. Ein Spielpferd aus Ton, das meine Kindheit heil überstanden hatte, war jetzt ohne Bein und Kopf ... Dieser schmerzhafte Anblick führte mir den Ernst der Lage vollends vor Augen. Ich durfte nicht länger warten!
»Wir sollten uns wirklich endlich einmal in die Salons der Émigrés begeben!«, schlug ich vor. »Ich muss mehr über Anne de Pouquets Kontakte herausfinden. Und über diese ganze vorzeitliche französische Welt im Berliner Exil. Mein Gott, wir waren doch auch in diesem Wespennest. Wie

wenig haben wir mitbekommen von dem, was im Untergrund des Untergrundes brodelte ...«
Er seufzte, ganz und gar nicht beglückt. Jérôme hasst Gesellschaften und wünschte sich schon damals sein kleines verwunschenes Elternschloss bei Rouen zurück.
»Liebste, du fängst doch nicht wieder mit dem Kriminalisieren an? Willst du nicht endlich den Revolutions- und Antirevolutions-Plunder vergessen? Preußen ist vorsintflutlich, sicher. Aber es hat den Vorteil, dass man hier mit etwas größerer Wahrscheinlichkeit seinen Kopf behalten kann, wenn man aufpasst.«
»Kriminalisieren? Ich? Wie kommst du denn darauf?«, sagte ich. »Ich denke nicht im Traum daran!«
Dass die Gewalt auch hierher kam, dass sie uns folgte, war so offensichtlich wie nur irgendetwas. Die drei Toten hatten uns diese Erkenntnis aufs Allerschmerzlichste beigebracht.
Aber ich wollte mich nicht verkriechen. Wenn es ernst würde, musste ich wenigstens wissen, woran wir waren. Verfolgte man uns Revolutionsflüchtlinge nun bis in die Wohnstube? Ich hasste es schon, wenn mich preußische Polizeichefs dort heimsuchten. Auf Jakobineragenten, die mit Schlingen auf uns warteten, konnte ich gut und gerne verzichten!

3

Ich sagte Jérôme nicht, was ich vorhatte, als ich mich am nächsten Tag, am Mittwoch, dem elften, zum Tatort begab. Thedens Wort von der *Spukvilla Amalies* ließ keinen Zweifel zu: So hieß im Volksmund das schlossartige Palais, welches der Soldatenkönig gegen Ende seines Lebens für den Baron Vernezobre de Laurieux hatte errichten lassen. Nach dessen Auszug und dem seiner letzten Nachkommen war es zu Prinzessin Amalies Sommerresidenz geworden, die es muffig-plüschig ihren Verwandten hinterlassen hatte, von denen es, so rasch es ging, weiterverkauft worden war. Dem Geheimrat Stötzer hatte es gehört, eine Weile leer gestanden, bevor es häufiger den Besitzer wechselte als den Anstrich.
In der Friedrichstadt kursierten bald Gerüchte, die immer auftauchen, wenn ein großes Haus zu verwahrlosen beginnt. Man munkelte etwa, dass der alte Groth, ein einstiger Diener, den man im großen Salon am großen Kronleuchter hängend gefunden hatte, noch immer im Gemäuer umgehe …
Von der Wilhelmstraße führte ein Trampelpfad durch geknickte, schneeüberzuckerte Brennnesseln zu dem dreigeschossigen Kasten, der nun den traurigen Anblick einer maroden Mietskaserne bot, in der sich das alte Frankreich eingenistet hatte. Die seitlichen Wirtschaftsgebäude waren verfallen, und das Hauptgebäude wies nur im ersten Obergeschoss noch durchgängig bewohnbare Räume auf, darunter und darüber wohnte der Schwamm allein.

Eingeworfene und teils mit Holz vernagelte Fenster zierten die Fassade im zweiten Obergeschoss, wo die ockergelbe Tünche in dicken Blättern abfiel. Der Dachstock schien völlig unbewohnbar.
Das Dach sah durchpflügt aus. Einige Buckel deuteten auf verquollene Balken hin. Hie und da fehlten die Schindeln gleich im Dutzend. Die Mansardenfenster gähnten wie die Augen eines Totenschädels, und von der Balustrade, die einst wohl rundherum gelaufen war, zeugten bloß noch ein paar Stempel und eine ramponierte große steinerne Vase.
Hier vor dem mitleiderregenden Bau nach interessanten Fußspuren zu suchen, wäre lächerlich gewesen: Alles war zertrampelt.
Einmal umkreiste ich das Palais, wobei ich feststellen musste, dass der einst so akkurat gepflegte Park auf der Rückseite zu einem verwahrlosten Streifen Niemandsland geworden war: nichts als Wiese und ausgewachsener, durch Holzfällerarbeit grob gelichteter Urwald.
Hinter welchen der vielen Fenster hatte sich die Tragödie wohl abgespielt? Die hintere Tür war verschlossen. Ich ging wieder nach vorn. Zwei düstere Gestalten, eine groß, eine klein – mit Instrumentenkoffern, einer groß, einer klein –, kamen aus dem Haus und sprangen etwas täppisch an mir vorbei. Sie sahen mich wohl, grüßten eilig.
Noch während ich den beiden nachsah, wurde ich von einer älteren Frau ins Visier genommen, die von Besorgungen zurückkehrte und den beiden zunickte. Sie verneigten sich, ohne den Vorwärtsdrang zu zügeln. Wahrscheinlich waren es Mitbewohner.
Die Alte trug einen Korb mit sorgsam gegen den Frost eingewickelten Einkäufen und musterte mich eingehend im Näherkommen.
»Wohin wollen Sie, mein Fräulein?«

»Ich ... mein Mann und ich, wir suchen eine Wohnung ...«, stammelte ich und bekam diese Notlüge vor Kälte kaum heraus. Urgroßvater hatte auf die gleiche Weise mit seinen Nachforschungen im Fall des toten Falckenberg begonnen. Meine Worte schienen halbwegs überzeugend geklungen zu haben, denn sie sagte lächelnd:
»Folgen Sie mir hinein, meine Liebe, Sie erfrieren mir ja sonst noch hier auf dem Cour d'honneur! Sie haben Glück, es ist etwas frei geworden, gut und groß für zweie, leider etwas teuer. Haben Sie Kinder?«
Ich schüttelte den Kopf, und sie lachte erleichtert.
»Nicht, dass es mich stören würde, aber es gibt empfindliche Musiker im Haus. Die zwei Herren da eben zum Beispiel. Noch keine zwei Jahre ist es her, da spielten sie noch in Paris!«
Wir betraten das einstige Sommerhaus der Schwester des großen Königs durch die mittlere von drei hohen Türen. Eine düstere Halle empfing mich, von der eine Treppe in breiter Spirale nach oben ging. Ich blickte in den Schacht des Treppenhauses.
»Kommen Sie nur, es ist ganz oben, im zweiten Obergeschoss!«
Das Appartement, in das ich geführt wurde, ließ mich auftauen, obwohl die Temperatur, die darin herrschte, nur knapp über dem Gefrierpunkt lag. Während die Frau in die Küche ging, um ihr Gemüse zu verstauen, sah ich mich um. Man hatte die beiden Räume von einer größeren Enfilade abgetrennt, um mehr Wohnraum zu schaffen. Im großen Zimmer bestach eine grüne Seidenbespannung: Eingewebte Teerosenblätter und -blüten überzogen die Wände bis zur goldenen Stuckleiste unter der Decke, die aus riesigen Muschelschalen und dazwischenliegenden Wappenschilden bestand.

An vielen Stellen war das Gold verblichen oder abgeplatzt. Ein riesiger dunkelbrauner Fleck verunzierte die vormals weiße Decke. Auch die Wandbespannung zeigte Risse und Feuchtigkeitsschäden. Der Zustand des Parketts war schlechthin lebensgefährlich. Mehrere Stücke fehlten ganz. Kein Kristall baumelte mehr an den Krakenarmen des Kronleuchters; zur abendlichen Beleuchtung diente eine große Ölfunzel, die auf einem Konsoltisch stand. Auf diesem lagen ein Stapel Noten und ein Stoß Tarotkarten. Neben einem Sofa zeigten sich ein Sekretär, ein Tisch mit einer Teekanne und einer Tasse, ein paar Stühle, ein Nussbaumkleiderschrank, eine Truhe und ein großes Etwas, das ich zunächst für eine zusammengefaltete spanische Wand hielt. Es war recht hoch, wie eine lebensgroße Statue, und mit einer Decke verhüllt.

»Übrigens müssen Sie schauen, wo Sie hintreten. Ich kann mir hier oben keine Ausbesserung leisten«, sagte die Bewohnerin, die ich jetzt ohne winterliche Vermummung erst richtig vor mir sah. »Ich habe das Palais vor zwei Jahren vom Baron von Wrangel gekauft, als ich nach Berlin kam. Doch die Einnahmen aus der Vermietung des ersten Stockes decken kaum die Kosten. Um auch nur die größten Schäden zu beheben, müsste ich ein Vielfaches aufwenden. Dieses Stockwerk hier wird im Frühjahr ein Opfer des Hausschwammes, wenn ich kein Geld für das Dach auftreibe. Der Herbstwind hat ganze Arbeit geleistet – es sieht aus wie die sturmbewegte See … Das hier ist das letzte halbwegs nutzbare Winkelchen in der Höhe. Und das Parterre … ach, reden wir nicht davon. Ich bin froh, wenn die Mauern uns noch eine Weile tragen. Ich würde das Gemäuer ja wieder verkaufen, aber keiner will es haben. Es ist am Ende … Erst die alten Geschichten, dann das Wetter, und jetzt das …«

In der einen Hand trug sie eine Schale, über die ein Küchentuch gebreitet war, in der anderen einen Topf mit heißem Wasser. Sie stellte beides auf den Tisch, warf Teeblätter in die dunkelbraun glasierte Tonkanne, dann ließ sie etwas Wasser darüberlaufen. Sie wartete einen Augenblick, um es in ihre Tasse zu gießen und mit einer schwungvollen Geste auf den Boden zu schütten.

»Für die durstigen Geister!«

Aus der zur Unkenntlichkeit vermummten Alten war eine vornehme Dame geworden, in den besten Jahren und voller Leben, groß, mittelblond, mit starken Wangenknochen und einem Ausdruck in Gesicht und Haltung, der beredtes Zeugnis ablegte von einem erfahrungsreichen Leben. Wie ein Oberton schwang eine überirdische Zartheit in der an sich festen Stimme. Nun schob sie die Sorgen kurz zur Seite wie einen Schleier, während sie mich aufforderte, auf dem Sofa Platz zu nehmen. Ich setzte mich lieber auf einen Stuhl. Sie goss derweil das heiße Wasser in die unansehnliche dunkelbraune Teekanne. Aus der Truhe holte sie eine zweite angeschlagene Teetasse aus Porzellan für mich.

»Hier hatte die Prinzessin ihr Arbeitszimmer!«

Die Erwähnung der erlauchten Vorbewohnerin geschah mit unverhohlenem Stolz und einer sehnsuchtsvollen Demut. Die Dame war Royalistin.

»Sind Sie überhaupt von hier? Sie haben zwar keinen Akzent, aber ich wittere etwas in Ihrem Wesen ... Französin? Ihre hellblaue Militärjacke ... ? Passt recht gut zum Rosé Ihres Rockes und den dunkelroten Stickereien. Sind das Papageien? Ja, Papageien ...«

Ich spürte das Lauernde in ihrer Stimme. Natürlich hatte mich die amerikanische Uniformjacke Jérômes verraten, die ich gegen die Kälte unterm Marder trug – der militärischen Rangabzeichen beraubt, versteht sich. Sie sah der

französischen ähnlich, war aber aus einem viel feineren Serge und von einem frischeren Blau. Ich konnte der Versuchung nicht widerstehen, meinen richtigen Namen zu verschweigen, und nannte unseren Pariser Decknamen.
»Gerardine Granget, Madame. Ich komme aus Berlin, aber mein Mann und ich ... wir lebten lange in Paris.«
Bei der Erwähnung dieser Stadt schien für sie die Sonne aufzugehen
»Sie auch? Wo haben Sie gewohnt?«
Ich nannte ein paar Adressen, und ihre grünen Augen leuchteten. Jérôme und ich waren in wenigen Jahren ein halbes Dutzend Mal umgezogen. Ich hatte noch nicht viele Émigrés in Berlin gesehen, geschweige denn gesprochen, und die typische Vorsicht, die sie im Gespräch an den Tag legten und die sie so leicht erkennbar machte, noch nicht erlebt. Sie hatte mir ihren Namen bisher verschwiegen, und so wuchs meine Neugier.
»Wir hätten einander begegnen können. Ich habe einmal nur wenige Straßen von Ihnen entfernt gelebt. Zuletzt, in den ersten Blutjahren ... im Palais Gironde. Aber allein ein Straßenzug bedeutet in Paris eine andere Welt.«
Wie recht sie hatte.
»Das Palais Gironde liegt in der Rue de la Harpe.«
In diesem Augenblick wusste ich, welcher Art der abgedeckte große Gegenstand war. Mein Herz klopfte schneller, und ich fürchtete, sie würde meine Neugier spüren.
»Sie sind Harfenistin! Ich hätte Sie in Paris spielen hören können!«
Sie lächelte.
»Das wohl eher nicht. Ich trat nur höchst selten vor bürgerlichem Publikum auf.«
Also hatte sie, das verrieten ihre Andeutungen, in der Gunst von Versailles und der Salons gestanden!

»Was wissen Sie über Harfen? Spielen Sie am Ende gar auch?«, fragte sie.
Ich verneinte lachend.
»O nein, Madame, wenn ich etwas ganz sicher nicht bin, dann musikalisch. Aber erzählen Sie mir doch bitte ein wenig über die Harfe!«
Meine Gastgeberin, deren Tee erstklassig war, ganz im Kontrast zu ihrer prekären Wohnlage, ließ sich nicht zweimal bitten.
»Ihre Majestät, die Königin von Frankreich, hat die Herzogin von Argenteuille als oberste Harfenmeisterin an den Hof gezogen, und diese brave Frau hat ein wahres Amazonenheer an Harfenspielerinnen ausgebildet. Ihre Majestät hat viel Geld investiert, um Kompositionen für die Pedalharfe zu fördern. Auch ließ sie vergessene ältere Stücke wiederbeleben, auf das Cembalo und die Harfe umschreiben und finanzierte aufwändige Editionen der herausragendsten Kompositionen aller Epochen!«
»Ich bin sicher, dass Sie auch am hiesigen Hof Ihr Glück finden würden ...«, fühlte ich vor, doch sie schüttelte den Kopf.
»Madame, träumen Sie nur ... Sie müssen doch zugeben, dass die Stimmung hier völlig gegen uns ist! Es scheint, als hätte man vergessen, dass wir Flüchtlinge das alte Regime verkörpern, dass wir königstreu und loyal sind und unser Heil nur deshalb in Berlin gesucht haben, weil es hier einst einen König gab, der den großen Voltaire zum Brieffreund hatte und alles Französische in den Künsten am meisten schätzte. Wo sonst hätten wir es wohl suchen sollen, unser Glück? Und jetzt behandelt man uns in dieser so viel gepriesenen Metropole wie Aussätzige, wie Staatsfeinde!«
Das Thema wühlte sie auf, und sie musste nur einen Schritt vom Teetisch weg tun, um ihr Instrument zu enthüllen. Ich

hatte richtig geraten und erblickte das große Wappen der Herzöge von Argenteuille.

»Dies ist die Harfe der Herzogin. Sie bat mich, das zu retten, was ihr mehr wert war als alles Menschliche auf dieser Welt.«

»Verraten Sie mir, wie Sie in diese missliche Lage gekommen sind?«

Sie wischte eine Träne fort, die unversehens über ihre Wange gerollt war, und setzte sich an ihr Instrument. Als sie sanft über die dunklen Saiten der Harfe strich, wurde ein Tongespinst erzeugt, das wie ein Geisterballett in der kalten Luft zitterte. Ich sah gefallene Engel durch den schwarzen Raum gehen.

»Wie ich hierherkam? Es war wie bei uns allen. Die reine Furcht vor dem fallenden Beil, das uns ohne Grund um die Köpfe bringen wollte. Granget ... ist das Ihr richtiger Name?«

Als sie mich durchdringend ansah, fühlte ich mich durchschaut. Sie lächelte und fuhr fort:

»Sicher nicht. Die Revolution hat uns ja alle ins Incognito getrieben.«

Ich schämte mich meiner Unaufrichtigkeit und nannte ihr meinen wahren Namen.

»Marquise ... welch eine Ehre!«

Es klang heuchlerisch und bigott. Aber dieses Gefühl hatte ich stets, wenn ich urplötzlich mit meinem Standestitel angesprochen wurde. Ich wehrte ab, was sie jedoch kaum gelten ließ. Ich erfuhr, dass sie Beatrice de Grève hieß. Auch ein wenig von ihrer Herkunft und ihrem Schicksal:

»Mein Vater war der Komponist Hermand-Louis de Grève. 1772 starb meine Mutter an den Folgen eines Ehebruchs, und Vater ging mit mir nach Versailles, als ich zwanzig war. Ich spielte und liebte und lebte am Hof siebzehn Jahre lang.

Eigentlich ist das schon meine ganze Geschichte. Ich verließ Paris vor etwas mehr als dreizehn Monaten. Die Harfe war seither meine beste Freundin.«

Sie spielte nun ein Stück, welches ihr Vater komponiert hatte, altmodisch und vorzeitig, wie eine Übersetzung eines Gemäldes von Watteau in die Dimension der Töne. Als sie es beendet hatte, sah sie mich fest an und sagte bitter lächelnd:

»Seien Sie nur ehrlich. Warum wollen Sie mir etwas vormachen? Sie sind wegen der Morde hier und nicht wegen eines Zimmers. Der Polizist deutete an, dass Anne de Pouquet eine einheimische Freundin hatte. Das müssen Sie sein!«

Ich war enttarnt und gestand es leicht errötend ein.

»*Freundin* ist zu viel gesagt. Sie reiste mit meinem Mann und mir von Paris und Mainz her an. Wenn ich mich so schlecht verstellen kann, dann sollte ich besser gleich mit offenen Karten spielen oder den Hazard, bei dem man bluffen muss, ganz sein lassen. Kannten Sie sie näher?«

»Nein, nicht sehr nahe. Sie spielte mitunter hier im Hause, so etwa bei meinem letzten Konzert. Sehr talentiert ... Sie hätte es noch weit bringen können. Ich habe sie zuerst in Versailles beim Vorspiel gehört, damals hatte sie noch nicht die Klasse, die nötig war, um im Harfencorps zu spielen. Außerdem verkehrte sie in den falschen Kreisen: Man sagte, sie sei im Salon der männerfressenden Gouze gewesen. Aber ihr Talent bemerkte ich schon damals. Es war etwas Ephemeres, Geisterhaftes in ihrem Wesen ...«

Ich sah die Harfensymbole auf den Schultern vor meinem inneren Auge.

»Harfencorps?«

Beatrice de Grève beeilte sich zu erklären:

»So nannten wir den Kreis der Auserwählten, die mit der Königin zusammen spielen durften. Hier in Berlin traf ich sie bei Göttler wieder und lud sie zu einem Konzert. Ich glaube, sie hat an geheimen politischen Versammlungen bei Mâconnais-Rambouillon teilgenommen. Ich hatte ihn ausdrücklich gebeten, die Politik aus meinem Haus zu lassen. Aber ich glaube, er hat sich nicht daran gehalten.«

»*Politik* trieb die drei in diese Wohnung?«

Das Wort roch nach faulem Polypen. Sie zuckte die Achseln.

»Ich lege keinen Wert auf allzu große Vertrautheit mit der Polizei. Aber ich selbst lasse meine Mieter unbehelligt ...«

Ich erzählte ihr von Distels Verdächtigungen meine Person betreffend sowie von der Haussuchung, hoffend, dass sie mir den Raum zeigen würde, in dem die Morde geschehen waren. Ich erwähnte die Harfen-Tataus nicht, obwohl ich den vagen Verdacht hatte, Beatrice de Grève könnte mehr darüber wissen, als sie bereit war, mir zu sagen.

»Würden Sie mir den Ort zeigen, wo man sie fand? Ich kann nicht mehr schlafen, wenn ich es nicht gesehen habe. Verstehen Sie das?«

Sie erhob sich, und ich konnte aus ihrem Mienenspiel ein zögerliches Ja ablesen. Sie nahm das Tuch von der Schüssel, die ich längst vergessen hatte. Eine Pistole kam zum Vorschein, die sie nun in einem Pelzmuff verschwinden ließ.

»Entschuldigung! Ich brauche diese kleine Sicherheit!«

Nach den Jahren im Zentrum des Jakobinismus war ich vieles gewohnt. Das Tragen von Waffen gehörte unter Revolutionären zum guten Ton. Doch im friedrichstädtischen Ambiente erschrak ich wieder vor dem Anblick des kalten Schießeisens.

»Madame! Das sieht martialisch aus ... Ich würde Ihnen ja sofort eine Wohnung bei uns anbieten, wenn wir mehr Platz hätten. Vielleicht kann meine Großmutter Ihnen ein anderes Domizil verschaffen?«

»Sehr freundlich, meine Liebe, ich erwäge es. Aber für den Augenblick, denke ich, ist das hier eine bessere Versicherung. Sie ist mit Salz geladen, einem probaten Mittel gegen Geister! Hoffen wir auch, dass die Dämonen am helllichten Tage schlafen. Meine beiden Mädchen werden noch mit der Reinigung beschäftigt sein. Untote verabscheuen Salz, Reisig und geschäftiges Treiben. Kommen Sie!«

So helllicht war der Tag gar nicht mehr. Er ging schon langsam zur Neige, als wir ins erste Obergeschoss hinabstiegen, wo fünf Türen bedrohlich auf einen düsteren Vorraum im Treppenhaus blickten. Eine war zweiflügelig, groß und schwer. Vier weitere waren kleiner, davon zwei ganz schmal: nachträglich eingebaut und zu höchst unterschiedlich geschnittenen Fragmenten des einstigen Wohnungsganzen führend. Beatrice de Grève nannte mir die Namen weiterer Hausbewohner:

»Ganz links wohnen zwei Musiker des Hausorchesters der französischen Königin: der Violinist René Ballé und der Flötist Fréderic Bertrand.«

Das Hausorchester bestand in ihren Gedanken noch immer, sonst hätte sie es anders formuliert. Violine und Querflöte – die beiden dunklen Vögel, die mir eingangs begegnet waren?

»Die zwei Mauersegler von vorhin?«, fragte ich, und sie nickte.

Halblinks hatte ein gewisser Amadé de Paul seine Zimmer, wie ich einem sorgsam gravierten elliptischen Messingschild entnehmen konnte. *Compositeur* stand unter dem Namen.

»Monsieur de Paul lebt sehr zurückgezogen. Eigentlich weiß ich nicht genau, wann ich ihn zuletzt gesehen habe, es könnte schon Wochen her sein. Beim Konzert wohl … Er beklagt sich mitunter lautstark über Lärm, sonst ist er der

Stillste im Lande. Er arbeitet an einer größeren Komposition, einer Kammermusik für Harfe und Klavier. Dies hindert ihn leider sogar daran, seine Miete pünktlich zu zahlen.«

Das Erste, was mir auffiel, als wir durch die weit geöffneten Türflügel in den zentralen Saal der Mâconnais-Rambouillon'schen Wohnung gingen, war das spiegelnde Parkett. Es wirkte alles sehr gepflegt, und sowohl Wände als auch Decken waren in weit besserem Zustand als im Quartier der Hausherrin. An den Wänden prangte eine Bespannung aus roter geblümter Seide, und ein Stuckstreifen von gut einem halben Meter Breite leitete zur Decke über, an der ein gemalter Deckenspiegel diverse schwebende Engel und Wolken, Vögel und geflügelte Rosse zeigte. Der schwere Lüster, vollgehängt mit geschliffenen Kristallen, hatte vier Stockwerke aus vier, acht, sechzehn und zweiunddreißig Kerzen. Die Kerzen waren nicht heruntergebrannt. Wahrscheinlich würden sie nur bei Festanlässen angezündet. Nicht billig, das Ganze ... Die wenigen Möbel im großen Raum waren ein riesiger Kleiderschrank, eine große Truhe, ein Regal mit Büchern, ein Schreibpult sowie ein langer Tisch mit sechzehn Stühlen.

»Der Comte scheint über viel Geld zu verfügen ... verfügt zu haben«, sagte ich.

Ich fuhr an den Buchrücken entlang und warf einen schnellen Blick auf die Titel: *Die unsichtbare Loge* von Jean Paul, ein lateinisches Werk, dessen Verfasser Theologe gewesen sein musste: *Apocalypsis revelata*, desweiteren Titel, die mir nichts sagten: *Metempsyche* von Osiander, *Über die Seelenwanderung* von einem gewissen Schlosser, eine achtzehnbändige Geschichte der französischen Könige von François Comte d'Ornay sowie ein Band der *Causes célèbres et intéressantes, avec les jugemens qui les ont décidées*, die mir in Schillers Auswahl bekannt waren, und der *Geisterseher* in einem Privatdruck ... Ich kannte nur eine Almanach-Veröffentlichung davon, denn das Werk war gar nicht vollständig erschienen. Der Verfasser hatte offenbar den Faden verloren oder die Lust oder beides. Der Rest der Sammlung war eindeutigen Inhalts. Die Titel sprachen für sich: Semlers *Sammlungen von Briefen und Aufsätzen über die Gaßnerischen und Schröpferischen Geisterbeschwörungen*, Balthasar Becker: *Crusius'Bedenken über die Schröpferischen Geisterbeschwörungen mit antiapokalyptischen Augen betrachtet*, Funks *Natürliche Magie* sowie Gotthard Hafners *Onomatologia curiosa, artificiosa et magica oder Ganz natürliches Zauberlexikon* ...

»Es ist die schönste und teuerste Enfilade im Haus, das stimmt wohl. Die angrenzende von Monsieur de Paul besteht dagegen nur aus zwei schmalen Zimmerchen ... Gaston Armand Comte de Mâconnais-Rambouillon konnte es sich leisten. Er hat darüber hinaus auch die Miete für die Wohnungen seines Sekretärs und seines Dieners, versteht sich, bezahlt. Es ist ein Jammer, ich weiß mir schier nicht zu helfen, wenn nichts geschieht! Ich werde ein Konzert zur Besänftigung der Toten veranstalten und hoffen müssen, dass sich bald ein Nachmieter findet. Zum Glück kommen stündlich neue, wohnungssuchende Émigrés in die Stadt, von denen einige über ausreichende Mittel verfügen.«

»Woher hatte Monsieur Mâconnais-Rambouillon sein Geld?«

Sie seufzte.

»Eine Hinterlassenschaft, wie er sagte. Émigrés mit reichem Erbe: O Herr, lass sie zu mir kommen!«

Ich durchsuchte mit den Augen den Raum, in der Hoffnung, dass mir irgendetwas auffiele.

»Mâconnais-Rambouillon lag im Nachbarraum, die de Pouquet dort vorne, nahe am mittleren Fenster, als wollte sie es noch aufreißen und in ihrer Not hinausschreien. Alphonse Dampmartin schließlich scheint sich bis zur Eingangstür geschleppt zu haben. Sie können sich nicht vorstellen, wie mich die Nachricht von alledem traf und noch immer aufregt ...«

Sie hatte die Waffe aus dem Muff gezogen. An der Art, wie sie sich mit der Salzpistole ins Dämmerlicht des Dezembernachmittags vortastete, war ihre Stimmung abzulesen: Was sie beunruhigte, schien noch anwesend oder aber mit der Fähigkeit begabt zu sein, jederzeit wiederzukehren.

»Die Geisterwelt ragt in unsere, und die irrenden Seelen, die nicht sterben und in den ewigen Himmel des Paradieses eingehen können, weil sich das Gute und das Böse in ihnen die unselige Waage halten, werden uns drangsalieren bis zum jüngsten Tag. Oder wenigstens bis zu dem Tag, an dem sie durch die Gnade Gottes eine vorzeitige Läuterung erfahren.«

Ich verstand kein Wort von dem, was sie sagte. Meinte sie, dass die Toten, die nicht ruhten, die Lebenden zur Schlechtigkeit anhielten? Oder meinte sie wirklich – und die Waffe gegen die Geister sprach ganz dafür –, dass die Untoten die Kraft und die Unart besäßen, nicht nur ihre guten Seiten, sondern auch ihre Schlechtigkeit uns Irdischen angedeihen zu lassen?

»Wie haben Sie davon erfahren? Wer hat die Toten gefunden? Was für eine ... schwarze Messe ... wurde in diesem Haus gefeiert?«

Ob die Besitzerin auf ihrer Schulter auch eine Harfe hatte? Fast hätte ich sie plump und direkt gefragt, doch dann überwog die Vorsicht. Sie antwortete zögernd und entspannte vorsichtig den Hahn der Pistole.

»Mâconnais-Rambouillons Privatsekretär, Christian Bonneheure, fand die Leichen. Er hat die Räume als Erster betreten, am Morgen danach.«
Wir hörten das Geräusch von Besen und Schaufel. Es kam aus den beiden großen Seiten- und den drei kleinen Nebenräumen der Wohnung, deren Grundriss etwa die Hälfte der Fläche des ersten Stockes zu umspannen schien. Zwei Putzhilfen waren mit der Säuberung beschäftigt.
»Wohnt er noch hier? Der Sekretär?«
»Er hatte zwei kleine Räume linkerhand. Er wird noch heute ausziehen, was ich ihm nicht verdenken kann. Die Miete wäre zwar für den ganzen Dezember beglichen, doch es hält ihn nicht mehr in diesem grauenvollen Gemäuer. Auch der Diener Karl, der ein kleines separates Gelass neben Bonneheures Zimmern hatte, verlässt umgehend das Haus.«
Durch die erste Tür, die draußen im Treppenhaus zur rechten Seite abging, so erfuhr ich, gelangte man in den Vorraum zu den Zimmern, die die Bediensteten bis zu diesem Tag bewohnt hatten. Vom gemeinsamen Vestibül dieser Wohnungen aus, das zugleich bei Bedarf als Umkleidezimmer und Garderobe für die Gäste der Herrschaft diente, führte eine Tür in den Salon.
Im Zimmer rechts vom Hauptraum trafen wir auf zwei Männer, die mir nicht so aussahen, als ob sie über ein künftiges Mietverhältnis nachdachten.
»Madame! Gut Freund!«, sagte der eine erschrocken, und Beatrice de Grève ließ die Waffe sinken.
Christian Bonneheure, Mâconnais-Rambouillons Sekretär, war ein attraktiver, leicht verzärtelt wirkender Jüngling mit dunklen Schatten um die blauen, verweinten Augen. Der katholische Priester neben ihm suchte die Räume mit Weihrauch und Weihwasser vom Bösen zu reinigen.

»Madame, Sie sollten sich beruhigen«, sagte Bonneheure mit einer sehr angenehmen, erkälteten Stimme. »Es besteht kein Grund ... besteht kein Grund ... sich zu ängstigen, denn *diesen* Nebel flüchten sie!«

Hausherrin und Ex-Sekretär verständigten sich durch einen Blick, der mir zu bedeuten schien, dass in meinem Beisein auf die Worte Acht zu geben wäre.

»Sind die Geister fort?«, fragte ich den dicken Priester. Den Schauplatz eines dreifachen Mordes durch das Hin- und Herbewegen eines dampfenden Topfes und das Ausschütteln eines in kaltes Wasser getunkten Staubwedels wieder für die Lebenden bewohnbar machen zu wollen, kam mir so urzeitlich wie töricht vor. Nicht minder befremdlich wirkte es auf mich, eine Salzpistole gegen Untote mit sich zu führen ... Er zuckte zusammen und suchte verzweifelt nach der Antwort, woraus ich schloss, dass sein eigenes Zutrauen zum christlichen Austreibungszeremoniell nicht so stark war, wie man hätte annehmen dürfen.

»Ich danke Ihnen für Ihre Anstrengungen!«, sagte die Hauseignerin zum Weihrauchschwenker. »Diese junge Dame sucht das schreckliche Schicksal der Getöteten zu begreifen. Sie hat nicht so viel Glauben wie wir, was das unheilvolle Wirken der abgeschiedenen Seelen betrifft. Wobei mein Glaube bislang nur ein entfernter und theoretischer war. Ich habe den meisterlichen Schweden noch längst nicht gänzlich verstanden, und es gibt zahlreiche Aspekte seiner Geisterlehre, die ich nie akzeptieren werde. Doch ... die Geschehnisse sprechen ja gewissermaßen für sich.«

Wie meinte sie das? Hielt sie den Hausgeist für den Mörder? Glaubte sie, dass die Ermordeten wiederkehren und Rache an den Lebenden nehmen würden?

»Was hat sich in der vorletzten Nacht hier abgespielt? Und was war Anne de Pouquets Part dabei?«, fragte ich Bonne-

heure, während ich den Boden mit den Augen absuchte. Man errät nichts ohne Verdacht: An einer Stelle schien jemand Stäbe aus dem Parkett herausgehoben und recht nachlässig wieder eingelegt zu haben.
»Ich genoss einen unerwarteten freien Tag und weiß so wenig wie Sie über die Ereignisse! Als ich gestern Morgen hier ankam …« Bonneheure kämpfte mit den Tränen. »Es war grauenhaft. Diese entstellten Gesichter …«
Er rang nach Worten, während ihm die Flüssigkeit wieder in die Augen schoss. »Fratzen … Doch vor allem diese geisterhafte Ruhe. Ich sah die leblosen Körper im Halbdunkel des Morgens. Sie schienen am Boden zu schlafen. Die Sonnenstrahlen fielen schräg ein, und Staub flimmerte über allem. Es war … fast … idyllisch …«
Ein Tränenschwall erstickte seine stockende Rede. Der Priester murmelte sein Vaterunser und schlug Kreuze. Bonneheure schluchzte heftig und netzte seinen Jackenärmel mit Tränen. Ich getraute mich kaum, ihm weiter zuzusetzen, so bewegte mich sein Schmerz. Dennoch überwog meine Wissbegierde.
»Als sein Sekretär müssen Sie Einladungen geschrieben oder auch überbracht haben, Einladungen zu einer Soirée wie der in der Todesnacht, von der Sie vorgeben, nichts zu wissen!«
Ich hatte es härter formuliert, als ich wollte.
»Ich war nur für seine Manuskripte und seine diplomatische Korrespondenz zuständig. Einladungen und dergleichen schrieb der Comte de Mâconnais-Rambouillon grundsätzlich selbst. Und überbracht hat sie … Karl.«
Er hatte sich zu einem älteren schlanken und sehr distinguiert wirkenden Herrn umgedreht, der eben aus der Tür zu den Dienstbotenzimmern getreten war. Der vormalige Diener, dessen Dienstverhältnis auf so grauenhafte

Weise geendet hatte, blieb äußerlich völlig unbewegt, als er hörte, dass von ihm die Rede war. Er hatte eine kleine Reisetasche in der Hand und trug einen vornehmen Mantel – ehrlich geerbt oder aus Sentimentalität angeeignet. Aus dem Besitz seines Herrn, vermutete ich. Ich fragte Bonneheure rundheraus:

»Wer erbt das Vermögen Mâconnais-Rambouillons?«

»Vermögen?«

»Hieß es nicht, er sei in den Genuss eines großen Erbes gekommen? Das es ihm ermöglichte, all dies hier zu unterhalten?«

»Madame – wer sind Sie, dass Sie mich verhören wollen? Mâconnais-Rambouillon hatte einen Bruder, glaube ich. Der wird wohl erben, was es zu erben gibt. Ich habe Gott sei Dank meinen Lohn erhalten für den Rest des Jahres. Ich kann von Glück sagen, wenn ich noch ein Buch aus der Bibliothek abstaube. Die Nachlassangelegenheit wird vom hiesigen Syndicus Grandeville geregelt.«

Ich setzte diesen Grandeville auf die Liste der zu Befragenden.

»Und Sie? Was werden Sie jetzt tun?«

Bonneheure lachte wegwerfend und zuckte die Achseln.

»Was liegt noch daran?«

Ich schüttelte missbilligend den Kopf darüber, dass er sich so gehen ließ, und wandte mich an den Diener, der nur auf eine Frage meinerseits zu warten schien.

»Groth, Johann August, Madame! Karl ist mein Dienername. Ich habe noch dem Enkel des ersten Hausbesitzers gedient.«

Der Erhängte fiel mir ein. Eine alte Dienerfamilie, wie es schien. Etwas beklommen schaute ich ihn an, und er lächelte.

»Ich bin meinem Urgroßvater nach seinem Tod wohl begegnet ... indes kaum jemals so, wie es einigen Gästen des

Hauses im Laufe des Jahrhunderts angeblich widerfahren ist. Er ist für gewöhnlich ein ruhiger Geist ...«

»Mit Monsieur Groth schwindet die Seele des alten Palais«, sagte die Hausherrin. Sie schien ganz und gar nicht unglücklich darüber zu sein, dass der Nachkomme des Hausgeistes endlich den Abschied nahm.

»Wie kam Ihr Urgroßvater zu Tode?«, erkundigte ich mich. Der alte Mann antwortete sachlich. Die Hausherrin schüttelte den Kopf dazu, als wüsste sie es besser.

»Der alte Uriel, Gott hab ihn endlich selig, starb bei einem Unfall. Die Leiter brach weg, als er die Kerzen auf dem obersten Kranz auswechselte – eine Verrichtung, die ich keinem Mann über siebzig anrate, wenn er nicht mehr standfest ist. Er kippte zur Seite, der Leuchterarm fasste ihn direkt unterm Kinn, sodass er wie in einer Schlinge hing. Uriel wog hundertachtzig Pfund, das reichte dreimal zum Erdrosseln.«

»Der Leuchter ist gut verankert«, schloss ich. Wir blickten nach oben, und es war mir kurz, als sähe ich die leblose Gestalt des alten Dieners im Dämmerlicht baumeln.

»Ich denke«, fügte Beatrice de Grève hinzu, »wir können die Zeugnisse so vieler hochgestellter Personen kaum ignorieren. Auch ich habe Uriels Handklammer um meinen Hals gespürt, als ich, in Vorbereitung meines letzten Konzertes, ganz allein unterm Leuchter im Raume stand ...«

»Sie waren wohl erkältet, Madame!«, bemerkte Bonneheure. Er hustete umgehend und machte ein Gesicht wie siebzig Tage Regenwetter.

»Nein, nein, mein Lieber: Es war der eiserne Griff des unruhigen Geistes! Sorge Gott dafür, dass wir glücklich sterben und mit den Ersten über den Jordan kommen!«

»Ich kann damit noch etwas warten!«, sagte ich, doch es lachte keiner.

Wir gingen in den großen Saal, den ich innerlich bei mir bereits den roten Salon nannte. Ich fragte Karl, der sein Gepäck neben den Kamin gestellt hatte:
»Gab es Einladungen zu einer Soirée am Sonntag, für die Nacht vom Achten auf den Neunten also?«
»Bedaure sehr, Ihnen mitteilen zu müssen, dass es keine Einladungen für den fraglichen Anlass gab! Nein, durchaus nicht! Ich habe zumindest keine überbracht. Ich weiß nichts über die Nacht, denn auch mir hatte der gnädige Herr freigegeben.«
»Geschah das oft?«
»Pardon, Madame?«
»Dass er Ihnen freigab, wenn eine Soirée stattfand?«
»Ich weiß rein gar nichts von Soiréen dieser Art. Ich hatte jeden dritten Sonntag des Abends frei.«
»Hatten Sie keine Lust, herauszufinden, was da vor sich ging?«
Mit unbewegter Miene erwiderte er:
»Es ist eine der größten Unarten beim Gesinde, dass es an den Türen horcht. Oder durch Löcher späht. Da sei Gott bevor! So etwas würde ich niemals tun. Wie sollte ich von einer Sache erfahren, die mich nichts anzugehen hatte?«
»Gott sei auch vor dem Falschzeugnisreden!«
Groth reagierte nicht auf diesen Warnschuss vor den christlichen Bug.
»Und Sie haben keine Erklärung für diese Freizügigkeit Ihres gewesenen Herrn? Hatten keinen Verdacht?«
Er schüttelte ebenso gravitätisch wie endgültig den Kopf. Ein Segen, dachte ich, dass es noch Diener vom alten Schlag gab. Ein Jammer hingegen, dass Mâconnais-Rambouillon einen solchen beschäftigt hatte.
»Was ist mit dem Parkett passiert?«, fragte ich ganz beiher und deutete auf die Schadstelle am Boden, unweit vom

Kamin. *Kamin* war ein fast zu unscheinbares Wort für diesen Felsen rechts der Eingangstür. Ein Spiegel hing darüber, der fast bis zur Decke reichte. Man hätte in diesem Saal Greifvögel frei kreisen lassen können. Auf der anderen Seite der Eingangstür, in der gegenüberliegenden Ecke, stand ein Kachelofen, giftgrün und dickbauchig wie ein Hochofen.

Karl antwortete mit der Eifrigkeit des reumütigen Dieners:

»Zweifellos eine schwere Unachtsamkeit von mir, Madame – es muss die Stelle sein, wo ich vor einiger Zeit eine Schüssel voll heißem Wasser fallen ließ. Ich bin untröstlich. Ich habe schon lange daran gedacht, es auszubessern, aber der Herr sagte immer, es hätte Zeit.«

»Wo werden Sie jetzt arbeiten?«, fragte ich Groth.

»Ich weiß es noch nicht. Ohne Zeugnis wird es nicht leicht. Ich werde zu Verwandten gehen, aber wohl keine neue Anstellung suchen. Ich bin heilfroh, dass ich das Haus verlassen kann. Nach dieser Untat könnte ich nicht mehr hier arbeiten. Es gibt durchaus Grenzen des Schicklichen.«

Alle Anwesenden, ausgenommen meine Wenigkeit, wollten nur hinaus. Die ungleichen Herren, Bonneheure, der Priester und Groth, verbeugten sich und verschwanden durch den rechten Seitenraum und die dortige Hintertür, die zur Wohnung von Diener und Sekretär führte.

Es gab noch zwei weitere Ausschlupfe aus der Mâconnais-Rambouillon'schen Etage, wie ich in den folgenden Minuten meiner notgedrungen viel zu eiligen Besichtigung registrierte. Durch kleine Vorkammern gelangte man sowohl links als auch rechts vom Mitteleingang ins Treppenhaus hinaus. Rechts befand sich der Dienstboteneingang, der an den Gelassen von Sekretär und Diener vorbei zur Küche führte, links die Garderobe nebst Ausgang für die Gäste.

»Stehen die Türen hier immer offen?«, fragte ich die Hausbesitzerin. »Der Mörder hätte in diesem Fall einfach so hereinspazieren können.«
Beatrice de Grève schob die Pistole wieder in den Pelzmuff und zuckte die Achseln, als wir hinausgingen. Ich verabschiedete mich im Treppenhaus von ihr und glaubte zu bemerken, dass sie erleichtert war. War es, weil sie die Pistole nicht gebraucht hatte, oder weil sie mich endlich los wurde?
Der Zufall half mir, als ich den Hausmädchen beim Verlassen des Grundstücks am Kehrichthaufen begegnete. Sie knicksten, und ich fragte:
»Sucht ihr vielleicht eine kleine Nebeneinkunft?«
Sie mochten fünfzehn sein und wirkten scheu und verschlossen. Doch ein paar Pfennige in meiner Hand ließen sie gesprächig werden, und ich erfuhr zuerst ihre Namen: Thea und Lore.
Distel hatte sie natürlich auch schon befragt, aber dem hätten sie nichts gesagt, wie sie in dümmlichem Stolz sich brüsteten. Viel zu brüsten hatten sie, nebenbei bemerkt, nicht.
»Bei dem Hakennasigen? Da bin ich ganz stumm geworden!«, sagte Lore.
»Und ich erst!«, sagte Thea. »Ein hübscher Polizist hätte uns gesprächiger gefunden …«
»Stimmt es, was man sich erzählt, dass ein alter Diener im Haus spukt? Man sagt auch, dass er öfters Geistergesellschaften bewirtet …«
Die beiden grinsten und taten sehr furchtlos, als könne sie kein Geist schrecken. Sie griffen sich die Pfennige, und wir huschten in ihre armselige Kammer hinauf.
»Spükerei? Nee, das ging immer ganz handfest zu.«
»Immer? Gab es denn mehrere? Solcher … Soiréen?«

»O ja! Regelmäßig zur Mitternacht ist ein Fackelträger gekommen – aus dem Wald hinterm Haus, wo unser Fenster hinunterschaut, es hat uns beim ersten Mal schon gegraust! Wir haben auf der Stiege gelauscht. Aber es war nichts weiter zu sehen und zu hören. Nur die große Tür ging, also war er beim toten Herrn.«
»Bei wem?«
»Dem toten Comte, der da noch lebte, den meine ich! Beim nächsten Mal, als es wieder passierte, ist es schon nicht mehr so aufregend gewesen. Ich glaube, es war einfach einer, der von den Nachtwächtern nicht gesehen werden wollte und hinten durch die Gärten kam. Wenn eine einmal nicht schlafen konnte, weil es so kalt war«, sagte Lore, »haben wir ihn gesehen.«
»Habt ihr ihn Sonntagnacht gesehen? Ich meine die Nacht vom Sonntag auf den Montag? Vom Achten auf den Neunten?«
»Sonntagnacht?«
»Die Mordnacht, ja. Erinnert ihr euch an irgendein besonderes Vorkommnis?«
Sie schüttelten energisch den Kopf. Plötzlich war ihre Gesprächigkeit dahin. Ich legte je einen Sechzehnteltaler vor sie hin.
Thea zierte sich. Lore indes piepste:
»Doch! Ja!«
»Ihr habt einen gesehen? Einen Fackelträger?«
»Zwei!«
Jetzt nickte auch Thea.
»Zwei!«
»Geht es vielleicht etwas genauer? Kamen sie einzeln, kamen sie gemeinsam?«
Es kostete mich noch zwei Sechzehnteltaler. Die beiden waren schnell von Begriff.

»Der eine war der übliche Mann mit Fackel, ich erkannte seinen Gang. Der andere war ohne Fackel. Sie gehörten offensichtlich nicht zusammen. Der zweite lief über die Lichtung zum Haus, viel später.«
»Wieso habt ihr das so genau beobachtet?«
»Wir konnten nicht schlafen. Es wurde plötzlich sehr laut im Haus. Wir haben am Dachfenster gehockt und hinuntergespäht. Es tat ... eine einen Schrei! Danach sahen wir wieder einen über die Schneewiese laufen.«
»Lief der auch aufs Haus zu?«
»Nein, er lief weg, in den Parkwald!«
»Und auf der Treppe? Habt ihr nicht nachsehen wollen?«
Sie schüttelten synchron die Köpfe, waren verstockt. Hatten nichts weiter gesehen und lehnten jeden weiteren Groschen ab.

4

Schon am nächsten Abend schleppte ich Jérôme in den Salon der Rahel Levin, eine bei Émigrés beliebte Adresse, wo es sehr kultiviert und – leider etwas oberflächlich zuging.

Anmelden musste man sich in keinem Salon, und die Begrüßung war nicht selten die erste Begegnung. Es kamen immer neue Gäste, während sich andere verabschiedeten. Dadurch, dass es vor allem Politiker und Künstler oder zumindest künstlerisch Interessierte waren, gab es das übliche Getuschel und die gekünstelte Freundlichkeit, wenn jemand auftauchte, den alle kannten oder kennen mussten.

»Marquise! Marquis! Ich bin tief bewegt vor Freude! Sie sind meine ersten Aeronauten! Nein, was soll ich sagen?«, sagte die Levin, als sie uns die Tür zu ihrer viel gerühmten Dachkammer öffnete. Eine mausgraue Person mit einem ziemlich hässlichen, bäuerlichen Gesicht, eine übereifrige, grundlos ambitionierte Bankierstochter … Ich musste mich zusammennehmen, dass ich nicht antwortete: *Warum halten Sie nicht einfach Ihren Mund?* Der Raum, in den sie uns hineinbat, war dreimal größer als unser Werk- und Wohnzimmer.

»Wir mögen es ungezwungen! Da sind Gebäck und Tee! Greifen Sie ungeniert zu … Kommen Sie, ich mache Sie mit ein paar meiner Gäste bekannt.«

Die Namen waren mir nur Schall und Rauch; es war niemand darunter, der Jérôme oder mich besonders faszinierte. Wenn ich mich richtig entsinne, stellte uns die Maus den ungeschlachten sechzehnjährigen Fähnrich namens Friedrich de la Motte Fouqué vor, der seltsame Grillen in seinem Kopf spann und uns von einer Luftschiffernovelle vorflunkerte, die er angeblich gerade schrieb: *Die Luft-Nixe* ... Später hat er sich wirklich dem Fabulieren gewidmet und ist heute der fürchterlichste Schmonzettenschreiber der Weltgeschichte.

Alles stand oder saß, knabberte an Keksen und schlürfte lauwarmen Blätteraufguss. Man rezitierte vornehmlich französische Autoren einer überlebten Epoche, lauschte dem Klavierspiel der ebenso blutjungen wie blutdummen Henriette Mendelssohn und sprach, in stumpfer Verzweiflung über die Tristesse, desto eifriger den geistigen Getränken zu. Der einzige Lichtblick war der Legationssekretär der schwedischen Botschaft. Karl Gustav Brinckmann unterhielt uns mit trefflichen Erzählungen vom Schicksal des unvergleichlichen Pater Brey, dem umtriebigen Franz Leuchsenring, der ein Jahr zuvor Preußen hatte verlassen müssen und jetzt als bekennender Jakobiner in Paris lebte. Dass er 1783 bei eben jenem Friedrich V. von Hessen-Homburg gewirkt hatte, bei dem wir mit Goethe auf der *Redutt* getanzt hatten, war uns ganz neu ...

»War die Polizei auch bei Ihnen?«, fragte uns die Levin. »Bei mir hier in meiner Dachkammer haben diese Barbaren ... Ach, ich mag es gar nicht sagen! Es war doch zu garstig. Es geht um einen mehrfachen ... Oh, es ist unaussprechlich! Noch etwas Tee, meine Lieben?«

Von den interessanteren Franzosen war keiner zugegen. Wir gingen, als Henriette Fromm den Raum betrat, die Freundin der Levin und der Herz und die bekannteste der vielen Geliebten von Louis Ferdinand ... Koketterie, nur ein *o* von Kokotterie entfernt. Und wenn der Geist fehlt, wird selbst die hübscheste Frau zu einem öffentlichen Ärgernis.

Bei Henriette Herz am darauffolgenden Abend begegneten wir einer Reihe weiterer Verfolgter. Die Erzählungen troffen vor Argwohn, Selbstmitleid und Verzweiflung. Auch die halb privaten Zufluchtsorte der Émigrés wurden nun von der Polizei überwacht. Nach Einbruch der Dunkelheit sorgte die Ordnungsmacht für die Zerstreuung, indem sie die Gesellschaften mit vorgehaltenem Bajonett auflöste. Distel war alarmiert. Die mecklenburgischen Prinzessinnen kamen in eine Stadt, in der es vor mutmaßlichen Mördern nur so wimmelte. Das musste einen Polizeichef an seinem Beruf irre werden lassen.
Bei der Herz nahm man kleinere Blätter vor den Mund und spielte eifrig in Vierergruppen Whist: mit vollem französischen Blatt. Jérôme, der ein fanatischer Whistspieler ist, verlor mit Leidenschaft und grämte sich nicht über einen Verlust. Wie anders bewertete er dagegen selbst kleinste Spieleinsätze und vergleichsweise billiges Pech meinerseits!
Nach einigen unvermeidlichen Durchgängen ... Poesie, Musik und Luftfahrt betreffend, waren wir schnell beim einzig interessanten Thema, das allen am Herzen lag wie das Heft eines Dolches oder am Hals wie eine Drahtschlaufe:
»Das Allgemeine an der Bedrohung ist so infam«, sagte der Marquis von R***, ein hohes Gerippe im roten Frack. »Ich war Staatssekretär bei der königlichen Finanzverwaltung. Noch vor zwei Jahren empfing mich der König von Frankreich in halbprivater Audienz und zeichnete mich für ein Vierteljahrhundert treues Wirken aus. Ich entkam nur knapp dem herabschnellenden Barbiermesser in seinen Gleitschienen ...« Er strich mit langen Fingern an dem Schatten seiner selbst hinab und sagte, sardonisch lächelnd: »Sollten jetzt die Auftragsmörder der Revolution zuwege

bringen, was der Hunger des Exils noch nicht vollenden konnte? Oder der preußische Kerker? Ich bekannte mich unlängst im erlesenen Kreis Sr. Majestät zur Kultfeindschaft – jetzt hat die Polizei mein Tagebuch beschlagnahmt. Ist denn jeder gleich ein Feind des Volkes, der die Guillotine flieht? Oder der ein Jakobiner, der ein revolutionäres Ziel begrüßt?«

»Wir können uns ja alle Jakobinermützen aufsetzen, dann kommen wir ganz sicher in den Schutz der Festung!«, rief der Neffe des Herrn Formey, und alle lachten sarkastisch auf. »Ich hatte gestern eine rote Schlafmütze gegen die Kälte auf dem Kopf, als die Polizei bei mir vorsprach. Sie hätten Distels Gesicht sehen müssen! Es war nicht leicht, ihm die feinen Unterschiede in Stoff und Form begreiflich zu machen ...«

»Erst ein Brand, dann drei Morde ...«, hob Madame de S*** an, die ihren Gatten an das fallende Messer der Volkswohlfahrt verloren hatte, da er *Vive le roi!* auf eine Assignate geschrieben hatte. Das war das revolutionäre Spielgeld aus Papier ... »Neuerdings genügt schon die Anzeige eines Kindes, um einen Mann ans rasende Messer zu liefern, und nicht einmal der Erste in der Republik wäre in der Lage, ihn zu retten. Ich gehe nur noch mit geladenem Pistol aus dem Haus.«

»Aber wir sind in Preußen!«, wandte Jérôme ein. »Nach dem neuen Gesetz ist für den Verdacht gegen Émigrés immerhin der achte April letzten Jahres der Stichtag!«

»Papier ist geduldig!«, antwortete die S***. »Glauben Sie, ein Scherge des Pariser Wohlfahrtskommandos fragt nach Ihren Berliner Einreisepapieren, um bei dem Datum keinen Fehler zu machen?«

»Genau meine Meinung!«, krähte der Neffe des Herrn Formey. »Ein Datum musste ins Gesetz. Doch was bedeutet

das schon? Im letzten Paragraphen heißt es ja deutlich, dass der Verdacht bestehen bleibt, auch wenn er sich nicht erhärten lässt! Hat man größere Perfidie je in Wort und Schrift verbrieft erlebt?«
Ich kramte in der Erinnerung nach düsteren Verfolgern und sah Jérôme zum Opfer blutrünstiger Golems werden, ferngelenkt von menschenverachtenden Ausschüssen in Paris. Ich würde den Schmerz nie verwinden …
»Im Dezember hat die Commune verfügt, wie man Bürgertreue nachzuweisen hat, und das ist in der Tat schwieriger, als ins ehemalige Paradies zu gelangen, und der heilige Petrus war weniger anspruchsvoll als der Bürger Chaumette! Wenn dieses Dekret genau befolgt würde, wären drei Viertel der Pariser Bevölkerung verdächtig …«, sagte der Marquis von R***, doch die Pointe wurde gedämpft durch das Hereinstürzen eines Gehetzten.
»Die Polizei ist hinter mir her!«, rief der ehemalige Gesandte des französischen Königs in Preußen, Monsieur de la T***. »Nur meine tanzbärenhaften Künste auf dem Eis der Trottoirs haben mich diesen Vorsprung halten lassen!«
Jérôme und ich sahen einander an und beschlossen, tapfer auszuharren. Monsieur de la T*** labte sich an der vorzüglichen heißen Schokolade der Herz, dann hallten Schritte vor dem Haus. Der Türklopfer wurde hart angeschlagen. Zwei Polizisten traten ein, finster dreinblickende Gens d'Armes!
Doch die beiden Musiker, die sie eifrig in jedem Winkel suchten, sogar unter dem Sofa und dem Klavier, fanden sie nicht. Und auch im weiteren Verlauf dieses unterhaltsamen Abends, an dem noch manches Wort über die herüberschwappende Gefahr aus Frankreich verloren wurde, warteten alle vergeblich auf den Violinisten René Ballé und den Flötisten Fréderic Bertrand.

Schaurig-schön des Mondes Pracht
über Wald und Schlosse wacht!
Doch die allerschönste Nacht
wird in Angst und Pein verbracht,
wenn sich, Wehe klagend sacht,
das Gespenst erhebt und lacht!

Anna Luise Karsch, die Stegreifdichterin, die uns gegen kleine Münze Sinnsprüche für die Bildstreifen der Laternae magicae lieferte, wusste am Sonnabend zu berichten, dass René Ballé und Fréderic Bertrand, der Violinist und der Flötist aus dem Palais der Madame de Grève, in der Hausvogtei verhört und sofort in die Spandauer Feste verbracht worden waren. Todbringende Schlingen waren in ihren Instrumentenkästen gefunden worden. Allgemein atmete man auf nach diesem überraschenden Erfolg der königlichen Polizei. Der Polizeichef Distel wurde vom König empfangen und höchstpersönlich mit dem Orden Pour le Mérite dekoriert. So berichtete es die Dienstagsausgabe des *Journals*, die – wegen dieser Eilmeldung – doppelt verspätet kam …
»Hätte ich ihm nicht zugetraut!«, sagte Jérôme.
»Nun, man täuscht sich mitunter. Auch ein blindes Huhn … Du verstehst!«, sagte ich, und wir lächelten uns über ein paar Schreckenslaternen hinweg an.
Dennoch fühlte ich meine Wissbegier mit diesen Neuigkeiten nicht befriedigt. Waren die Morde damit tatsächlich aufgeklärt? Die beiden lustigen Vögel als Mörder? Der eine groß, der andere klein, recht linkisch in meiner Erinnerung. Doch mitunter hatte sogar ich mich schon in Menschen getäuscht. Waren die beiden nur die klägliche Vorhut einer weitaus schrecklicheren Terrorwelle, die noch anbranden sollte? Ich wollte es zumindest nicht versäumen, den Syndicus Grandeville zu besuchen.

Am gleichen Nachmittag noch stellte ich mich bei ihm ein. Ein hagerer, flinker Mann empfing mich am Oktogon im Massenbach'schen Haus. Grandevilles waches Gesicht strahlte eine Beweglichkeit aus, wie man sie bei Menschen selten antrifft, die ihr halbes Leben in geschlossenen Räumen zubringen. Damit kontrastierte eine diplomatische Sprechweise: gedehnt, jede Silbe erwägend, vorsichtig, ein wenig geneigt, jeden Satz in einige Paragraphen des neuen allgemeinen Preußischen Landrechts einzuwickeln.

»Madame, ich bin geehrt! Von Ihren ... hm ... Apparaten spricht ganz Berlin: Wie viel kostet einer? Nun, aber in meinem Beruf ... Ich sollte einmal eine Laterna magica bei der Verhandlung im Königlichen Collegienhaus ... Keine üble Idee, zur Demonstration eines ... Sachverhaltes, was meinen Sie? Was führt Sie zu mir?«

»Eine Vertraute starb unlängst und ganz unerwartet. Sie stand mit einem Mann in näherer Verbindung, dessen Nachlassgeschäfte Sie regeln. Sein ehemaliger Sekretär, Christian Bonneheure, verwies mich an Sie.«

»Hm ... nun ja, Mâconnais-Rambouillon ... Das ... trifft zu, in der Tat, ja! Doch wie ... kann ich ... Ihnen behilflich ...?«

»Nun, es mag Ihnen seltsam erscheinen und entbehrt jeder Begründung, doch bestimmte Handlungen, das werden Sie als Jurist viel besser ausdrücken können als ich, geschehen gewissermaßen ohne zwingende, auf der Hand liegende ...«

»... Occasion?«, half er mir.

»Sehr richtig.«

»Nun ...«

»Ich komme, weil mir jene Freundin nicht allein Vertraute war ... Es verhielt sich eigentlich genau entgegengesetzt. Ich war ihre ... wie soll ich mich ausdrücken? Nun, Ihnen als einem verschwiegenen Mann, kann ich es ja eingestehen ...«

Ich machte, indem ich das Ganze noch etwas verklausulierte, meine indirekte Sache sehr gut, fand ich. Auch wenn es mir zugleich viel zu plump vorkam, was ich mir als billigen Vorwand zurechtgelegt hatte.

»Seien Sie dessen gewiss, Madame, ganz ... hm ... dezidiert gewiss ... es ist ... oberste Prämisse in meinem ...«

»Beruf?«, assistierte ich. »Ich erwartete es, Monsieur. Ich erwartete es ...«

Eine letzte Pause, die mir sehr schwerfiel, die aber ihre Wirkung nicht verfehlte, wie ich an der blitzenden Neugier in seinen Augen ablesen konnte.

»Sie hielt es im Zuge ihrer hohen Abkunft für geboten, ihren richtigen Namen zu verschweigen und ein Incognito zu verwenden.«

Er sagte nichts, doch seine Pupillen weiteten sich.

»Da ich um ihre Vorsicht wusste«, fuhr ich fort, »die sie allen Fragen angedeihen ließ, die ihre wahre Identität verraten konnten, so habe ich mich nie unterstanden, von ihr erfahren zu wollen, wem sie die heikle Sorge um ihre Nachlassgeschäfte übertragen hatte ... Indessen, da ich zumindest weiß, wie nahe sie Mâconnais-Rambouillon stand, so liegt die Vermutung vielleicht nicht allzu fern, Sie könnten mir eventuell einen Rat geben, an wen ich mich etwa zu wenden hätte? Unzweifelhaft hatte der Comte de Mâconnais-Rambouillon ein bedeutendes Legat von meiner Freundin zu erwarten, für den Fall ihres plötzlichen Ablebens. Da nun beide ... so wird wohl alles seinem Bruder zufallen, der es sicher gebrauchen kann, um seine Verhältnisse zu sanieren.«

Waren es zu viele Schüsse ins Blaue? Ich fürchtete es. Auch dass ich mich durch irgendein Wort als Betrügerin entlarvt hatte. Plötzlich bezweifelte ich stark, auf diesem Wege irgendetwas zu erfahren.

»Das würde ein völlig neues Licht ... Der Bruder ... Kriegsheld und Überläufer ... ist verschollen. In die Mühlen des Wohlfahrtsausschusses geraten? Es gibt zwar eine Verfügung, aber als Erbe ist die französische Krone eingesetzt. Dabei sind nur ein paar Bücher und Möbel vorhanden. Die werden nun der Einfachheit halber der Vermieterin als Abstand für alle Ungelegenheiten des plötzlichen Leerstands überlassen. Eine Vermehrung der Erbmasse ... äh ... wäre sehr spaßig, denn man müsste sie wohl an den Pariser Jakobinerclub abführen ... als den Rechtsnachfolger der Krone, nicht wahr? Ich könnte allerdings vorher endlich ein Honorar abziehen! Der Comte hatte mehr Schulden als die Bank von Frankreich!«
Ein landläufiger Scherz, denn diese Bank gab es nicht mehr, wenn es sie denn überhaupt je gegeben hatte ... Kein Bruder, der erbte? Kein Erbe überhaupt? Grandeville schien sich königlich zu amüsieren und fragte nun seinerseits:
»Darf ich fragen, Madame ... äh ... Granget, wie sich Ihre Freundin nannte?«
»Sie wählte ein adliges Pseudonym, obwohl ich ihr davon abriet: Anne de Pouquet!«
Seine Miene verschloss sich.
»Nun ... also ... so! Nun, dann ... nun. Ich versichere Ihnen, dass sie nicht zu meinen Klienten gehörte! Sicher gab es keine Verfügung von ihrer Seite, denn ich hätte davon Kenntnis erlangt. Wenn sie einen Syndikus eingeschaltet hätte, so würde er sich mit mir in Verbindung gesetzt haben. Spekulative Fragen interessieren mich als Juristen kaum, und ich fürchte, ich fürchte ...«
Was er fürchtete, über die Tatsache hinaus, dass er mir nichts würde sagen können, behielt er für sich.
Ich stand wieder auf dem Oktogon und fühlte auf schmerzliche Weise meinen zwar nicht absoluten, aber doch sehr

relativen Misserfolg. Immerhin wusste ich nun, dass der Comte über Humor verfügt hatte. Anders war es nicht zu erklären, dass er nichts besaß und es trotzdem dem guillotinierten König vererbte ... Es *musste* aber doch etwas dagewesen sein, sonst hätte er nicht diesen Aufwand treiben können ... Waren seine Mittel gerade aufgebraucht, als der Mord geschah?

In der Mohrenstraße erwartete mich eine Überraschung. Nein, ich will nicht mehr das Wort vom alten Bekannten bemühen. Ich hasse Wiederholungen! Auch wäre die Wendung im Falle des Herrn, der mir damals nach fünfzehn Jahren wieder über den Weg lief, nicht ganz die richtige. Als mir Marthe eröffnete, dass der Doktor Heim im Wohn- und Arbeitsatelier säße, beschleunigte sich mein Herzschlag. Ich sah mich für Sekunden wieder neben dem jungen drahtigen Mann von einst die Sandkuppe des Tempelhofer Berges erklimmen, sah mich mit dem jungen Doktor über Land fahren, Grabsteine von Templern ausfindig machen und zu nächtlicher Stunde Leichen inspizieren ...

Ernst Ludwig Heim war inzwischen der landauf, landab gefeierte Armenarzt, der in seinem Haus Kronenstraße/Ecke Markgrafenstraße jeden behandelte, gegen Honorar oder umsonst. Zugleich war er der Leibarzt der königlichen Familie. Nun, kurzum: Dieser Herr wäre einmal fast mein Lebensgefährte geworden. Widrige Seelenzustände und beiderseitige Jugend hatten einer tieferen Verbindung entgegengewirkt.

Jetzt vernahm ich das Lachen Jérômes und Heims unverkennbaren Tonfall. Er erzählte sein berühmtestes Abenteuer: die Besteigung des Münsters in Straßburg 1775. Schinkel hat ihn mit wehendem Schnupftuch auf dem steinernen Kreuz auf der Turmspitze sitzend in das Ölgemälde der

Sophie Elisabeth Lautier gemalt, oder war es Caspar David Friedrich?
Nein, doch Schinkel! Ja, gewiss war es Schinkel! Heim hat mir das Bild erst vor ein paar Wochen gezeigt! Die Malerin schickte es ihm letztes Jahr.
In jenem Dezember nun trug er einen Biberpelzmantel und einen feinen mausgrauen Tuchrock. Richtig feist im Gesicht war er geworden und hatte etliche Pfunde mehr auf den Rippen als früher.
»Madame, wie freue ich mich! Sie sehen geradeheraus bildschön und gesund aus wie eine Flunder!«
»Und Sie sehen steifpetrig aus wie ein Heilbutt!«, entgegnete ich.
Heim lachte.
»Madame, es ist eine kleine spaßige Reihenuntersuchung, die mich zu Ihnen führt. Ich soll einen Blick auf alle französischen Schultern werfen, die unlängst in Paris waren. Der eifrige neue Polizeichef sucht nach Indizien für eine staatsfeindliche Geheimorganisation oder so etwas. Das erzähle ich Ihnen, weil ich genau weiß, dass Sie es schon vermuten.«
»Das ist nicht schwer. Distel hat sich zu einem Widerling gemausert! Heißt das nun, dass die beiden verhafteten Musiker unschuldig sind? Muss der Präfekt seinen Orden zurückgeben?«
»Soweit ich weiß, weiß ich gar nichts …«, sagte er und lächelte. »Die beiden sind in Schutzhaft, denke ich. Und … Orden, die der König verliehen hat, nimmt er nur zurück, wenn sich der Träger unehrenhaft verhalten hat.«
Schutzhaft? Vor wem? Das klang sehr dubios.
»Kommen Sie, bringen wir es hinter uns.«
Jérôme stand amüsiert daneben, während ich Heim die kalte Schulter zeigte, damit er das Nichtvorhandensein der Harfe zu Protokoll nehmen konnte.

»Erinnern Sie sich an die Logengeschichte? An unsere gemeinsame Spurensuche?«, fragte ich, während ich meine Schultern wieder bedeckte.
»Wie könnte ich das jemals vergessen? Wir waren jung und abenteuerlustig, doch wir waren brav. Viel zu brav, wie ich heute finde ...«
Wir lachten. Sie waren sich gar nicht so unähnlich, Heim und Jérôme ... Im Grunde war ich meinem Männergeschmack treu geblieben.
»Würden Sie uns am Sonnabend besuchen? Zum Diner? Ich würde zu gern wissen, wie viele Nichtharfen Sie zusammenkriegen.«
»Mit dem allergrößten Vergnügen! Bislang gab es noch keine positiven Befunde. Ich muss allerdings vorsichtig vorgehen. Wir fingieren eine Pocken-Immunisierung, es ist eine Art Experiment.«
Als er weg war, sahen wir uns ziemlich entgeistert an.
»Wie ich vermutet habe: kein Korn, nur ein blindes Huhn!«, sagte Jérôme. Er meinte den Oberpolizisten.
»Distel hat nicht gestochen. Nur ein bisschen gepiekt, zum Schein. Alle sollen denken, dass sie in Sicherheit sind.«
»Auch der Mörder. Das ist vielleicht gar nicht so übel.«

Die Tage waren angefüllt mit Zweifeln und Ungewissheiten. Ich glaubte nicht mehr, die Welt auch nur ein bisschen zu verstehen. Am meisten beunruhigte mich, dass ich um Anne de Pouquet trauerte und doch gar nicht wusste, wer sie in Wahrheit gewesen war. Ich baute verbissen an den Schreckenslaternen. Ich klebte Papierballone für Weihnachten. Mir fiel nichts ein.
Eine Anzeige in der Ausgabe des *Journals* vom Donnerstag, dem Neunzehnten, beendete diesen unseligen Zustand: *Verkäuferin gesucht, Fertigkeit im Harfenspiel Vorausset-*

zung. Gute Bezahlung. Instrumentenbauer Göttler, Rondellplatz 10. Am Rondell also, diesem Kreis aus hohen Mietshäusern, in deren obersten Geschossen Soldaten wohnten, während Händler und Handwerker in Läden und Werkstätten die Parterres bevölkerten, musste ich meine Recherchen fortsetzen.

Das dreigeschossige Haus mit der Harfenwerkstatt und dem großen Verkaufsraum im Parterre stand auf einem lang gestreckten Grundstück. Zwei Hinterhausseitenflügel schlossen sich an, gefolgt von einem großen Obstgarten, der fast bis zum Lazarett und dem Zollweg vorm Floßgraben reichte und jetzt in verschneiter Unbelebtheit dalag, wie ich sehen konnte, nachdem ich eine breite Toreinfahrt durchmessen hatte und hinters Haus getreten war.

Ich traf Göttler bei der profanen Tätigkeit des Holzhackens neben einem von mehreren großen Schuppen. Die sehnigen Hände waren noch das Feinste an dem kräftigen Mann. Immer wieder staune ich über die Wandelbarkeit im Gebrauch dieser menschlichen Werkzeuge und über die Gefügigkeit des Holzes, das sich sowohl zum kantigen Scheit als auch zum glatten Instrument formen lässt.

»Holz lebt und Holz stirbt!«, verkündete der vierschrötige Mann mit der herzerfrischenden Rohheit des Handwerkers und fügte hinzu: »Lassen Sie uns hineingehen!«

Ich unterschätzte das Gewicht einer Konzertharfe bei Weitem. Damit sie sicher stand, musste der Fuß besonders schwer sein.

»Wie funktioniert das? Gewichte? Da unten in der Lade?« Ich deutete fragend auf den hübschen Sockel, aus dem die Saiten heraussprossen.

Göttler nickte und erklärte:

»Achtzig Pfund wiegt ein Instrument! Dreißig sind im Fuß. Wenn die Harfe sicher stehen soll, muss man sie zusätzlich

beschweren können. Diese hier hat keinen sehr hohen Fuß. Es gibt welche, bei denen er doppelt so hoch ist.«
Er griff einige Akkorde, und ich war verzaubert von dem himmlischen Tongewebe.
»Was Ihre Freundin Anne de Pouquet in ihrer freien Zeit getrieben hat? Einen Liebhaber scheint sie gehabt zu haben, der sie gehörig traktierte. Sie kam hier morgens oft mit ziemlichen Schatten unter den Augen rein ...«
»Sie haben ihn nicht etwa gesehen, diesen Liebhaber? Sie wohnte doch hier im Haus?«
»Im rechten Hinterhaus. Nein, ich habe sie nicht überwacht. Ich bin kein Spitzel. Meine Mieter können machen, was sie wollen, wenn sie nur den Mietzins zahlen.«
»Beschäftigen Sie noch andere Hilfen?«
»Nur Anselm, den Hasenknecht! Stallhasen sind mein Zubrot – auch wenn Berlin allseits *der Harfen Kapitale* heißt, muss das Kapital doch noch von anderswoher kommen ...«
Er grinste verschlagen und rieb sich die vielfach begabten Hände. Mieter, Hasen und Harfen, dachte ich – manchmal beliebte es dem höchsten Wesen zu scherzen.
Einen Augenblick schien er ernst und nachdenklich. Dann war er wieder bei seinen Harfen, und seine Miene hellte sich auf. Er hatte eine zerlegte Pedalharfe auf einem Tisch ausgebreitet und reinigte behutsam die Mechanik mit einem Pinsel. Klemmen waren angebracht, wo kleine Nussbaumfurnierstücke eingesetzt waren.
»Anne de Pouquet spielte, wenn Kundschaft anwesend war.«
»Wie viele Harfen gibt es in Berlin, was meinen Sie?«
Jetzt musste er lachen.
»Na, Sie können Fragen stellen! Zweihundert? Sechshundert? Tausend? Ich wollte, ich hätte alle Harfenbesitzer als

Kunden, dann könnte ich es Ihnen ganz genau sagen. Viele Instrumente stehen leider herum und verstauben.«

»Und wie viele Kunden kommen regelmäßig? Und was kaufen Sie?«

Er musterte mich skeptisch. Dann lächelte er und schüttelte den Kopf.

»Warum wollen Sie das alles wissen?«

»Ich interessiere mich für Anne de Pouquets Hinterlassenschaft. Sie war eine recht gute Bekannte, doch ich habe traurigerweise keine Erinnerung an sie zurückbehalten. Ein Zustand, der mich bedrückt und den ich zu ändern wünsche.«

»Sie wissen, wo man Ihre Freundin gefunden hat?«

Meinte er diese Frage ernst?

»Selbstverständlich, es stand ja in der Zeitung! Bei einer Ihrer Kundinnen ... der prominentesten Harfenistin Berlins, möchte ich behaupten, denn ich kenne sie aus Paris!«

Er war blass wie eine Leiche und ließ den Pinsel sinken.

»Beatrice de Grève? Aus Paris .. . Gehörten Sie auch zu ihrem ... Kreis?«

Schwer zu entscheiden, ob das echt war. Ebenso unentscheidbar, was ihn mehr beunruhigte: dass ich auf Beatrice de Grève zu sprechen kam oder auf die Hauptstadt der Revolution.

Ich war versucht, ihn auf die Probe zu stellen und die Schulterharfen zu erwähnen. Doch ich unterließ es und konterte ebenso vorsichtig:

»Von welchem Kreis sprechen Sie? Es gab so viele Zirkel in Paris. Beatrice de Grève war mit der Herzogin von Argenteuille befreundet, die ihrerseits ...«

»Ach ja, ich schloss schon aus ihren spärlichen Worten, dass sie in Paris einen Kreis unterhielt, zu dem gar die Königin gehört haben soll ... Sie könnten ebenfalls dort bei ihr gewesen sein ...«

»Bedaure. Betreibt sie denn hier einen? Einen musikalischen Zirkel?«
Er zögerte. Dann sagte er leise:
»Sie schart brotlose Musiker im Haus um sich, das kann man ja nicht übersehen. Und wo immer mehrere davon auf einem Fleck sind, bilden sie ein Orchester. Sie veranstaltet ab und an Konzerte im alten Palais.«
»Zu dumm, dass ich nie davon erfuhr.«
Göttler dämpfte die Stimme, obwohl wir allein waren, und raunte im Angst-vor-der-Polizei-Ton:
»Zusammenkünfte in der Friedrichstadt stehen unter besonderer Beobachtung, seit die Franzosen bevorzugt hierher flüchten. Und sie fürchtet die Polizei im Haus auch wegen der Baubehörde. Das Haus ist einsturzgefährdet.«
Ob Distel & Co. mutmaßten, dass die de Grève einen heimlichen Jakobinerclub betrieb? Das wäre sehr töricht zu glauben. Sie war doch Royalisin durch und durch.
»Wann war das letzte Konzert?«
»Es liegt schon ein paar Wochen zurück.«
»War Anne de Pouquet auch bei diesem Konzert?«
Er nickte.
»Sie spielte die zweite Harfe.«
Wie Beatrice de Grève gesagt hatte.
»Könnte ich bitte einen Blick in Anne de Pouquets Zimmer werfen? Ob ich etwas für mich finde?«
Er schaute mich durchtrieben an.
»Viel ist es nicht, doch ich werde das Bündel morgen zur Auktion bringen. Dann hätten Sie das Nachsehen.«
Dieser Fuchs, dachte ich. Jetzt will er aus meinem vorgeblichen Schmerz auch noch Geld schlagen. Doch was blieb mir schon übrig?
Ich wollte in das Zimmer.
»Dazu muss ich erst sehen, um welchen Schatz es geht!«

Er hielt irritiert inne bei dem Wort *Schatz*, sichtlich Reichtümer vermutend, die etwa seinem Blick hätten entschlüpft sein können. Doch zuletzt grinste er wieder.
»Rechts hinten, ganz oben. Sie werden es nicht verfehlen.«
Ich wunderte mich zunächst, dass er mich allein gehen lassen wollte. Es wäre ein Zeichen dafür gewesen, dass er nichts zu verbergen hatte. Dass es nichts zu verbergen gab. Zumindest nicht in diesem Zimmer … Dann kam er doch mit.
Über sechs steile, unsichere Stiegen gelangten wir an eine schlecht schließende Tür. Göttler nestelte an seinem Schlüsselbund und schloss auf. Ich stand in Anne de Pouquets letzter Unterkunft. Anders konnte man den Verschlag schwerlich nennen. Sofort war zu sehen, dass die Polizei im Verwischen etwaiger Spuren äußerste Gründlichkeit bewiesen hatte. Die wenigen Dinge, die meine arme Reisegefährtin ihr Eigen genannt hatte, lagen verstreut im Raum, der sich klein und dunkel präsentierte, schmutzig und ohne Feuerstelle.
Göttler blieb hinter mir stehen, bis er sicher war, dass ich nichts stehlen würde, da ich alles in seinem Beisein inspiziert hatte.
»Ich muss in den Laden zurück. Wenn Sie ein Erinnerungsstück finden, müssen Sie mir einen Abstand bezahlen.«
Als er gegangen war, trat ich ans einzige schmale Fenster und blickte in einen tristen Hof. Öde Fensterhöhlen ähnlicher Behausungen starrten mich an. Kein Baum, kein Strauch, nur schmutziger Schnee am Grunde des Schachts. Wie hatte sie das ertragen? Mein Phantasiebild von Anne de Pouquet und dem schönen Unbekannten zerfiel und landete im grauen Staub, der am unebenen, abgetretenen Dielenboden flockte. Wer in diesem Bette lag, sah keine malerische Berliner Winterlandschaft, nur eine bröckelige

künstliche Felswand. Vom Fenster aus erkannte ich Göttlers Hasenknecht – eine verwachsene Gestalt, gegen die Kälte in graue Lumpen gewickelt, bei dessen Anblick sich die Frage, ob Anne de Pouquet und er vielleicht nähere Bekanntschaft geschlossen haben könnten, nachgerade von alleine beantwortete. Er hob seine kantige, holzscheitartige Hand, und – *zack!* Der Hase hing, bei den Löffeln gepackt, mit gebrochenem Genick darin und zappelte noch kurz. Reflexe …

Ich las die Dinge, die Anne hinterlassen hatte, vorsichtig auf, um sie auf der kahlen Bettstatt zu sammeln und zu begutachten: Kleidungsstücke, die mir zum Teil unbekannt, zum Teil auf schmerzliche Weise vertraut waren. Anne de Pouquet hatte einfache, elegante Kleidung geschätzt, so wie ich. Und da sie meine Statur hatte, könnte ich ihre Kleider ihr zu Gedenken tragen. Ich vergoss einige Tränen über diesem Gedanken und drückte einen jadegrünen Kaschmirschal an die Wange, nachdem ich ihn ausgeschüttelt hatte. Ein preußischer Polizeirohling hatte ihn achtlos in den Staub geworfen. Welch ein Kontrast! Die edlen Stoffe und das triste Gelass … Die wunderschönen Caracos in Dunkelgrün, Anthrazit und Aquamarin, mit Revers und Ärmelaufschlägen … Ich durchsuchte die Innentaschen der Jacken, drehte und wendete jeden Schal, jedes Stück Unterkleidung. Ich hob die Strohsäcke auf dem Bett, nachdem ich es abgezogen hatte. Das hatten die Polizisten seltsamerweise vergessen. Nun, seltsam fand ich an dieser Polizeiarbeit im Grunde gar nichts mehr. Nur dass man sich den Weg nicht überhaupt erspart hatte. Sie hatten keine Ahnung, wonach sie suchen sollten.

Darin glich ich Distels Leuten. Aber ich gebot im Gegensatz zu ihnen über eine brennende Neugier. Man mag es eine abstrakte Lust nennen, eine hohle, fast mathematisch leere Bestrebung, hinter ein Geheimnis zu kommen. Muss ich hinzufügen, dass auch ein höchst persönlicher Hass auf den Mörder einer viel zu rasch wieder verlorenen Bekannten mitspielte? Hass gehört zur Erotik des Verbrechens ...

Neben den Kleidungsstücken (in denen leider kein Anhaltspunkt versteckt lag, weder Zettel noch Brief) fand ich ein vollgeschriebenes Notenheft, eher ein Buch schon, eine Bibel, ein Werk theologischen Inhalts: *De cultu et amore Dei*, sowie eine Anthologie von Melodien, Liedern, Liedmotiven, herausgegeben von John Parry. Sie lag mit dem Gesicht nach unten unter einer umgestürzten Waschschüssel. Ich sah weit gefächerte, gebrochene Akkorde, Arpeggien – Musik für die Harfe, dies zu erkennen, bedurfte es keiner besonderen Kenntnisse. Von Parry hatte Anne de Pouquet mir erzählt, er war ihr Liebling unter den Komponisten. Ohne Augenlicht, ganz auf die Töne konzentriert: Blindheit und Harfe – kein Romancier hätte das besser erfinden können.

Eine Tasse, ein Teller, ein Messer, ein Löffel. Ein kleiner Kamm aus hellem Horn. Ein Musselin-Turban, wie sie augenblicks Mode waren. Der war mir neu. Das Geschenk ihres Liebhabers? War dieser Unbekannte vielleicht einer der beiden Toten neben Anne gewesen?

Mein Blick fiel auf eine Stelle im spitzen Winkel des grottenartigen Raumes, wo an der rissigen Wand, im Dämmerlicht des Hinterhauses auf Anhieb kaum zu erkennen, etwas in niedriger Höhe aufgehängt war. Es war ein selbst gemachtes kleines Kreuz aus Draht. Ich nahm es ab, um es besser zu sehen. Keine leichte Übung, dachte ich, in diffizilen Arbeiten durchaus geübt. Ohne Vorzeichnung nicht zu machen. Es war ein Balkenkreuz aus vier einander an den Ecken überlappenden Quadraten, von einem Kreis umgeben, der die Quadrate an je zwei gegenüberliegenden Seiten

schnitt. Die Schnittflächen waren wiederum Quadrate. Ich legte es in die Bibel. Dann nahm ich es wieder heraus und steckte es unter dem Revers meiner Jacke fest.
Am Boden waren die flachen Stümpfe ungezählter niedergebrannter kleiner Kerzen fast mit dem Holz verwachsen und bildeten einen Igelrücken aus Wachs. Der Gedanke an Anne de Pouquets einsame, stille Gebete in dieser düsteren Gruft war schauerlich. Ein Geräusch ließ mich herumfahren, und ich stieß einen gellenden Schrei aus: Hinter mir standen zwei Männer!
»Nom de Dieu, haben Sie mich erschreckt!«
Der eine von beiden grinste, es war Göttler. Er hatte meine Reaktion offenbar erwartet und es darauf angelegt. Jetzt sagte er scheinheilig:
»Entschuldigung, das wollte ich nicht! Aber eben kam ein Herr, der auch Interesse an den Sachen hat.«
Der weitere Interessent war ein schlanker, nicht eben großer, aber agil wirkender Mann in einem abgetragenen grünen Frack, der nebst einer vormals weißen Weste und einem beigefarbenen Hemd unter seinem dunkelbraunen, sehr eng geschnittenen Redingote hervorlugte. Ich sah sofort, dass er Franzose war und der alten Ordnung anhing, denn Grün war die Farbe der Artois und Weiß die der Bourbonen.
Er hatte seinen Zweispitz gezogen und verneigte sich sehr graziös, dann räusperte er sich und sagte:
»Meine Verehrung, Madame. De Paul!«
Mir fiel das gravierte Türschild ein: Das also war der zurückgezogen lebende Compositeur aus dem Palais. Laut Vermieterin ... De Paul sah gar nicht weltfremd aus.
Ich nickte reserviert. Als müsste er die kleinen schweren Sätze aus dem Eiskeller heraufwuchten, hob Göttler hervor:

»Ich möchte hören, wer von Ihnen die Sachen mitnehmen wird. Ich hab vergessen zu sagen, dass ich zwei Gulden dafür verlange!«
»Zwei Gulden?«, ächzte de Paul.
Das war wirklich ein horrender, vollends überzogener Preis für fünf getragene Kleider und ein paar alte Bücher. Der Schurke suchte die Situation auszunutzen.
»Ich gebe Ihnen einen halben, das ist mehr als genug!«, sagte ich. »Und ich zahle diesen Wucherpreis nur, weil es meine Bekannte war, der diese Dinge gehörten.«
Ich las an de Pauls Gesicht, dass er nicht einen Kreuzer hätte aufwenden können oder wollen. Ob Anne de Pouquet ihn näher gekannt hatte? Ob er vielleicht der Liebhaber war? Wieso hatte er dann nicht an der Soirée in der Mordnacht teilgenommen? Was wollte dieser Mann mit Anne de Pouquets Hinterlassenschaft? Frauenkleider? Ich begriff schnell, dass er einzig an den Musikalien interessiert war.
»Ich stimme Ihnen zu!«, sagte er zu mir, und dann zu Göttler, recht erbost: »Sie sollten sich schämen, aus dem Schmerz der Hinterbliebenen Profit schlagen zu wollen! Ich hatte übrigens keineswegs die Absicht, etwas zu kaufen. Meine Mittel lassen dies nicht nur nicht zu, sie sind sozusagen gar nicht vorhanden ... Die Parry-Anthologie hatte Demoiselle de Pouquet von mir geliehen. Sie werden es sehen, denn mein Besitzvermerk ist vorne eingeschrieben: AdP.«
Ich musste lachen.
»Anne de Pouquet – AdP. Amadé de Paul – AdP ... So einfach ist es nicht, Monsieur! Ein wenig mehr Beweis muss schon sein.«
Er zuckte leicht die Schultern, als wollte er jeden Anflug eines Betrugsverdachts von sich abschütteln und zum Ausdruck bringen, dass es ihm ja gar nicht unbedingt darauf ankäme. Doch seine Worte klangen anders.

»Welche Tragik! Von den eigenen Kompositionen getrennt. Und zu wenig bekannt, um sich mit ihnen zu legitimieren.«
Der stämmige Harfenbauer indes war aufgebracht angesichts meiner Weigerung und sicher auch über de Pauls Offenbarungseid.
»Sie müssen den Preis ja nicht bezahlen. Ich bringe es morgen zum Auktionator. Der wird schon herausholen, was herauszuholen ist!«
»Einen dreiviertel Gulden für alles!«, bot ich ihm an. »Das ist mein erstes und letztes Wort. Den Auktionator will ich sehen, der hierfür auch nur einen halben Gulden erzielt! Und von diesem Vierteltaler würden Sie kaum die Hälfte erhalten, wenn er seine Provision einstreicht.«
Dass ich trotz meiner Trauer nicht gewillt war, mich übers Ohr hauen zu lassen, stimmte Göttler nachdenklich.
»In Gottes Namen, es ist zwar eine Schande, aber … sei's drum, der christlichen Nächstenliebe halber. Sie haben die Kleider sicher nötig. Das andere ist ohnehin nichts wert.«
Ich händigte dem Schuft die schmerzende Summe von fünfundvierzig Kreuzern ein. Davon hätten Jérôme und ich eine Woche gut leben können … Wortlos kämpfte ich meine Wut hinunter und schlug die kostspieligen Erwerbungen in das hellblaue, geblümte Bettlaken, das zuvor eine garstige braune Strohmatratze gnädig verhüllt hatte, bei diesem Preis aber selbstredend auch mir gehörte. Verdammt, das Bündel war höllisch schwer, wenn ich an den weiten Weg in die Mohrenstraße dachte. Gespannt, ob de Paul, der bereits resigniert zu haben schien, mir nicht doch folgen und noch einen Versuch machen würde, an den Parry zu kommen, schleifte ich den Bettel aufs Rondell hinaus.
Ich verschnaufte und verfolgte die geschäftigen Bemühungen am Halleschen Tor. Auch an den schier endlos in

die Ferne laufenden Häuserfronten der Friedrichstraße tat sich etwas. Überall waren die hier einquartierten Garnisonssoldaten und die Bürgerinnen und Bürger damit beschäftigt, quer über die Straße Schnüre zu spannen. Das war nicht ganz einfach, aber die Menschen scherzten und lachten und nahmen die Anstrengungen mit viel Humor.
Die Prinzessinnen kämen am Sonntag von Potsdam herüber, wo sie am Sonnabend erwartet wurden. *Berlin, nun freue Dich!* So hatte es das *Journal* formuliert. Eine beispiellose Einfahrt würde das, ich stellte es mir vor, als säße ich mit ihnen in der Kutsche wie einst. In Schöneberg bekämen sie am Sonntagmorgen frische Pferde vor die Staatskarosse. Zum Glück würden sie sich dann schon eine Nacht von der weiten Anreise aus Darmstadt ausgeruht haben.
O je, wie fühlte ich schon jetzt mit den beiden! Im *Journal* hatte alles schon so genau gestanden, als wäre es längst passiert: Die garstige Voss, dieses steife, stiernackige alte Paradeross von einer Oberhofmeisterin, würde der sanften, lebendigen Luise gegenübersitzen! Rieke hätte es besser, denn Sophie von Brühl war jung und schön und würde ihr Pendant sofort ins Herz schließen, das ahnte ich.
Seufzend nahm ich meine Traglast wieder auf.
In der Tat blieb Amadé de Paul mir auf den Fersen. Ich war schon ein Stück die Friedrichstraße hinauf, als er endlich aufschloss. Sein Tritt auf dem verharschten schmutzigen Schnee klang verzweifelt.
»Mademoiselle ...«, flehte er förmlich, nachdem er sich endlich überwunden hatte, mich anzusprechen.
»Madame! Marquise sogar!«, konterte ich und setzte meinen Ballen wieder kurz ab. Die Schuhe zahlloser Berliner hatten den Harsch schmutzig eingefärbt. Stellenweise war er heller und sehr glatt, denn nicht jeder hatte die Asche aus dem eigenen Herd zur allgemeinen Begehung gespendet.

Auch standen einige Häuser in dieser einst so prächtigen und reichen Straße leer.
»Pardon, ich wusste nicht … Lassen Sie mich Ihnen tragen helfen! Bei diesen Wegverhältnissen ist das eine Tortur! Wohin müssen Sie?«
»Mohrenstraße, neben der Dreifaltigkeitskirche.«
Das war mit diesem Paket ein hübsches Ende, doch mein Begleiter schwang es sich wortlos über die Schulter.
»Was wollen Sie für Ihre Hilfe? Das, was Ihnen angeblich sowieso gehört?«
Sein Blick verschleierte sich, und seine Entgegnung kam gedämpft.
»Sie haben mich durchschaut! Die Kompositionen im Heft ebenfalls. Sie stammen von mir.«
»Da werden Sie noch etwas drauflegen müssen! Der Trägerlohn, den Sie zu erwarten hätten, entspricht dem kaum als Gegenwert.«
De Paul lächelte nun schwach, offenbar schon eine Chance witternd, an seine Schätze zu kommen. Dann seufzte er und erklärte, mit einem Mal sehr redselig:
»Madame, Sie wissen, wie schwer das Leben für uns Emigranten ist! Für Musiker ist es wie eine Abnabelung, denn die französische Musik, die unser Leben war, gilt plötzlich nichts mehr. Ich muss mich nach englischem, italienischem oder deutschem Vorbild verbiegen, um überhaupt noch etwas abzusetzen. Immerhin gibt es einen Lichtblick: Man sagt, dass die künftige Kronprinzessin die Künste liebt. Ich hoffe, es gelingt mir, einen Auftrag vom Thronfolger zu bekommen …« Sein etwas zu großer Kopf lehnte sich an das gefüllte bleumorante Bettlaken wie an eine himmelblau gestrichene Wolke. »Ich muss mir etwas einfallen lassen. Am einfachsten wäre es, ich würde der hohen Dame ein Singspiel widmen – es müsste nur einer das Libretto schreiben.«

Wir hatten die Mohrenstraße erreicht und legten das letzte Stück schweigend zurück. Ich bat ihn kurz herein in unser Arbeits- und Empfangszimmer, wo uns Jérôme begrüßte, ohne sich weiter in seiner Arbeit beirren zu lassen. Ich öffnete das Bündel und fragte de Paul, der noch immer keine Anstalten machte zu gehen:
»Was wissen Sie über Anne de Pouquet und den tödlichen Salon? Über ihr Verhältnis zu Beatrice de Grève? Und was über die beiden anderen Toten?«
Jetzt blickte Jérôme kurz auf, nur um kopfschüttelnd die Sehstrahlen wieder auf die halb fertige Schreckenslaterne zu bündeln.
»Es ist ein böser Traum! Ich kannte Mademoiselle de Pouquet vom letzten Konzert der de Grève in Gaston Armand Comte de Mâconnais-Rambouillons Wohnung. Ich muss gestehen, dass ich von ihrer Musikalität hingerissen war. Sie spielte wunderbar, fast besser als die Hausherrin in meinen Augen, was auch das gespannte Verhältnis zwischen den beiden erklären mochte. Ich fragte sie, ob Sie vielleicht eines meiner Lieder spielen wolle? Ich vertraute ihr meine gesamten Kompositionen an. Das dicke Heft, das Sie eben gekauft haben ... Ich hätte es mir so gut vorstellen können. Über die Geschehnisse der Mordnacht weiß ich nichts; ich schlief sehr tief und fest und hörte nichts: keinen Schrei, keine Musik. Die eingezogenen Wände im Palais sind dünn und hellhörig, und dennoch ...«
Er schien mit den Tränen zu kämpfen, ermannte sich wieder und fuhr fort:
»Die beiden anderen Toten? Ich habe weder den Comte noch Alphonse Dampmartin näher gekannt. Sie kamen ja auch erst vor Kurzem an. Gesehen, wenngleich nicht länger gesprochen, habe ich sie bei dem erwähnten Konzert. Wir waren Nachbarn, Dampmartin und ich, gewiss ... Doch

meine Aufmerksamkeit wurde an diesem Abend ganz von Ihrer werten Freundin absorbiert.«
Er fügte, sich an sein eigentliches Anliegen erinnernd, mit einem Blick auf Parry und das Notenheft hinzu:
»Ich würde es Ihnen abstottern!«
Es war ihm sehr ernst damit, das sah ich, doch mein Innerstes riet mir zur Vorsicht.
»Wenn Sie die Sachen unbedingt haben wollen, so sollen Sie sie bekommen, ganz ohne Geld. Alles, was ich dafür verlange, ist ein wenig Mithilfe.«
Er stutzte.
»Was soll das heißen? Wobei?«
»Ich will herausfinden, was mit Anne de Pouquet und den beiden anderen geschehen ist.«
»Warum wollen Sie das wissen?«
Diese Frage war einfältig. Er wohnte neben der Mordwohnung und verstand meine Neugier nicht? Dementsprechend enerviert antwortete ich:
»Aus reiner Neugier und aus Spaß an der Deduktion! Ihnen scheint die Vorstellung, nur durch eine dünne Wand von der Stätte eines dreifachen Mordes getrennt gewesen zu sein, ja nicht eben viel Kopfzerbrechen zu bereiten.«
Er wirkte frappiert und suchte nach Worten, ohne welche zu finden. Daher lenkte ich ein:
»Sagen wir besser, weil ich meine Wut und meine Fassungslosigkeit wohl nicht anders in den Griff bekomme. Ich frage mich die ganze Zeit, ob ich an Ihrer Stelle dort noch wohnen bleiben könnte.«
Nun nickte er vorsichtig.
»Glauben Sie nicht, dass ich so fühllos wäre, die Schauerlichkeit dieser Situation nicht zu erkennen. Ich beweine den Tod Ihrer Freundin, denn ich fühlte mich ihr so nahe an dem Abend, als ich sie spielen hörte. Ich hätte sie so gerne

wiedergesehen ... und jetzt ... Ich würde ausziehen, wenn ich könnte. Doch ich kann mir ja nicht einmal meine eigenen Kompositionen zurückkaufen.«

»Sie bekommen sie zurück, wenn Sie mir helfen, unbemerkt ins Palais zu gelangen, damit ich die Mordwohnung untersuchen kann – und schon haben Sie ihr geistiges Eigentum wieder! Das ist doch sehr wohlfeil.«

»Sie meinen ...«

»Sie könnten mir die Hintertüre öffnen und mir die Hausherrin vom Leib halten, falls sie im unrechten Moment auftaucht.«

»So etwas habe ich noch nie getan.«

»Es gibt für alles ein erstes Mal.«

Amadé de Paul lächelte wieder unbeholfen.

»Wann soll es geschehen?«

Mir fielen die Prinzessinnen ein. Wann genau sie wohl kämen? Nach der Kirche, sagten alle, um elf, zwölf vielleicht. Umso besser: Ganz Berlin stünde an der Straße. Kein normaler Mensch wäre in den Häusern. War ich normal? Legte ich Wert darauf, als normal zu gelten? Wollte ich nicht lieber normal sein und an der Straße Wimpel schwenken?

»Am Sonntag«, entschied ich und wehrte, als der Komponist die begehrten Noten gleich entführen wollte, sanft, aber bestimmt ab.

»Lassen Sie mir diese Sicherheit. Ich werde sie Ihnen mitbringen.«

Glücklich über diese Verzögerung schien de Paul nicht zu sein. Was war so besonders an den Musikalien? Wenn es seine eigenen Kompositionen waren, wollte er sie freilich wiederhaben. Das Gleiche galt für die Parry-Sammlung, da sie sicher einen gewissen Wert für seine Tonsetzerei hatte. Wenn beides Anne de Pouquet gehört und er ein Interesse an ihr hatte, war es ein sentimentaler Besitztrieb. Oder es

war etwas in den Bänden verborgen, das sich nicht auf den ersten Blick erschloss.
Ich setzte mich also, nachdem ich des Nachmittags noch eine mir horrend erscheinende Zahl von neun magischen Laternen zusammengesteckt, -genietet und -geklebt hatte, die am Abend schon ausgeliefert waren – was mein süßer kleiner Großneffe Theo besorgte –, an den freigeräumten Arbeitstisch und untersuchte die Bücher gründlich.
Was konnte an ihnen so geheimnisvoll sein? Im Parry sah ich absolut nichts Außergewöhnliches. Es lag kein Blatt darin, es war kein zusätzlicher Spiegel angeklebt. Die Innenkante hätte es verraten. Ich nahm eine Lupe zu Hilfe, doch das Ergebnis war eindeutig: nichts. Das fliegende Vorsatzblatt war weiß, das fliegende Blatt und der Schmutztitel ebenfalls. War etwas hinter den Buchrücken geschoben? Ich teilte den Buchblock und klappte die Hälften samt Deckel um, bog sie leicht nach hinten, um in die entstehende Höhlung zu blicken. Ich guckte in die Röhre. Auch beim vorsichtigen Stochern mit einem Holzstäbchen kam nichts heraus.
Mit der Liederhandschrift verfuhr ich genauso. Das Ergebnis war das gleiche. Nichts. Die Initialen … waren es Amadé de Pauls oder doch Anne de Pouquets? Sie waren eingestempelt. Das zeugte von einer größeren Büchersammlung, die Anne de Pouquet nicht hatte. Alles sprach für de Pauls Behauptung, das Buch gehöre ihm. Als ich das Blatt so aus der Nähe betrachtete, fiel von hinten Licht darauf. Ich sah deutlich einen dunklen Umriss. Ein Wasserzeichen? Ich hielt inne. Jemand hatte vorsichtig etwas mit dem Federmesser entfernt, so behutsam Faser um Faser des Papiers abgehoben, dass es bei oberflächlicher Betrachtung vollends sauber erschien. Anschließend hatte er die bearbeitete Stelle mit Daumennagel, Löffel oder Fischbeinmesser glatt

gestrichen. Man bemerkte keine Veränderung, wenn man es nicht im Gegenlicht betrachtete. So aber ... Ich drehte und wendete den Bogen, um zu erkennen, was ausgelöscht worden war. Eine Krone? Nein, drei Lilien ... außerdem – unten, in der Seitenmitte, eine Nummer. Nein, ein Buchstabe und eine dreistellige Nummer. Eine Signatur! Sollte es sich um Diebesgut handeln und am Ende doch ein sehr wertvolles Buch sein? Es war vorderhand nicht zu entscheiden. Etwas stach mich an der Brust ... es war das seltsame Drahtkreuz, das ich mir unters Revers meiner Jacke geheftet hatte.

5

Am Sonnabend, dem Einundzwanzigsten, wurden überall die Girlanden an den gespannten Schnüren aufgehängt. Ebenso Lichter! Der König hatte die Illumination der ganzen Stadt angeordnet und bezahlt – sehr zum Leidwesen des auf Unauffälligkeit bedachten Kronprinzen. Die Friedrichstraße und die Linden erstickten fast in farbigen Papierblütenschlangen. Alle hofften, dass es nicht schneite und die ganze Pracht zu Boden glitt, bevor sie am folgenden Tag endlich einträfen! Eine Ehrenpforte war vor dem Kronprinzenpalais errichtet, wo die Ehepaare künftig gemeinsam wohnen würden. Bis zum Schloss würde die Galakutsche noch weiterfahren, wo die beiden Prinzen auf ihre Zukünftigen zu warten hätten. Das künftige Wohnhaus des Kronprinzenpaares hatte ein gemütliches Mansardenwalmdach, allein die vier Sandsteinskulpturen von Harnischen und Römerhelmen – auf imaginäre Kreuze gesteckt – blickten düster und abweisend auf Portal und enge Auffahrt. Vom König waren 23 000 Taler für die Einrichtung bewilligt.

Ich hatte letzte Einkäufe für das bevorstehende Abendessen mit Doktor Heim getätigt und kam auf dem Rückweg am Buchladen der Witwe Naudé in der Brüderstraße vorbei. Die freundliche alte Dame kannte weder den Titel der Parry'schen Anthologie, noch den Londoner Verlag Johnson, aber sie riet mir, wegen der Schätzung den Maurermeister Zelter zu fragen.

»Wenn einer sich mit Notenwerken auskennt, dann er! Die Singakademie probt heute ausnahmsweise, auch wenn nicht Dienstag ist. Sie werden morgen im Schlüterhof singen, wenn die Brautleute vereint stehen!«
Schnell brachte ich meine Einkäufe heim, schnappte den Parry und die Liederhandschrift und lief die drei Schritte zum Markt der Gens d'Armes, wo das Doebbelin'sche Theater nach dem Tod des großen Friedrich untergekommen war – ich hatte es noch im Hof neben dem Haus Behrenstraße 55 erlebt: Die Schauspieler hatten keine Garderobe und zogen sich im benachbarten Hausflur um ...
»Nein, sie sind nicht mehr hier!«, erklärte mir ein Mime, als ich im leeren Foyer des Komödienhauses stand. »Sie haben jetzt einen Probenraum in der Akademie!«
Also weiter zu Unter den Linden, ins Vorderhaus des Stalles. Und ganz nach oben, wo ich die etwa fünfundvierzig Sänger bereits hörte.
Im eiskalten runden Saal kam ich in den Genuss, dem Chor eine kleine Weile zuhören zu können. Dann war Pause, und ich ging auf Zelter zu, einen großen, untersetzten Mann mit etwas gedrücktem, bäuerlichem Kopf und Schopf. Er sah das gebundene Konvolut Kompositionen und sagte sofort, mit der Stimme des Handwerkers, der sonst Termine angibt und Preise:
»Das ist ja de Pauls Schmierheft. Lauter hübsche, sentimentale Festtagslieder! Ganz im Stil des großen Felicien de la Maupadé. Ich hätte es fast für ein Werk des vormaligen Hofkomponisten der Königin von Frankreich gehalten. Nun ja, wir alle kupfern irgendwo ab, nicht wahr? Maupadé hatte ein Verhältnis mit der Harfenistin der Königin, danach ließ Marie Antoinette ihn fallen.«
Er schien kurz vergessen zu haben, dass er mit einer Dame sprach und entschuldigte sich.

»Wir wollten ein Stück daraus kopieren und für den Chor einstudieren, aber es ist so schlecht notiert. Er muss es erst sauber abschreiben. Was tun denn Sie damit?« Ohne auf meine Antwort zu warten, deutete er auf den Parry. Seine abschätzige Tonlage verschwand. »Aber was ist das?« Er strahlte beim Anblick der Londoner Anthologie. »Sehr fein und selten! Gerade für Harfenisten von großem Wert! Ich habe es erst einmal gesehen. Ich glaube, der versoffene Potsdamer Cellist Mara hatte ein Exemplar!«
Ich wies ihn auf den einstigen Stempel und die Signatur hin. Der singende und dirigierende Maurermeister war ein wandelndes Lexikon und freute sich hörbar, sein Wissen vortragen zu können:
»Das ist ein Buch aus der Sammlung des Duc de Roux. Kultische Verehrung der Krone, ein Royalist par excellence. Hatten die Herzöge von Roux nicht die Krone der Valois in Verwahrung? Man hat freilich ihre Existenz nur vermutet …«
»Ach was!«, entfuhr es mir, denn ich hatte gewissermaßen dem letzten Atemzug dieses Herrn in Paris beigewohnt. Erst kurz vor unserem Abschied von Paris war der Duc, der Großsiegelbewahrer und Aufseher über die weltlichen Schätze des letzten Königs, der Guillotine zum Opfer gefallen: Bei diesem traurigen Anlass war ich Anne de Pouquet zum ersten Mal begegnet. In Tränen schwamm sie, als sei es ihr Vater, der auf dem Schafott stand, und sie nicht bloß eine Zuschauerin. Die Krone eint alle, die ihr ergeben sind. Das war schon immer so, und wird immer so bleiben. Eine Monarchie ist eine Großfamilie. Schemenhaft entsann ich mich der Anschuldigungen gegen den Duc: Verstoß gegen die Kultfreiheit. Hatte er nicht irgendeine geheime Gruppe aufgebaut? Religiös-royalistische Fanatiker, die sich bei ihm zu Hause trafen?

»In der Tat, meine Gute: Der Duc de Roux besaß eine der größten Musikaliensammlungen Frankreichs. Sie wurde in alle Winde zerstreut. Fluch über die Revolution!«
Wenn mich jemand *meine Gute* nennt, werde ich automatisch seine Böse.
»Immerhin bescherte Sie Ihnen das Vergnügen, an der Sammlung des Herrn bescheidenen Anteil zu nehmen …«
Seine Augen weiteten sich kurz, als sei er erstaunt über meine Frechheit. Doch dann lachte er die eigene Irritation weg und fuhr betont sachlich fort:
»Ich sah bereits mehrere Werke aus seiner Kollektion. Daher gibt es keinen Irrtum, was Wappen und Signatur betrifft. Einer der Aufkäufer muss bis in unsere Gegenden gelangt sein, um seinen Besitz peu à peu zu Geld zu machen. Das braucht ja jeder Ex-Franzose in Berlin: Geld.«
Er lächelte mich eine Spur zu herablassend an.
»Wie viel wollten Sie denn dafür haben?«
Ich klärte das Missverständnis auf.
»Ich möchte es nicht verkaufen. Ich erwarb es mit einem kleinen Nachlass und war neugierig, was ich mir eingehandelt habe. Ich bin übrigens Berlinerin von Geburt. Meine Cousine Evelyn von Hartwig ist im Chor.«
»Was Sie nicht sagen! Dann sind Sie die Urenkelin des großen Liebhaberdetektivs … Haben Sie etwa die Fühler ausgestreckt in der Harfenmordgeschichte, von der schon ganz Berlin spricht?«
Ich beließ es bei unbewegtem Schweigen und war nicht erfreut über seine Mitteilung, dass diese Sache sich so verbreitet hatte. Waren die Polizeioffiziere daran schuld, oder war es Heims Reihenuntersuchung?
Christian Friedrich Fasch, der Gründer der Singakademie, kam von seiner Mittagspause zurück und grüßte höflich. Dann wandte er sich seiner Herde zu. Erst jetzt sah ich

Evelyn unter den Sängerinnen und Sängern, die sich wieder gehorsam aufbauten, und winkte ihr wenigstens noch, bevor ich ging.

»Einen Achtelgulden bringt es schon! Wenn man einen Liebhaber findet!«, sagte Zelter, der sich bereits mehr für die Fortsetzung seiner Probe zu interessieren schien, während er mir den Parry zurückgab. Ich dankte und wünschte ihm viel Glück für den morgigen Tag.

Liebhaber lautete das Stichwort. Den Liebhaber musste ich finden, Anne de Pouquets letzten Besucher. Auf dem Heimweg wirbelte es mir im Kopf: der kultfreundliche Duc de Roux … ein Anhaltspunkt ohne rechten Anhalt.

Als ich Jérôme nach diesem Schatten der Vergangenheit fragte, hob er die feinen Augenbrauen, legte die Schreckenslaterne aus der Hand, die er eben gefertigt, und küsste mich auf den Mund, bevor er sagte:

»Erinnerst du dich nicht? Wir waren Zeugen seines letzten Auftritts!«

»Natürlich erinnere ich mich, auch wenn ich mitunter schon die Hinrichtungen durcheinanderbringe, bei denen ich zugesehen habe.«

Es sind einfach zu viele gewesen. Aber diese hatte ich nicht vergessen wegen Anne de Pouquets Erscheinen in meinem Leben. Auch die vorausgegangene sogenannte *Verhandlung* des Tribunals tauchte wieder vor meinem Auge auf: eine öffentliche Demütigung des alten Mannes durch den Präsassen Hermann und den Staatsanwalt der Revolution Fouquier-Tinville. Dann ab auf die Bühne. Fallbeil und Vorhang …

»Ein Mann, der zweifellos die höchste Anerkennung besaß: als Hofantiquarius für den Ankauf seltener Bücher und Handschriften verantwortlich, Großsiegelbewahrer in dritter Generation, Vorsteher der weltlichen Hofschatzkammer und zuletzt einer der wenigen Staatsbeamten, die des Königs vollstes Vertrauen besaßen. Er war einmal in meines Vaters Schloss zu Gast, als er in der Gegend nach bibliophilen Schätzen grub.«

Ich musste lächeln, denn alle wichtigen Menschen, die wir gesprächsweise streiften, hatten einmal bei den de Lalandes am Tisch gesessen. Jérôme hatte das Haus und die Besitzungen seiner Ahnen um 1779 zu Geld gemacht, um den Kolonien in Nordamerika zur Unabhängigkeit zu verhelfen. Er war ein Vorkämpfer der Neuen Welt in Wissenschaft und Politik – und doch liebte er es, immer wieder dezent auf den adeligen Zweig des Ancien Régime hinzuweisen, dem er entstammte.

Er entzündete die Lampe der fertigen Zauberlaterne, um sie zu testen. Ich schob einen Bilderstreifen ein und löschte die beiden großen Öllampen über der Tischplatte. Unmittelbar leuchtete eine Burgruine auf einem Hügel mit viel buschigem, lieblichem Wald auf der weißen Wand unseres Arbeits-Wohnzimmers auf. Blumen am Waldwiesenboden: ein Idyll!

Ich schob den Glasstreifen weiter, um das nächste Bild hervorzurufen: Schwarze Nacht hatte sich über Berg und Wald gelegt. Die Burg hatte hell erleuchtete Fensterhöhlen, denn der Mond wölbte sich wie ein spiegelnder Teller schräg dahinter in der Finsternis. Fledermäuse waren zu sehen und eine Nachteule. Wo die Blumen im Dunkel nur noch als schwarze Bälle erschienen, saß eine Kreuzspinne in ihrem mondlichtüberglänzten Netz …

»Irgendetwas mit Geheimlehren spukt mir durch den Kopf, wenn der Name de Roux fällt. Was war das doch noch gleich?«, fragte ich die mir angetraute Enzyklopädie und zog das kleine Drahtkreuz unterm Revers hervor.

Jérôme besah es sich und nickte, während er behutsam den

Ansatzstutzen des Tubus an der Laterna magica ein wenig bog, worauf die letzten Unschärfen der Projektion verschwanden.

»Das Kreuz der Swedenborgianer! Das ist durchaus keine Geheimlehre, mein Schatz! Wenigstens andernorts nicht. Es gibt schon Gemeinden, in denen die Lehre des Schweden gepredigt wird: die meisten in England und sogar eine in den Vereinigten Staaten. Ich weiß es, weil unser Freund Pentland mir davon schrieb. Alter schützt vor Torheit nicht; im Gegenteil, man wird anfälliger für den Kultus des höchsten Unwesens. In Berlin wird der Justiz- und Kirchenminister Wöllner derlei nicht gutheißen. Ich weiß nicht, was ihm an Swedenborg nicht gefällt, vielleicht ist er neidisch. Der Schwede ist einer der genialsten Naturwissenschaftler seiner Zeit gewesen. Dagegen ist Herr Oberkonsistorialrat und Geheime Staatsminister Wöllner ein Floh.«

»Was glauben sie denn eigentlich, diese Jünger Swedenborgs? Dass wir alle zu Gespenstern werden und wiederkommen?«

Jérôme wechselte das Bild, und ein schreckliches Gespenst erschien, in Dunst eingehüllt. Es hielt eine Sense in der knochigen Linken, die weiß und kalt unterm Laken hervorstach. Die Kapuze ließ nur wenig vom Gesicht erkennen: das Punktedreieck von leeren Augenhöhlen und Nasenöffnung sowie ein scheußliches Zahnband … Es war die Arbeit des kleinen Gaspard, meines Urgroßneffen, der ein beachtliches Talent beim Malen und Zeichnen hatte und sich im Pinseln des Lakengeistes immer weiter vervollkommnete. Seine Mutter schickte ihn zu Madame Tassaert, die ihm gegen Naturalien Stunden gab. Sie war gänzlich überzeugt von seiner Begabung.

»Nein, das nicht. Dass das eigentliche Leben erst nach dem

Tod beginnt, im himmlischen Jerusalem, und dass alle Menschen erst nach eingehender Prüfung – durch die Versuchungen des irdischen Sündenpfuhls nämlich – ihre wahre Bestimmung gefunden haben werden und im Drüben, im Dort und Dermaleinst, ein beschauliches, gutes, erfülltes Leben führen werden. Bis in alle Ewigkeit.«
»Amen«, spöttelte ich. Auf *alle Ewigkeit* passte nur *Amen*. »Was meinst du – beginnt unser Eheleben im Jenseits noch einmal?«
Er lächelte spitzbübisch und schob den Streifen weiter. Sogar die Unterschrift zu dem Bild, auf dem man sehen konnte, wie ein Priester mit Bibel und Kruzifix den Sensengeist verscheuchte, war klar zu lesen: *Lux lucet in tenebris – Das Licht leuchtet in der Finsternis.* Ich fügte meiner Frage noch hinzu:
»Wer weiß, ob ich dich dort, im ewigen Jenseits, noch mal nehme … Männer, die immer das letzte Wort haben müssen, sind im Jenseits am richtigen Platz. Und sie brauchen eigentlich kein Gegenüber. Sie können ihr letztes Wort in der letzten Welt auch für sich behalten.«
Er lachte. Mich wurmte meine Unwissenheit. Ich ertrug es schwer, dass er immer alles gelesen zu haben schien und alles glaubte schon längst verstanden zu haben. Oft war dem gar nicht so, aber er gab sich den Anschein. Ich hatte wenig gelesen im Vergleich, das mochte sein, doch ich war schnell im Begreifen und Lesen, viel schneller als er, der mir darin oft vorkam wie eine Schnecke. Wieder hielt er Kolleg:
»Es waren die Zoroastristen, die das unheilige Gespenst der Reinheit in die Religion brachten! Weises Denken, weises Reden, weises Wirken. Feuer hatte eine zentrale Bedeutung bei Zarathustras Jüngern. Die Priester waren Feuermagier, die es – nicht ohne Paravent – entfachten und hüteten.«

»Paravent?«
»Ein weißes Tuch vor dem Gesicht, das die reinen Flammen vor dem üblen Mundgeruch schützen sollte!«
»Wie ging es weiter mit der Reinheit? Gerafft, wenn ich dich bitten dürfte!«
»Die Patarener, Pateriner, Albigenser oder Katharer – die Bogomilen, anders gesagt – brachten den Kult der Reinheit zur Blüte. Sie nannten sich die *veri cristiani*, die wahren Christen! *Boni homines* oder *bonhommes*: die Gutmenschen! Das ist die Linie zu Swedenborgs *gutem Jenseits*. Die innerste Kaste der Albigenser, die *perfecti*, begingen Selbstmord, der gehörte zum Programm, das Wort dafür war *endura*! Sie aßen nichts mehr, bis sie tot waren: ganz tot, ganz rein und vollkommen gut. Für diese Lehre wurden die Katharer verfolgt und im 14. Jahrhundert vom Papst ausgerottet. Die Katholiken machten sich die Volksethymologie zunutze und nannten sie *cattari*, Anbeter der Katzen!«
»Daher also das Wort *Kätzer* für die Widergläubigen! Die Katze ist ein dem Teufel zugeordnetes Tier.«
Er nickte, und ich kam mir vor wie ein tumber Dialogpartner des arroganten Sokrates.
»Ja, sie haben es ziemlich übertrieben mit der Idee des Guten! Keine Fortpflanzung unter den Auserwählten des inneren Zirkels, kein Beilager, kein Fleisch essen, kein Wein, kein Kuss … bis zum letzten reinen Atemzug. Ungeküsst sterben, mit leerem Magen, denk dir nur!«
Er lachte, und wir küssten einander innig. Sokrates hin, Sokrates her …
»Apropos: Ob Marthes Kochkünste für den Hofmedikus ausreichen?«, fragte er, ernst in Sorge, und ich nickte, sodass er beruhigt fortfuhr: »Die Lehre Swedenborgs ist im Übrigen völlig christlich. Nenn es ein Christentum, in dem das Jenseits größeres Gewicht hat. Drüben wird alles gut

sein, sozusagen, wenn wir nur hier mit aller Kraft nach dem Guten streben. Hier dagegen ist die Hölle.«

Aus der Küche drangen Marthes Geschrei und ein sehr brenzliger Duft. Die Ärmste, ich würde ihr gleich beispringen ... Sie wollte Erdäpfel rösten, zu Grünkohl und einem gebratenen Huhn, und hatte wohl zu angestrengt unserer Vorlesung über das Geisterreich der Swedenborgianer gelauscht.

»Und was machen die Geister, wenn's ihnen im dumpfigen Jenseits zu langweilig wird?«, konnte ich nicht umhin zu fragen.

»Oh, die Geisterwelt ist quirlig. Eigentlich lebt man dort genauso wie hier. Mit allen kleinen Höhen und Tiefen. Doch die Geister sind nicht untätig, sie bestimmen das Leben der Hiesigen.«

»Wie denn?«

»Durch vielerlei tatkräftige Erscheinung! Man kann mit ihnen – den Abgeschiedenen, den Geläuterten, den Weisen – in Kontakt treten! Gott hilft einem in dieser Kontaktaufnahme, wenn man nur recht innig zu ihm betet!«

»Du phantasierst ...«, sagte ich, mich dunkel an Anne de Pouquets gelegentliche Bemerkungen entsinnend, die in diese Richtung gingen. Verdammt, wieso hatte ich ihre Briefe nicht mehr? Distels Leute wüssten doch gar nichts damit anzufangen.

»Zumindest war das, glaube ich, die Auffassung des Bundes, in dem sich der Duc de Roux besonders hervortat. Die Schule des Absoluten: *L'école d'Absolu.* Irgendwie bogomilisch. Man betete zum swedenborgianischen Gott und beschwor mit seiner Hilfe die Geister der alten Weisen, der Reinen, der Guten. All das, dieses Albigensisch-Katharisch-Patarinisch-Bogomilische, verkörperten idealerweise die Könige von Frankreich. Der Herzog von Roux und die

Seinen waren die letzten Statthalter der Idee der Reinheit des Hochadels. Sie brauchten indes nicht aus eigenem lebensmüdem Todesantrieb die Endura zu begehen. Der Wohlfahrtsausschuss sorgte für ihr Ende.«

Ich sann nach über das, was er gesagt hatte, während ich Marthe in der Küche davon abhielt, dem Grünkohl den Garaus zu machen. Die mit Gottes Gnaden regierenden ersten französischen Könige als Helfer für die heutigen letzten Irdischen? Indem sie sich der entrückten Runde eines Zitationszirkels offenbarten und materialisierten, um den gläubigen Anhängern und Dienern aus den Übeln des diesigen Höllensumpfes herauszuhelfen? Das schien mir die richtige Lehre für einen Großsiegelbewahrer, Antiquar und Aufseher der Silberkammer zu sein. Wenn nun auf die Weise das Silber leichter zu reinigen war – warum nicht? Die Menschen damals glaubten so viele Dinge und hingen so abstrusen Kulten an, da kam mir das eher harmlos vor. Der große Forster, den wir als klug und klar denkend erlebt hatten, war in seinen Jugendjahren genauso den Versuchungen des Okkulten erlegen gewesen.

»*De cultu et amore Dei*, ist das auch von Swedenborg?«, fragte ich Jérôme, als wir auf Heim warteten. Ich kramte das Büchlein hervor.

»Woher …?«

»Tja, man ist nicht ganz so unwissend … Ich fand es in Anne de Pouquets Zimmer, wie auch das Kreuz. Sie scheint den Geistern leidenschaftlicher geopfert zu haben, als ich dachte. In ihren Briefen waren Andeutungen. Jetzt erst verstehe ich sie besser.«

Ich dachte an den Parry. Ich würde de Paul das Buch schon zurückgeben, aber erst sobald er seinen Teil unserer Abmachung erfüllt hätte. Ich würde ihm entlocken, wie es in seinen Besitz gelangt war. Da durchzuckte mich der Gedanke:

Aber was, wenn es doch Anne de Pouquet gehört hatte? Die Ankunft des Doktors Heim verhinderte das Verfolgen dieses Gedankens. Der eine kam (Heim), der andere ging (Gedanke).

Heim war erschöpft. Er bat tausendmal um Verzeihung wegen seiner Verspätung. Marthe warf die schon erkalteten Brattartuffeln wieder in die Pfanne und feuerte noch mal darunter. Bei einem großen Glas Bourgogner fand der Amtsarzt die Sprache wieder. Er sah sich in unserer adeligen Wohnwerkstatt um und konstatierte belustigt, das allseits beliebte Damespiel verulkend:

»Es gibt, Gott sei Dank, noch andere wie mich, die ihre Zeit nicht mit Holzschieben verlieren ...« Sogleich fügte er hinzu: »Ich habe noch nie so viele Schultern in so kurzer Zeit gesehen. Wohl an die tausend müssen es gewesen sein. Hier, das sind die hundert besten!«

Er hatte ein Skizzenbuch hervorgekramt und blätterte es auf.

»Schultern wie große Birnen, wie unförmige Tartuffeln, in die Breite gehende Tartuffelklöße, wie kleine Flaschenkürbisse, Sellerieknollen, Fenchel, Schultern wie Zwiebeln, wie schrumpelige Äpfel, wie Baguette-Enden, wie die Hinterteile schlanker Pferde – ohne Schweif, versteht sich –, Schultern wie umgedrehte Korbflaschen, wie Bouletten, wie Pfannkuchen, wie Retorten, wie Kohlepfannen, verbeulte Stielkasserolen, Eier, ja: Schultern wie Totenschädel, auf die man von oben blickt ... wie Bourgognergläser ... wie glasierte rote Beete ... gebleichte, selbstredend!«

Er hatte die Umrisse der jeweiligen Schulter skizziert sowie Leberflecke und andere Besonderheiten. Nur die Harfen fehlten. Ich sah ihn fragend an.

»Keine einzige. Nicht ein Tatau an einer lebendigen, saftigen Schulter! Distel ist nicht eben erfreut ...«

»Und was hat der Polizeipräsident als nächsten Streich geplant?«
Er zuckte die Schultern. Darüber mussten wir schon wieder lachen. Der Ernst des Themas entschwand. Ein Segen, dass es noch Menschen gab, die nicht *über*, sondern *mit* einem lachten. Die Brattartuffeln schmeckten auch im zweiten Nachschlag phantastisch, und wir kamen auf ein anderes Thema.
»Wie Sie vielleicht wissen, bin ich schon vor Jahren zum Leibarzt der königlichen Familie geworden, mit etwas mehr Glück als Verstand. Und da man weiß, dass ich mich in Berlin besser auskenne als irgendeiner, erkundigte sich neulich der Kronprinz bei mir, in seiner üblichen Hackepetermanier: *Laternae magicae? Wissen eine gute Manufaktur?* Es gab nur eine Antwort: *Ich kenne nur eine Werkstatt, Hoheit, deren Produkt man ohne zu zögern empfehlen kann* ... Wenn Sie der königlichen Familie eine Weihnachtsfreude machen wollen, dann schicken Sie ihm mit der freundlichsten Empfehlung eines Ihrer Zauberinstrumente!«
»Machen wir es einfacher und sparen Zeit und Geld«, sagte ich, den strafenden Blick Jérômes über meinen Nachlasskauf noch gut in Erinnerung, und deutete auf das gerade fertig gewordene Exemplar.
Wir verpackten es, nachdem Heim sich den Projektor gründlich und in steigende Begeisterung geratend hatte vorführen lassen, mit einem kleinen Anleitungsheftchen, vollständigem Bildersatz (Ruine und Gespenst/Vom Verlies zur Guillotine/Blanchards Ballonaufstieg im Tiergarten 1788/Beim Doktor Eisenbart, vorher – nachher/Pferdeunfall/Gewitter und Brand) und einer Präsentkarte, die just produzierte Laterne und vertrauten sie dem königlichen Leibarzt als persönlichem Überbringer an. Ein

Hochzeitsgeschenk! *Fürs königliche Vergnügen – der Kronprinzessin und dem Kronprinzen, von zwei einstigen vergnügten Tanzpartnern,* schrieb ich leichthin.
Heim strahlte wie eine Zauberlaterne und orderte nebenbei auch noch eine für die eigene wachsende Familie. Ich erzählte von der Begegnung mit den mecklenburgischen Prinzessinnen und von Goethe. Heim und ich erinnerten uns daran, wie jener uns einst den Plan eines Polizeiromans schilderte. Jérôme schaute mich verliebt an, denn wir hatten eigene Erinnerungen an die Zelte im Tiergarten, wo das gewesen ... Vom Herannahen der Geisterstunde angeregt, palaverten wir über die Furcht und den Reiz des Geheimnisvollen, mit dem wir ja – *via laternae magicae* – unbestreitbar auch unser Geld verdienten.
»Stellen Sie sich Friedrich den Einzigen als Gespenst vor! Er wäre sicher auch nach dem Tod noch eine eindrucksvolle Erscheinung! Man würde ihn wohl am Schnupfen erkennen, oder am Klappern der Krücke.«
Heim schwelgte in dieser Geistersphäre, das merkte man gleich. Bei jedem anderen Arzt hätte dieses elementare Interesse an derlei Abseitigem, Groteskem komisch angemutet. Heim aber schenkte sämtlichen Äußerungen des menschlichen Geistes seine ungeteilte Aufmerksamkeit. Das spintisierende Naturell der Berliner liebte er so wie ihre Innereien und verbannte die dunklen Zonen der Berlinischen Phantasie nicht aus dem Spektrum der Betrachtung.
»Mich mit diesen Histörchen zu beschäftigen ist ein schöner Ausgleich. Nun also wieder der Schlingenzieher Groth ... Und offenbar mit mehr Tiefgang als die weiße Frau im Zollernschloss und alle verwunschenen Katzen und verliebten Müllerssöhne! So eine hübsche feste Geisterschlinge, die sich um Hals, Gehirn und Herz und Brust legt, das ist

schon ein anderes Kaliber als die Seufzer, Polterer und Winker.«

»Was ist eigentlich dem Groth passiert?«, fragte ich, leicht beklommen, und fasste mir an den Hals.

»Es war ein Unfall beim Wechseln der Kerzen, der den alten Uriel Groth zum mucksmäuschenstillen Leuchterbehang machte und ihn zwang, in den Erzählungen der Ammen und Gouvernanten, der Muhmen und Tanten, der Prahlhänse und Wichtigtuer als untoter Würger wiederzukehren.«

»Wer hat ihn denn am Hals gehabt?«, fragte ich.

»Ach, fast jeder Gast Amalies. Bei unserem regierenden Fürstenhaus ist das Geistersehen im Übrigen so normal wie das Marmeladeessen.« Heim pausierte, ergänzte dann: »Groth ist froh, aus dem alten Kasten heraus zu sein. Ich sah ihn heute. Er hat sich was gespart und plant, das Schlösschen vorm Frankfurter Tor zu übernehmen und auf seine alten Tage Wirt zu werden! Der Kauz – war etwas und wird dennoch Wirt! Auch scheint er sich verehelichen zu wollen. Das hat mich für ihn gefreut. Muss mächtig was auf die Seite geschafft haben in seinen Dienstjahren. Der Schlösschen-Betreiber hört altershalber auf und hat einen unwilligen Sohn. Er verlangt fünftausend Taler Ablöse.«

»Der Diener Groth soll so viel auf der hohen Kante haben?«, fragte ich. Ich konnte es kaum glauben. Das war also die Verwandtschaft, die ihn so sehnlichst erwartete.

»Aber an die Wirklichkeit der Spektren glauben Sie nicht?«, forschte ich, den wissenschaftlichen Ausdruck für Gespenster verwendend.

»Meine Beste, was soll ich sagen? Sie sind wirklich und wirken – in unserem Geist. Ich habe die haarspalterische Unterscheidung der Philosophen zwischen Aktualität und Potentialität nie begriffen. Wenn es möglich ist, einem Geist zu begegnen, gehe ich ganz anders in ein altes Haus. Ich sichere, schaue mich um, habe Angst. Die Möglichkeit des Unvorhersehbaren hat mich beeinflusst, also hat sie gewirkt, war schon wirklich …«

Ich schluckte und dachte an mein Vorhaben am nächsten Tag. Dann lachte ich und nickte bekräftigend, als Jérôme einwendete:

»Hat sich nicht sogar die Madame de Sévigné in einem Brief gewünscht, in ihrem Garten fände sich ein sprechendes Blatt?«

»Ein sprechendes Blatt?«, fragte ich erstaunt. Jérôme lachte und bestätigte es:

»Ja, in der Tat, sie hätte in ihrem Park in der Bretagne gerne eines gehabt! Ein Blatt, das spricht! Um Europa zu verstehen, so meinte sie, sei die ganze cartesianische Vernunft nichts nütze. Europa sei ein mysteriöses Land voller undurchdringlicher Geheimnisse.«

»D'accord!«, stimmte Heim ein. »Daher lobe ich mir die Geister! Sie erscheinen in unseren Köpfen und scheren sich nicht um Logik. Ein Hoch auf die Geisterwelt!«

Er schob den Bildstreifen mit dem Gespenst in die Schreckenslaterne.

»Metempsyche?«, fragte Jérôme.

Wieder so ein Wort, mit dem gelehrte und halbgelehrte Herren neuerdings gerne prunkten.

»Oh, sehr interessantes Phänomen …«, warf Heim ein. »Lessing, Schiller, Lavater … durchaus interessant … Schlossers Abhandlung allerdings ist schlechthin genial! Ich würde Goethes Emmendinger Schwager glatt zustimmen. Ist es nicht manchmal so, als ob ein Anderer, ein Früherer und Weiserer aus uns spräche? Ist das vielleicht das, was die Christen *Gewissen* nennen und was uns angeblich Gott eingegeben hat?«

Metempsyche hieß *Seelenwanderung*. Ich entsann mich dunkel, dass in der kleinen Bibliothek Mâconnais-Rambouillons das Werk Schlossers gestanden hatte.

»Aber die Geister, die in uns zum Vorschein kommen, sind nicht schreckhaft«, fuhr Heim fort. »Ich finde die Vorstellung, die Alten in mir zu tragen, keineswegs bedenklich, im Gegenteil, doch wenn es geht, hätte ich gern nur das Beste von ihnen. Ihr Wissen, ihre menschliche Erfahrung, ihre Gelassenheit .. Mit dem Wiedergeborenwerden ohne Reifung könnte ich mich nicht abfinden, das weiß ich mit Sicherheit. Mein Gott, wenn ich an mein morgiges Erwachen denke! Ich hoffe sehr, dass nicht nur der Wein in mir ein bisschen reifer geworden ist ...«

So schied er, sehr beschwingt und voller Bourgogner. Immerhin, bis nach Hause hatte er es ja nicht weit. Zweimal um die Ecke und Heim war daheim.

Ich schlief kurz und tief, wachte weit vor der Zeit schon auf. Nach dem Frühstück bereits wäre ich am liebsten zum Amalienpalais gelaufen, doch es war noch viel zu früh. Ich setzte mich, zur Beruhigung, ein wenig an unseren Basteltisch, wo mich Jérôme, ungläubig schauend und lauthals gähnend, gegen acht schon fand. Unser Kater, den wir den *dicken Willem* nannten, äugte schläfrig und ohne Verständnis auf meine Betriebsamkeit. Jérôme unternahm einen letzten vergeblichen Versuch, mich von meinem Vorhaben abzubringen, doch ich blieb unbeirrt.

»Ich muss noch einmal in aller Ruhe in den Salon, in dem es geschehen ist. Nachher treffen wir uns an der Ehrenpforte für die Bräute.«

»Du bist verrückt!«, sagte er, was mich fuchsteufelswild machte.

»Sag das nie mehr! Du weißt, dass du das nicht sagen sollst!«

Er lachte zwar, aber er wusste, dass er nun besser schwieg. Ich war zwar oftmals in Gedanken anderswo als die Übrigen, aber ich wusste doch immer, was ich tat … wenn auch mitunter erst, nachdem ich es getan hatte. Das ließ mich oft Wagnisse eingehen, ohne die kein Fortkommen wäre. Oh, wie ich es hasste, wenn er mich nicht ernst nahm! Er küsste mich, halb einsichtig, halb spöttisch, und hauchte:
»Gib auf dich Acht, verdammt! Oder lass mich mitkommen, damit ich auf dich aufpasse!«
Immer glauben sie, dass sie auf einen aufpassen müssen, dabei haben sie selbst Aufpasserinnen nötig.
»Nein. Du würdest mich ablenken. Ich würde dich ablenken. Man kann nicht frei agieren, wenn man stets auf das Liebste Acht geben muss.«
Er fügte sich drein, wohl wissend, dass ich nicht mehr zu bremsen war, wenn die Worte *frei agieren* fielen. Ja, er gab mir seine Armeepistole, die er offenbar schon sorgsam geladen hatte, und sagte:
»Wenigstens die hier nimm mit. Dann kann ich ein bisschen beruhigter sein. Ich entsinne mich gut, wie du Goethes Schwager in Sankt Peters Parish an der Schießbude ausgestochen hast.«
Wenn es etwas gab, worauf ich stolz sein konnte, dann war es in der Tat mein gutes Auge.

6

Im Geiste stemmte ich bereits den Salonboden auf oder suchte nach Tapetentüren, als ich vom Octogon Richtung Rondell den Zollweg hinter der Akzisemauer entlanglief, eine Umhängetasche mit dem Parry, dem de Paul'schen Kompositions-Hauptbuch und der Pistole über der rechten Schulter. Das Wetter hätte nicht schöner sein können für die Ankunft der hohen Bräute. Für meine Zwecke hingegen war es nicht unbedingt geeignet. Den Fußgängern blieb das Eierlaufen auf Eis und Schnee nirgends erspart. Und bei rollendem Straßenverkehr an Engstellen half oft nur noch der rettende Sprung.

Ein Fuhrwerk setzte zum Überholen an und zwang mich, in den tief verwehten Graben zu rutschen. Hosen! An diesem Morgen wünschte ich sehr, sie wieder ungeniert öffentlich zu tragen ... Der Schnee staute sich nicht nur zwischen halblangem Marderpelz und schwarzer, brokatener Schoßjacke, sondern auch unter meinem langen Rock aus schwarzer Ballonseide. Fluchend bemühte ich mich, die wollenen Pantalons darunter abzuklopfen, konnte es aber nicht vermeiden, dass etwas Nässe in die Stiefeletten zog. So was macht mich rasend! Aber es hatte auch sein Gutes, denn nur mit Hass im Bauch ist man wach und zu allem fähig.

Links tauchte endlich der Garten des Palais Vernezobre auf. Noch im ruinösen Zustand, mit den verwilderten Blickachsen und verschossenen Hecken, gab er ein herrschaftliches Bild ab, natürliches Spiegelbild einer überkom-

menen alten Ordnung. Hineinzugelangen war nicht schwer: Eine große Lücke klaffte in der ohnehin niedrigen Einfriedungsmauer, die nur dazu diente, Fässer oder Säcke aufzuhalten, welche von klapprigen Transportwagen dort sicher gerne herabfielen. Das weitere Vordringen war mühsam. Schon nach wenigen Schritten versperrte mir eine gefällte Sommerlinde den Weg. Auch unter Aufbietung all meiner Geschicklichkeit überwand ich sie nicht. Der zum Teil seiner Äste beraubte Stamm war vereist und ragte zu hoch auf, um überklettert zu werden. Am Kopfende und auch unten bildeten die Äste ein schier undurchdringliches Spalier.
Ich lief drum herum und blickte mit Bedauern zu den Kronen all der übrigen stattlichen Bäume hinauf: Eichen, Buchen, Ulmen, Fichten. Die ganze ehrbare Baumgesellschaft würde über kurz oder lang zu Brennholz; selbst den Wurzelstock der Linde hatte man auszugraben begonnen.
Im vorderen Parkteil ging es besser, und ich kam jetzt recht gut voran. Man sah die Rückfront des Palais schon durch die Stämme scheinen. Erst jetzt fielen mir die Fährten auf, denen ich bereits seit der Einstiegsstelle in den alten Park gefolgt war: vier Linien menschlicher Tritte, sich mitunter überlagernd. Die Spuren führten weiter bis zum Palais. Zwei hin, zwei her.
Je näher ich dem Palais kam, desto eifriger, chaotischer allerdings hatte sich die Polizeiarbeit im Schnee abgedrückt. Nicht dass man die Spuren nicht entdeckt und nicht verfolgt hätte – doch es hatte eine sichtliche Weile gedauert, bis der Gedanke daran aufgekommen und die Weisung seitens Distels ergangen war, die amtlichen Schritte überlegter und geregelter zu setzen.
Im Schutz eines dicken Ulmenstammes beäugte ich das große alte Haus, das jetzt nur noch einen Steinwurf entfernt stand. Alles schien ruhig und unbelebt. Ob sich hinter

den Fenstern etwas regte oder nicht, konnte ich jedoch schwer abschätzen. In der Nacht mochte das einfacher sein, vorausgesetzt, die Räume wären vom Lampenschein erhellt. Ich stand unsicher und schaute zu Boden. Hier sah ich Fußtritte, die auf eine kleine Fläche konzentriert waren. Einer der Holzarbeiter hatte wahrscheinlich sein Wasser abgeschlagen, dachte ich und griente. Doch der Schnee an der Stelle war weiß.

Ein ungeheuerlicher Gedanke kam mir: Der Mörder könnte an genau dieser Stelle gewartet und die erleuchtete Front der Mâconnais-Rambouillon'schen Etage inspiziert haben! Mein Herz begann rascher zu klopfen. Vorsichtig und in weitem Bogen ging ich zurück, um den Verlauf der Fußspuren im Schnee, an denen ich im rückwärtigen Parkteil entlanggelaufen war, klarer aufzufassen.

Zwei der vier Zweierreihen von Abdrücken liefen nach vorn auf das Gebäude zu, zwei zurück in den wilden Park. Beim genaueren Hinsehen bemerkte ich, dass sie zu drei verschiedenen Personen gehörten! Nur einer hatte beide Wege zurückgelegt: hin und her. Einer war nicht zum Gebäude hin, sondern nur von ihm weggelaufen, einer bloß darauf zugegangen, aber nicht wiedergekehrt ... An einer Stelle aber war das Bild gestört: Die eine der zum Palais hinführenden Spuren scherte aus und machte einen kleinen Umweg – über die zertrampelte Stelle, an der ich zuerst gestanden hatte. Ob man die Tritte genauer vermessen könnte? Ich bückte mich und legte meine Hand anderthalbmal hinein. Ein breiter Schuh, ein Männerschuh, keine Holzpantine, sondern eine genagelte Sohle, vorne leicht spitz zulaufend.

Der Träger gehörte unzweifelhaft auch zu denen, die weiter rechts in den Garten zurückgelaufen waren. Die andere vom Palais wegführende Spur zeigte eine ebenfalls genagelte Sohle, aber flache Kante. Ich schlich mich unter die verschneite Ulme zurück. Mein Urgroßvater hätte mich angehalten, mir alles in ein Notizbuch zu schreiben, doch ich brauchte so etwas noch nie. Was ich einmal sehe, steht mir – wenn es wirklich wichtig ist – dauerhaft plastisch vor Augen.

Als ich den Boden genauer betrachtete, fielen mir einige kleine schwarze Punkte auf, die den Schnee auflockerten. Hatte ich Bohnen auf den Augen, oder waren das wirklich …? Doch, ja! Ob Distels Offiziere sie wohl bemerkt und für wichtig gehalten hatten? Es waren jedenfalls eindeutig Kaffeebohnen!

In einem vielleicht günstigen oder gefährlichen Moment hatte der Wartende den Posten eilig verlassen, wie an der Spur zum Haus hin abzulesen war. Die Abstände zwischen den Tritten waren groß, die Abdrücke tief, zerwühlt und kurz. Er war auf dem gleichen Weg hineingelangt, wie ich es plante. Ob ihm ebenfalls die Tür geöffnet worden war?

Ich hüpfte über das Schneefeld des einstigen flachen Zierrasens, der jetzt eher einer holperigen verschneiten Kuhweide glich, zur rückwärtigen Tür. Es gab zwei davon, doch die linke war vernagelt, wie ich im Laufen sah. Mein Herzschlag glich einem Trommelwirbel, als ich die Klinke drückte. Die Kirchenglocken läuteten. Punkt zehn. Hatte de Paul Wort gehalten? Im ersten Moment glaubte ich, die Tür würde sich nicht bewegen. Dann tat sie es doch, und sein bleiches Gesicht erschien im Spalt.

»Kommen Sie rasch, aber seien Sie mucksmäuschenstill! Die Hausherrin ist noch da … Solange sie spielt, sind Sie sicher.«

Die Harfentöne perlten süß durchs dunkle Treppenhaus. Die ausgetretenen Stufen waren aus echtem Marmor, desgleichen die teils rüde abgeschabten Täfelungen. Bis in Kopfhöhe reichte der grün-rot-weiße Stein, darüber waren noch die Reste einer hellblauen Tünche mit fein aufgemalten grasgrünen Ranken und himbeerrosa Blüten zu erkennen.

Die Haupttür zur vormaligen Wohnung von Mâconnais-Rambouillon war verschlossen. Doch einer der Schleichwege, die ich beim ersten Besuch gefunden hatte, war gangbar. Durch den Dienstboteneingang zur Rechten gelangte ich hinein. De Paul versprach, aufzupassen und mich zu warnen, falls Gefahr im Verzug wäre. Was blieb ihm auch übrig, wenn er seine Kompositionen wiederhaben wollte? Und den Parry, der vielleicht Anne de Pouquet gehört hatte …

Ich dachte an die Pistole von Beatrice de Grève, deren Harfenspiel hier nur noch schwach zu hören war, und schauderte leicht, die mitgebrachte Waffe im Beutel betastend. Dann schloss de Paul die Tür hinter mir, und ich ging vor zur Küche, um einen Blick hineinzuwerfen. Unzweckmäßig, nach Art der Anfangsjahre des Jahrhunderts – für die Bewirtung größerer Tafeln der blanke Hohn. Dass große Küchenmeister wie mein Urgroßvater einer war nicht selten in solchen Löchern Höchstleistungen vollbracht hatten, scheint uns Heutigen ganz unbegreiflich. Ein kleines Steinschlossfeuerzeug stand auf dem gemauerten Rand des Rauchfangs. Es war erst unlängst mit frischem Feuerschwamm bestückt worden. Ich untersuchte die Feuerstelle, um eventuelle Spuren der letzten Speisebereitung zu finden, doch Thea und Lore hatten ganze Arbeit geleistet. Sogar die Asche war aus der Herdschale entfernt.

Ich kehrte in den Vorraum zurück und betrat durch die nächste Tür einen der beiden Nebenräume des Salons. Gesetzt den Fall, der Mann mit den Kaffeebohnen wäre auf dem gleichen Weg hereingekommen, so hätte er nun die nächtliche Szenerie vor sich. Eine *ménage à trois*? Wie hatte

mein gelehrter Mann mir in seinem Vortrag dargelegt: Die Wollust im Hier und Jetzt wurde von den Anhängern Swedenborgs nicht verteufelt. Der irdische Sündenpfuhl musste seinem Namen ja gerecht werden ... Wenn etwas unter Ausschluss der Öffentlichkeit geschah – wozu dieses Palais besser geschaffen war als irgendein anderer Ort in den engen Zollschranken Berlins – und keinem Außenstehenden schadete, dann wäre ich die Letzte gewesen, die etwas dawider einzuwenden gehabt hätte.
Traute ich nun aber gerade Anne de Pouquet, der Stillen und Feinen, Vornehmen, deren blasses, weiches Gesicht mir vertrauter wurde und näherrückte, je länger sie tot war, lustvolle Ausschweifungen im schwülen Kerzenschein eines mitternächtlichen Salons zu? Man soll über Tote nichts Schlechtes reden. Aber jeder von uns hat geheime Seiten, und was uns frommt, bestimmen wir im Grunde selbst. Hatte sich dieses in meinen Augen so unscheinbare Wesen mehreren Männern auf einem improvisierten Altar hingegeben? Die Vorstellung war abseitig und absurd.
Gab es nicht Menschen, die anders dachten? Christen etwa hatten es sich seit jeher zur Aufgabe gemacht, zu bekämpfen, was ihren eigenen Vorstellungen von der guten Welt nicht entsprach. Ob man Ketzer auf den Scheiterhaufen zerrte, aufs Rad flocht oder köpfte, ob man ihnen die Zungen herausschnitt oder sie henkte, das kam aufs Gleiche heraus. Das Glück und die Freude und die Lust der anderen, es war ihnen hassens- und verdammens-, ja tötenswert. Gab es etwa im Polizeistaate des Ultrachristen Wöllner, im christlichen Pferch der Orthodoxie, wo die kleinste Abweichung von den Katechismen, exegetischen Brevieren und Liederbüchern mit Amtsenthebung geahndet wurde, ein Exekutionskommando zur Bekämpfung etwaiger Exzesse in den Salons? Das hätte sich, der Volksmeinung entspre-

chend, vor allem im Potsdamer Salon des Geheimkämmerers Rietz umsehen müssen, wo die dralle Schauspielerin Baranius die ordinäre Festkönigin bacchantischer Orgien war.

Ich schüttelte alle derartigen Gedanken von mir und verwies die Überlegungen über das Motiv der Tat vorerst ins weite Feld der Spekulation. Die Kälte in den Räumen tat das Ihre, mich wieder auf den Boden der Tatsachen zu holen. Ich wandte mich den handfesten Dingen zu, deretwegen ich hergekommen war, und suchte mir die Lage der Leichen zu vergegenwärtigen, soweit sie mir von der de Grève beschrieben worden war.

Was hatte mir überdies Theden zugeflüstert – Mâconnais-Rambouillon und Dampmartin waren bewusstlos geschlagen worden, bevor man sie erdrosselte. Anne de Pouquet, das Frauenzimmer, war leicht zu überwältigen. Deshalb landete sie ohne Betäubung in der Drosselstrippe. Natürlich konnte man nicht seelenruhig einen nach dem anderen erwürgen. Zwei von dreien hätten Zeit zu schreien oder zu fliehen. Auch wenn sich der dickliche Schmied noch etwas zur Tür hin geschleppt hatte, schien mir doch sicher zu sein, dass zwei Täter am Werk gewesen sein mussten.

Wenn ich im Geiste morde, spiele ich gern alle Eventualitäten durch: Wären es drei Mörder gewesen, hätte es der Schläge für Mâconnais-Rambouillon und Dampmartin nicht bedurft. Jeder Mörder hätte eines der Opfer tödlich umhalsen können. Wäre es einer gewesen, so hätte er zwei zu Strangulierende mit Schlägen ruhigstellen und dann sein erstes Opfer heimsuchen müssen – eine sehr unwahrscheinliche und mit dem Risiko des Misslingens behaftete Variante. Zwei Personen niederzuschlagen, um ungestört der dritten beizukommen – kein leichtes Spiel, wenn man allein ist. Also waren es zwei gewesen, dessen war ich nun vollends gewiss: der draußen Wartende und ein weiterer, den ich insgeheim Türöffner nannte, um nicht nur wesenlose Variable vor mir zu sehen. Ich wusste nicht, was genau sich abgespielt hatte zwischen den drei Personen. Waren es die einzigen im Raum gewesen, als der oder die Mörder hinzukamen? Waren sie von kultischen Handlungen abgelenkt, dass sie die Gefahr zu spät erkannten? Hatte derjenige, der eventuell die Tür geöffnet hatte, etwas mit ihnen zu tun gehabt? War er gar einer von ihnen?

Noch immer war das Harfenspiel der Hausherrin zu hören. Keinen Plan für mein Vorgehen vor Ort zu haben und einfach sehen zu wollen, ob es etwas zu entdecken gäbe, rächte sich jetzt. Ich verlor zu viel Zeit beim sinnlosen Umherschauen. Im Bestreben, unbedingt etwas zu entdecken, sah ich nichts. Der Fleck, der mir aufgefallen war … Aufmerksam spähte ich nun aufs Parkett, um die Stelle nahe beim Kamin wiederzufinden, an der möglicherweise etwas verborgen lag. Da war sie. Jetzt wirkte sie harmlos. Gar nicht so leicht, einen Stab des Bodenbelags zu lösen! Mit bloßen Händen wollte es nicht gehen. Verdammt … daran hatte ich nicht gedacht.

In diesem Augenblick hörte ich das Zischen de Pauls, der lautlos hereingekommen war. Er war leichenblass und gestikulierte wild. Das Harfenspiel verstummte nicht. Etwas anderes war im Anmarsch.

»Es kommt einer, ich glaube, es ist Bonneheure, ich erkenne ihn am Husten. Rasch, hier hinüber!«

Während ich, ziemlich kopflos, noch fieberhaft überlegte, wohin ich verschwinden oder wie ich mich unsichtbar machen sollte, hatte de Paul das Problem schon gelöst. Er zog mich hinter den Kachelofen neben der zentralen Tür, vor der sich nun leise Tritte vernehmen ließen. Sie hielten inne, und ein Schlüssel drehte sich knirschend im alten Schloss.

Es war der erkältete Sekretär Bonneheure. Er hustete zum Gotterbarmen. Das Harfenspiel stockte. Setzte erneut ein. Der Eintretende schloss die Tür ab. Jetzt hätte er uns für eine Sekunde sehen können, so wie wir ihn sahen. Doch er bemerkte uns nicht und entschwand aus meinem Blickfeld. Ich hörte ihn langsam auf dem knirschenden Parkett zur Fensterfront gehen. Im jenseitigen Kaminspiegel tauchte er wieder auf, und ich registrierte die Melancholie, mit der er in die verschneite Wildnis hinterm Palais starrte.

Ich atmete flach und war de Paul so nahe, dass wir uns berührten. Das Herz schlug mir bis zum Hals. Aber ich zwang mich zur Ruhe. Im Spiegel über dem Kamin war eine Bewegung wahrzunehmen: Bonneheure war verschwunden!

Ich ließ mich langsam zu Boden gleiten, um unter dem vorgewölbten Bauch des Kachelofens hinüberzublicken. Jetzt sah ich den Sekretär dort stehen, wo ich mich eben vergeblich mit dem Parkett abgemüht hatte.

Bonneheure machte indes keine Anstalten, den Boden aufzuhebeln. Er stand einfach nur da und sinnierte, wie mir schien.

Dann holte er plötzlich einen Brief, mit einer rosa Schleife versehen, aus dem Busen und legte ihn in den Kamin. Er betastete seine Jacke, als suche er noch etwas. Er wollte ihn anzünden und hatte kein Feuerbesteck bei sich! Jetzt ging er nach nebenan in die Küche, es zu holen.

Ich kannte kein Zurück, auch wenn de Paul mich an der Jacke zupfte – ich eilte zum Kamin. Schon hielt ich den Brief in meiner Hand und verschlang ihn gierig mit den Augen. Nur ein großes, sehr verliebt geschwungenes *C* prangte darauf. Der Umschlag roch auch deutlich, nein: er duftete! Es war ein Duft, den ich kannte – das Parfum hatte Anne de Pouquet verwendet …

Das Harfenspiel war verstummt. Ich vermerkte es am Rande, denn meine Gedanken waren bei dem Brief. Was hatte das *C* zu bedeuten? Bonneheure hieß mit Vornamen Christian. *Er* also war der geheimnisvolle Liebhaber gewesen! Draußen hörte man Schritte. Der Schlüssel rumorte im Schloss. Ich zog die Pistole und spannte den Hahn. Die Tür flog auf … Ein Pistolenlauf streckte sich dem meinen entgegen!
Ich blickte in die Mündung der gegnerischen Waffe und in die erschrockenen Augen Beatrice de Grèves.
»Was halten Sie da in der Hand?«
»Eine Pistole, wie Sie ja auch!«
»Nein, den Brief meine ich, was ist das für ein Brief? Was tun Sie überhaupt hier?«
Von hinten ertönte ein schwacher Schrei.
»O Gott!«
Christian Bonneheure ließ vor Schreck das Feuerbesteck fallen, das er aus der Küche geholt hatte, als er uns sah.
»Warum wollten Sie den Brief verbrennen?«, fragte ich ihn.
In diesem Augenblick fuhr Beatrice de Grève herum, da sie ein Geräusch in der anderen Ecke des Raumes gehört hatte. Es war de Paul, der hinter dem Ofen hervorkam.
»Nein! Nicht!«
Ich konnte gerade noch ihren Arm mit der Pistole, die sie eben abfeuerte, nach oben drücken, wozu ich die meine und den Brief fallen lassen musste. Die Pistole der Hausherrin war diesmal nicht mit Salz geladen. Das Blei traf den Kachelofen im oberen Drittel, wo die abprallende Kugel ein Spinnennetz aus Rissen in der grün glänzenden Oberfläche produzierte. Im weiteren Flug pulverisierte sie ein Akanthusblatt am Stuckrelief, um dann eine dicke Kristalltraube vom zentralen, sechsundfünfzigflammigen Kron-

leuchter abzutrennen und mit einem hellen Klirren durch eine Fensterscheibe in die winterliche Gartenwelt zu entfleuchen. Die herabfallende Glasgarbe zersprang zwischen unseren Füßen. Das Herabregnen der gröberen Stuckteilchen mischte sich mit dem Prasseln, Raspeln und Rollen der Glasscherben am Boden.

»O mein Gott, mein Lieb... Bis... Sind Sie ...? Oh, welch ein Grauen!«

Beatrice de Grève ließ die rauchende Pistole sinken, während de Paul, fein bepudert, aus dem sinkenden Gipsnebel vor der östlichen Wand auftauchte. Sie schrie. Das blanke Entsetzen stand ihr ins Gesicht geschrieben.

»Das wollte ich nicht, wirklich nicht! Ich ... wir ... Ich hörte Stimmen, ich dachte ...«

Die Hausbesitzerin blickte erst zu Bonneheure, dann zu mir und de Paul. Versuchte, sich einen herrischen Tonfall zu geben, was aber misslang.

»Wir werden die Polizei rufen! Sie sind in mein Haus eingebrochen!«

»Beruhigen Sie sich, meine Liebe«, sagte de Paul seltsam warm und fügte tröstend hinzu: »Es ist nichts geschehen! Unsere Nerven sind angespannt wie Harfensaiten! Lassen Sie es sich nicht zu hart ankommen ... Es ist alles gut gegangen!«

Ich hob meine Pistole auf, aus der beim harten Aufprall Kugel, Schusspflaster, Zündkraut und Pulver gerieselt waren, entspannte den Hahn und schlug vor:

»Wollen wir uns nicht der Reihe nach in Ruhe erklären? Die Polizei würde ich aus dem Spiele lassen.«

Ich blickte in Bonneheures Gesicht. Es war nicht nur der Schnupfen, der ihm zusetzte. Tränenflüsse glänzten unter seinen Augen; ich sah es im fahlen Licht des Dezembervormittags, als er sich wieder aufrichtete, den Brief Anne de

Pouquets in Händen. Zärtlich blies er den Staub darauf fort.

»Warum wollten Sie ihn verbrennen?«, fragte ich.

»Dieser Duft nach ihrem Parfum bringt mich noch um den Verstand ... Es ist unerträglich, dass sie nicht mehr auf der Welt ist. Ich wollte nicht bis an mein Lebensende die Zeilen lesen und wieder lesen, die sie mir schrieb. Und auch kein Polizeioffizier sollte sie zu Gesicht bekommen. Sie haben meine Koffer durchwühlt. Ich trug ihn am Leib, aber dann visitierte man mich, und ich verbarg ihn nur mit Glück.« Er hustete. »Ich wollte ihn hier verbrennen, hier – wo sie starb. Auf so grauenhafte Weise starb ... Glauben Sie mir, ich habe keine Ahnung, was all das zu bedeuten hat!«

Es klang nicht sehr glaubhaft. Was aber mitunter bei wahrhaftigen Aussagen der Fall ist, das möge man mir glauben, so unglaubhaft es auch klingt.

»Aber die Harfe auf Anne de Pouquets Schulter haben Sie gesehen?«

Bonneheure nickte, was de Paul hörbar einschnappen und eine sehr reservierte Miene aufsetzen ließ. Der Komponist hatte hier einfach den Kürzeren gezogen. Mehr als eine oberflächliche musikalische Empathie dürfte es von Annes Seite nicht gewesen sein.

»Hat sie darüber nie gesprochen?«

»Sie sagte etwas von einer Gemeinde, zu der sie einmal gehört hat.«

»Kirchengemeinde?«, bohrte ich weiter, weil ich an Jérômes Erzählungen von den Swedenborgianern denken musste. Und an die Geister in ihren Briefen.

Es war Bonneheure peinlich, denn er zierte sich sichtlich.

»Gemeinschaft oder Zirkel eher ...«

»Politisch?«, fragte Beatrice de Grève mit dramatisch hochgezogenen Brauen.

»Mehr religiös ...«
»Hatte es mit Geistern zu tun? Mit Swedenborg?«
Keine Antwort.
»Der Comte war wirklich ein sehr verschwiegener Mann, wenn er sich nicht einmal seinem Sekretär anvertraute«, sagte ich entnervt. »Die Harfen, die nächtlichen Treffen ... Der Comte war doch ebenfalls Mitglied dieses Zirkels, wie auch der Dritte im Bunde, Dampmartin ...«
»Was die Harfe zu bedeuten hatte ... Anne de Pouquet zierte sich erst, sagte es aber dann doch: Es war das Erkennungszeichen der *L'école d'Absolu*, der sie zugehörte«, sagte Bonneheure beklommen.
»Die swedenborgianische Gemeinde des Herzogs ...«, sagte ich.
»Wessen Gemeinde?«, fragte die Hausherrin.
»Des Duc de Roux!«
»Das ist ja noch schlimmer!«, fauchte sie. »Das Religionsedikt! Mon Dieu! Und das in meinem Haus! ... Was war das mit den Harfen?«
Sie konnte ihr brennendes Interesse stimmlich kaum bemänteln. Bonneheure erläuterte:
»Die Harfe stand für Reinheit. Der Comte de Mâconnais-Rambouillon, Alphonse Dampmartin und Anne de Pouquet waren, scheint's, die einzigen Mitglieder, die den Terror überlebten, indem sie rechtzeitig emigrierten. Sie trafen sich in Berlin wieder. Ich trat erst hier in Mâconnais-Rambouillons Dienste, daher weiß ich so wenig über seine spirituelle Existenz und seine Freunde aus Frankreich.«
»Ich hörte von diesem Kreis in Paris«, hauchte Beatrice de Grève. Ich hatte den Eindruck, dass sie weit mehr über diese *L'école d'Absolu* wusste.
»Die drei trafen hier zufällig aufeinander?«, fragte ich ungläubig.

Berlin war zwar um ein Vielfaches kleiner als Paris, aber dennoch war Glück vonnöten, wenn man einander ganz ohne Absprache über den Weg laufen wollte.
»Zufällig wohl nicht. Im Grunde bin ich schuld!«, bekannte die Hausherrin. »Meine Harfenkonzerte lockten Anne de Pouquet an. Sie kam regelmäßig, spielte mehrmals ... Nachdem Gaston Armand Comte de Mâconnais-Rambouillon hier einzog, war sie häufiger im Palais, auch ohne dass ein Konzert den Anlass gab. Ich begegnete ihr, und sie tat schamhaft. Dabei war mir doch nicht verborgen geblieben, wer ihr schöne Augen gemacht hatte.«
Es genierte sie, dass sie mir dies verschwiegen hatte und die Gewalt meines Einbruches es nun aus ihr herausbrachte. Angst vor der Polizei schien der alleinige Grund für ihre Zurückhaltung gewesen zu sein. Sah ich etwa aus wie ein Polizeispitzel?
»Ich nehme an, dass Sie der Grund für Anne de Pouquets Besuche in diesem Haus waren?«, fragte ich Bonneheure.
Er nickte scheu.
»Aber Sie wissen nicht, was sie hier taten, die drei Reinen? Waren Sie auch so brav, Monsieur Bonneheure, wie der gute Diener Karl, der sich lieber an seinem Silberputztuch erhängt hätte, als sich einen Blick hinter die Kulissen der Soiréen zu gestatten?«
Er hustete, unsicher, ob er sein Vergehen zugeben sollte.
»Einmal trieb mich die Neugier und ich lauschte. An dieser Tür hier ...« Er deutete auf das Eingangsportal. »Auch das Schlüsselloch bemühte ich, doch ich sah nichts. Was ich hörte, waren Gebete, Anrufungen, seltsame Formeln ... Anne wollte mir partout nichts darüber sagen. Es würde die Kraft ihrer Zitationen und Beschwörungen mindern, meinte sie. Sie war sehr geistergläubig. Und sagte von sich selbst, dass sie die Fähigkeit besitze, Geister anzuziehen

und eine Verbindung zu ihnen herzustellen. Das scheint sie prädestiniert zu haben, am Kreis des Duc de Roux teilzunehmen ...«
Er schwieg, aber ich glaubte, er könnte doch mehr dazu sagen. Ob vielleicht in Annes Brief an ihn etwas stand, das mich weiterbringen würde? Ich hatte Scheu, ihn um Einblick zu bitten. Aber sollte ich es nicht doch tun? Nach kurzem Hadern entschied ich mich, damit noch zu warten.
»*Alter König*, das hörte ich einmal, auch das seltsame Wort *Aparellamentum* ...«, ergänzte Bonneheure.
Alter König ... Ich zog den Parry aus der Tasche. Die Harfenistin nahm ihn mir verzückt aus der Hand.
»Das gehörte ihr, Anne de Pouquet! Sie spielte daraus!«
Ich sah de Paul strafend an. Er hatte kein Glück, das war offensichtlich. Jetzt war auch sein Betrugsversuch offenkundig geworden.
»Sie sollten sich schämen, dies für Ihr Eigentum auszugeben!«, schalt ich ihn halbherzig, denn er hatte mich mit seiner Behauptung doch letztlich vor Ort und der Auflösung der Morde näher gebracht.
»Es wird Ihnen vielleicht nicht ganz so eigennützig und verwerflich erscheinen, wenn Sie die Hintergründe kennen. Ich komponiere eine Kammermusik für zwei Harfen, Violine und Flöte ... die ich ihr zu verehren gedachte ... der Toten ... jetzt Abgeschiedenen ...«
Als de Paul das sagte, schwoll Bonneheures Schluchzen an, bis es den hohen Raum erfüllte. Wir trösteten ihn, so gut wir konnten, und ich fühlte den Schmerz über Anne de Pouquets Ableben gewissermaßen dreifach: ihren eigenen, meinen und seinen.
»Kennen Sie das Wappen?«, fragte ich Bonneheure, um ihn zu uns Irdischen zurückzuholen. »Oder Sie?«, fügte ich hinzu, an de Paul und Beatrice de Grève gewendet.

»Welches Wappen?«, fragte de Paul erstaunt zurück, denn er schien nicht darauf geachtet zu haben, dass auf dem Titel und dem Schmutztitel mühsam und feinfühlig etwas mit dem Federmesser entfernt worden war. Den Umriss davon konnte man nun, fast wie ein Wasserzeichen, im durchscheinenden winterlichen Sonnenlicht erkennen: drei Lilien.
»Das Buch gehörte jenem Großsiegelbewahrer«, erklärte ich, »der den Zirkel gründete, von dem eben die Rede war – die *L'école d'Absolu*! Es ist das Wappen der Roux.«
Bonneheure, nachschluchzend, holte eines der Bücher, die ich beim ersten Besuch in der Hand gehabt hatte, schlug es auf, und wir sahen die gleiche vorsichtig herausgekratzte Markierung. In diesem Band – es handelte sich um den ersten der achtzehnbändigen Geschichte der französischen Könige von François Comte d'Ornay – waren als neues Besitzmonogramm Mâconnais-Rambouillons Namensinitialen eingeprägt.
»Haben Sie beide an der Auktion teilgenommen, bei der des Ducs Besitz versteigert wurde? Wo sind Sie eigentlich in den Dienst des Comte getreten?«
»Erst hier in Berlin.«
»Kannten Sie den dicken Goldschmied? Monsieur Dampmartin?«
»Nur vom Sehen.«
Ich blickte zu Boden und gewahrte wieder die Stelle, die ich mich zuvor vergeblich abgemüht hatte genauer zu untersuchen.
»Haben Sie Werkzeug, um das Parkett aufzuhebeln?«, wandte ich mich an Beatrice de Grève.
»Das Parkett aufhebeln? Parkett reparieren lassen zu müssen ist teuer!«
»An dieser Stelle könnte etwas verborgen liegen, so sieht es

aus. Lassen Sie mich nachschauen. Vielleicht kommen wir dem Geheimnis des letzten nächtlichen Treffens auf die Spur.«

Mit Hilfe eines Messers und zweier Gabeln, die wie die Backen einer Zange zugriffen, gelang es, einen Parkettstab unbeschädigt herauszuholen. Wir lösten weitere aus den Zöpfen, was nach dem Anfang leicht war, bis wir eine rautenförmige Fläche freigelegt hatten. Am Grund, unter dem Parkett, wo man den Estrich des Unterbodens vermutet hätte, zeigte sich ein Holzbrett. Zwei Eingriffslöcher legten den Gedanken an einen Deckel nahe. Ich steckte die Finger hinein und zog. Ein Hohlraum zeigte sich. Die Höhlung war mit rotem Samt ausgekleidet. Aber das Versteck war leer.

»Was mag darin verborgen worden sein?«, fragte Beatrice de Grève, die von meiner übersinnlich anmutenden Treffsicherheit frappiert zu sein schien.

»Dokumente?«, fragte ich mehr mich als die Umstehenden. »Diplomatenpost? Liebesbriefe?« Dann kam mir eine bessere Idee. »Hatte Prinzessin Amalie vielleicht einen Schatz an dieser Stelle versteckt?«

De Paul ging in die Hocke und wollte eben den Samt herausziehen, vielleicht um seine Noten hübscher einzuschlagen.

»Warten Sie! Sehen Sie das hier?«, fragte ich ihn, und er mühte sich, etwas zu sehen, von dessen Nichtvorhandensein er überzeugt war. Er stutzte.

»In der Tat, jetzt wo Sie es sagen … Eine kreisrunde Naht im Samt.«

»Das ist keine Naht. Das ist ein Abdruck!«

»Den Samt drinlassen?«, fragte de Paul recht dümmlich-habgierig.

»Bitte, ja! Es ist eine Spur, wir sollten sie nicht verwischen.«

»Was tun wir?«, fragte Beatrice de Grève.
»Wir verschließen es wieder.«
Ich wollte meinen Verdacht nicht zu früh äußern, doch in meinem Geist sah ich vor mir, wie etwas unendlich Kostbares in der Todesnacht aus diesem Unterbodenversteck gehoben wurde. Die Kälte kroch uns in die Glieder.
»Lassen Sie uns zu mir hinaufgehen!«, sagte die Hauswirtin und blickte seufzend zum Loch im Fenster, das sie geschossen hatte. »Hier wird es mir zu kalt. Trinken wir einen Tee nach diesen Aufregungen!«
Ich indessen wollte die Ankunft der Prinzessinnen nicht verpassen und endlich frische Luft atmen statt Moder, Schimmelblüte und Gipsstaub.
»Nein, danke. Ich muss zur Ehrenpforte, um die schönen Bräute zu begrüßen! Wer von Ihnen kommt mit? Vielleicht schaffen wir es noch!«, sagte ich mit einer Miene, die keinen Widerspruch duldete.
De Paul und Bonneheure zierten sich, Letzterem standen die Tränen in den Augen. Auch die Vermieterin wollte erst nicht recht, doch mein Tatendurst siegte. Das Leben musste weitergehen, auch in einem Totenhaus.
Um kurz nach zwei langten Beatrice de Grève, de Paul, Bonneheure und ich vor dem Kronprinzenpalais an, wo ich Jérôme glücklich über den Weg lief. Er hatte verzweifelt im Gedränge nach mir gesucht und war sehr erleichtert, das merkte ich an der Art, wie er meine Hand fast zerdrückte, als er sie in der seinen barg.
»Was ist geschehen?«, fragte er.
»Erzähl ich dir nachher … Da kommen sie!«
Die Menge der Schaulustigen wogte Unter den Linden. Die Galakutsche mit den Prinzessinnen und den Hofmeisterinnen hatte nur eine schmale Gasse zur Durchfahrt. Da dies in der Wilhelmstraße genauso gewesen war, hatten sie

schon zwei Stunden Verspätung! Bis zum Schloss würden die beiden wohl eine weitere Stunde brauchen! Ich stellte mir die verzweifelte Hofgesellschaft vor und musste lächeln. Die Kälte würde aus den hohen Herrschaften höchst ungeduldige Eiszapfen machen. Nun, sie würden sich alle mit heißem Punsch bei Laune halten. Umso weniger frostig wäre das Willkommen.

»Weißt du, was die beiden so lange aufgehalten hat?«, fragte Jérôme lachend und beantwortete sich die Frage selbst: »Eine Zwistigkeit zwischen den Kammerherren und den Gilden bei Schöneberg, die dort seit zehn Uhr gewartet haben. Die Kammerherren wollten dem Galawagen mit den Prinzessinnen vorausfahren, die Gildevertreter sollten ihnen allen vorwegreiten.

»Ja und, wo ist der Haken?«, fragte ich.

»Die Gildeleute weigerten sich, den Zug anzuführen, denn es hätte so ausgesehen, als seien sie die Vorreiter der Kammerherren. Es sollte aber so aussehen, als holten *sie* die schönen Bräute ein. Sie fuhren erst weiter, nachdem die Kammerherren klein beigegeben und sich hinter den Prinzessinnen eingeordnet hatten … Einholen ist eben Bürgersache!«

»Die haben vielleicht Sorgen!«, sagte ich. »Solcher Kinderkram hat mich noch nie interessiert.«

Wir stimmten in den Jubel ein, der sich jetzt von der Volksmenge erhob. Ich konnte sehen, wie die Zuschauer, die es geschafft hatten, sich auf die oberste Stufe der Freitreppe vor der Oper zu schieben, die Arme hochrissen. Die Männer schwenkten die Hüte. Die Frauen hatten Blumengebinde in den Händen. Die Abgeordneten der Handwerkskörperschaften, von denen eben noch die Rede gewesen war, angeführt und begleitet von der Garde du Corps, schritten eingebildet dem goldenen Wagen voran.

Als sich die Paradekalesche mit Prinzessin Luise und Prinzessin Friederike durch die zehn Lachter hohe Ehrenpforte schob, die mit Girlanden, Myrtenkränzen und dem Spruch *Gleiche Freundschaft! Gleicher Liebesbund!* geschmückt war, ging mir schmerzlich der Gedanke an Anne de Pouquet durch den Kopf, ohne dass ich es hindern konnte. Die Glocken der Kirchen läuteten, ein gewaltiges Feuerwerk prasselte ab, das auf der Sternwarte in der Letzten Straße gezündet wurde. Einige Begeisterte erschienen auf den Dächern der umliegenden Häuser. Unerschrockene Bengel hatten die vereisten Äste der Linden erklommen.
Da erblickte ich die beiden wundervollen Schwestern. Wie ihr goldiges Lachen durchs Kutschfenster strahlte! Ich vergaß für den Moment, dass Anne de Pouquet tot war. Ich wollte die Gefährtin kneifen und ihr zu verstehen geben: Schau, da sind die beiden, mit denen wir eine lustige Nacht durchgetanzt haben ... Bis ich merkte, dass es Jérôme war, den ich kniff. Er freute sich so an meiner Freude, dass er meine Verwirrung nicht bemerkte.
Eine Gruppe brautweiß gekleideter Mädchen vor uns, mit Blumen und Gedichten bewaffnet, geriet in Bewegung. Die Kleinen stürzten, in kurzen Kleidchen trotz der Kälte, gänzlich die Welt um sich her vergessend, zum geöffneten Wagenschlag. Jemand hatte die Tür aufgemacht, es war Luise! Die Hofmeisterin Voss hatte es, mit grimmiger Miene Gegenwehr leistend, fast nicht zugelassen. Eine Berliner Tochter, ohne Stand und nur von dem Wunsche beseelt, die angebetete Luise zu umarmen, tut, was sie nicht lassen kann ...
Die Voss läuft rot an vor Wut. Luise aber lässt sich die Umarmung gefallen und küsst die Kleine, die nun ihr Gedicht nicht herausbringt vor Entrückung. Der Blick der künftigen Kronprinzessin schweift in die Runde und büßt nichts

an Freude und Leuchtkraft ein. Ein anderes Mädchen springt mit einem Gedicht ein. Plötzlich sieht Luise mich und winkt. Auch ihre Schwester zwängt sich kurz neben sie in den Wagenschlag und lacht.

»Willkommen, Prinzessinnen!«, rufe ich, worauf die Menge aufjubelt und von allen Seiten der Willkommensgruß bekräftigt wird. Blumen fliegen. Luise fragt, mit an den Mund gelegten Händen:

»Sie werden doch zur Hochzeit kommen?«

Ich kann es nicht fassen. Lachend schüttele ich den Kopf und rufe:

»Wir sind doch gar nicht eingeladen!«

Schon im Begriff, wieder einzusteigen, weil die Voss zornig an ihrem Kleid zieht, entgegnet sie:

»Jetzt sind Sie es!«

Und lacht ob meines ungläubigen Gesichts. Die Kleider übrigens, die Luise und Friederike trugen, waren aus weißem Atlas, dazu saßen ihnen beiden Federkränze auf dem Kopf, Luises war rosa, der von Friederike blau …

Die Kutsche rollte davon, aufs Schloss zu. Wir jubelten, wildfremde Menschen lagen einander in den Armen, etwa Beatrice de Grève und ich.

»Hat sie Sie eben wirklich persönlich angesprochen? Woher kennen Sie sie?«

Um dies zu erklären, musste ich etwas ausholen, und so luden Jérôme und ich die drei Émigrés zu einer heißen Schokolade ins Café Stein Ecke Friedrichstraße ein.

Bonneheure hatte sich wieder halbwegs in der Gewalt und überwand sich, Anne de Pouquets Brief nicht zu verbrennen, wie er immer wieder beteuerte. Er schwor, ihn ewig am Herzen zu tragen und so zunächst auch weiter vor der Polizei zu retten. Ein drittes Mal würden ihm die Inspektoren wohl ohnedies nicht zu Leibe rücken.

Die Parry'sche Anthologie war in den Besitz der Harfenistin übergegangen. Beatrice de Grève gab das Buch leihweise an de Paul weiter, der darüber sogar die Beschämung über die eigene betrügerische Anwandlung vergaß. Es kam heraus, dass Mâconnais-Rambouillon eine große Komposition für Konzertharfe bei ihm in Auftrag gegeben und vorab bezahlt hatte, die fast fertig war. Er wollte sie unbedingt zu Ende bringen, wie es hieß.

»Gibt es schon einen Favoriten für die Wohnung?«, fragte ich die Hausbesitzerin.

»Durchaus!«, entgegnete Beatrice de Grève. Man konnte ihr die Erleichterung anhören. »Dampmartins Bruder, der ihm übrigens wie aus dem Gesicht geschnitten ist.«

»Ach? Er saß neben mir auf der Wartebank in der Anatomie neben Mâconnais-Rambouillons größtem Feind«, sinnierte ich. »Neben Arrat!«

»Das wusste ich nicht«, sagte Beatrice de Grève beklommen. »Dass Arrat und Mâconnais-Rambouillon verfeindet waren.«

Ich hegte mehr und mehr den Verdacht, dass sie wenig wirklich interessierte außer der Harfe, der Musik und den Geistern. Als wir das überfüllte Café verließen, verkündete sie, von der frischen Winterluft beflügelt:

»Ich werde ein Konzert veranstalten, um die Geister der Toten und der Lebenden zu besänftigen! Dann werden Sie auch Gelegenheit haben, die Französische Vorstadt und ihre Bewohner etwas besser kennenzulernen!«

Fast hätte ich ihr entgegnet, dass mir der bisherige Bekanntschaftsgrad schon genüge, doch ich verbiss es mir. Die Aussicht auf den Hochzeitsabend versüßte alles, auch wenn ich es stark bezweifelte, dass das Wort einer noch unverheirateten Prinzessin von Mecklenburg gegen die Starre des preußischen Hofzeremoniells ankäme.

7

Tags darauf wusste schon ganz Berlin, wie es am Abend im Schloss noch zugegangen war, denn die kleine Schwester des schönen Louis Ferdinand, die spätere Fürstin Radziwill, hatte bei meiner Großmutter Leckereien eingekauft und dabei ihrer Lieblingsbeschäftigung gefrönt, dem Klatsch. Die dicke dumme Königin aus Hessen-Darmstadt hatte die jungen Prinzessinnen gerügt, als sie sich bei der Cour verneigten: *Wenn isch die Cour abnemm, geldet se aach misch allaa!* Ein neuerlicher Lacherfolg des *hessischen Lieschens*, wie unser vielgeliebter König sie nannte ... Was das Berliner Publikum nicht weniger entzückte, war natürlich das Schlaglicht auf die Mode: In tief ausgeschnittenen, hermelinbesetzten lila Kleidern und Brillantkrönchen hatten die Prinzessinnen alle anderen Damen ausgestochen. Und waren wieder von der moralisch permanent entrüsteten Königin getadelt worden wegen der freizügigen Decolletés. Den König schienen die Einblicke weniger zu stören, er hatte Luise ein Brillantbouquet zum Geschenk gemacht und auch den Walzer für hoffähig erklärt, als die tanzwütigen Bräute ihn darum baten. Seine Frau, die kleine dicke, prüde Königin, wandte sich daraufhin demonstrativ ab. Sie hielt den Kopf lange zur Seite gewendet, um den schamlos nahen Tanz nicht sehen zu müssen, bekam einen steifen Hals und ging früh zu Bett. Man weinte ihr keine Träne nach, und allseits stiege nun, so die Schwester des schönen Louis Ferdinand, die Hoffnung in Hofkreisen, dass es endlich wieder lebendig werde in Preußens Tanzsälen.

Auch am Heiligabend arbeiteten wir mit Hochdruck, obschon es Sonntag war. Kein Kinderauge sollte wegen unserer Saumseligkeit feucht werden, niemand sein Zeichengerät oder seinen Bildwerfer auf dem Gabentisch vermissen. Wir hatten um die Mittagszeit noch immer zwanzig Bestellungen abzuarbeiten, als ein livrierter Bote erschien und Jérôme einen großen Umschlag übergab. Er wartete offenbar auf ein fürstliches Trinkgeld, denn er wollte schlechterdings nicht wieder abziehen. Als ich Anstalten machte, ihm einen Vierteltaler in die Hand zu drücken, wies er das lächelnd zurück und sagte:

»Pardon, Marquise, ich bin angehalten, jeden Obolus abzulehnen. Man bezahlt mich fürstlich genug. Ich warte auf Ihre Antwort. Seine Königliche Hoheit, der Kronprinz, und Ihre hochfürstliche Durchlaucht, die Prinzessin Luise von Mecklenburg-Strelitz, wünschen ein kurzes Signal, dass der Marquis und Sie zur Verehelichung heute Abend erscheinen werden!«

Ungläubig, trotz Brief und Siegel, lasen wir:

> An den Marquis und die Marquise de Lalande, Mohrenstraße 6, Berlin – Einladung zur Feier der Vermählung Sr. Königlichen Hoheit des Kronprinzen und zur Königlichen Beilagertafel, bei welcher vom Goldenen Service gespeißt wird …

Die restlichen Stunden des Nachmittags verstrichen in Verzückung. Schneller als gedacht, kamen wir mit unserem Pensum zurande. Mich allerdings peinigte die einzige Frage, die für uns Frauen in einer solchen Situation von Belang ist: Was zur Hölle sollte ich anziehen?

Wenn es übrigens etwas gab, das ich an der Revolution nach wie vor liebte, war es ihre Wirkung auf die Frauenmode! Ein beiges oder weißes Chemisenkleid mit Schulterfreiheit, ohne Korsett, dazu eine männliche Überjacke und ein Redingote oder ein Pelz bedeuteten mehr Freiheit als alle schönen Worte von künftigen weiblichen Freiheitsrechten. Auch im Winter fühlte ich mich wohler mit einer langen wollenen Hose unterm wallenden Gewand, als mit einem Freibrief von der Volkswohlfahrt. Eine Schärpe, die kleidsam um die Taille geschlungen werden konnte – jetzt war die Gelegenheit da.
Ein Chemisenkleid mit Schal und Schärpe, keine Frage. Doch welche Couleur? Es wurde ein harter Kampf, bis ich mich für ein Lindgrün entschieden hatte, das Kleid betreffend, und für einen weißen Schal. Ein hübscher Kontrast zu meinem Haar, das ich seit jeher tizianrot färbte. Also frisch eine gleichfarbene Schärpe um die Taille gelegt! Man mag sich meine Aufregung vorstellen und gehörig den Kopf über mich schütteln. Ich hätte es verdient gehabt. Als wäre es meine eigene Hochzeit gewesen.

Unbeschreiblich die Menschenmassen, die sich in den beiden Schlosshöfen tummelten wie auf dem Jahrmarkt. Wir waren durchs erste Portal vom Schlossplatz her in den Schlüterhof gegangen, um das bunte Treiben in seiner ganzen Pracht zu sehen. Auch an diesem Tag waren wieder die Abordnungen sämtlicher Berliner Gewerke aufmarschiert. Doch ihre Ordnung war längst aufgelöst. An Buden wurden heiße Getränke ausgeschenkt. Es duftete nach Braten, nach Punsch und Bratäpfeln. Musik erklang, leicht verzerrt vom eisigen Hauch, der über die Felswände des Schlosses herunterfuhr. Doch der Festtaumel blieb von der Zugluft ungedämpft. Überall standen große Feuerschalen, an denen sich die halb Erfrorenen wärmen konnten, wenn es ihnen gelang, einen freien Platz zu ergattern. Das Straßenvolk drängte sich, es hatte freien Zutritt, bis der Platz nicht mehr reichte. Der König bezahlte für Speis und Trank, sodass man sich ausmalen kann, wie bereitwillig alle Welt hereinströmte. Im Übrigen wartete man darauf, dass das frisch vermählte Paar sich zeigen würde. Doch recht eigentlich war das hier schon Nebensache.

Durchs Altangebäude gelangten wir in den großen Schlosshof, wo sich ums Denkmal für den heiligen Georg das Bild wiederholte. Nur ein etwa fünfzig Schritt breiter Streifen vor der Rückfront des zur Schlossfreiheit hin gelegenen sogenannten Neuen Schlosses war von einer Linie Posten abgesperrt. Die Glieder dieser lockeren Kette versahen ihren Dienst mehr gutherzig als ruppig und ließen sich die Krüge heißen Weines gefallen, die ihnen junge Bürgerinnen brachten, und deren wärmende Blicke nicht minder.

Welch ein erhabenes Gefühl war es da, den eigenen Namen auf einer Liste abgehakt zu sehen und neben Jérôme die Absperrung durchqueren zu dürfen. Ihm erschien all dies viel weniger spektakulär als mir, denn er war einmal mit seinem Vater, dem Marquis Auguste Philippe de Lalande, bei Louis XV. in Versailles in Audienz empfangen worden. Gemessen daran war die Heirat eines preußischen Kronprinzen … nun ja, mein geliebter Ehemann hat auch heute mitunter noch eine etwas verächtliche Art, die Geschehnisse an kleineren deutschen Höfen herunterzuspielen. Gerade er, der ja alles andere als ein blinder Monarchist ist!

Die großen Lampen am Eosanderportal strahlten, die schweren Türflügel aus Eichenholz waren ganz nach innen geklappt. Rote Läufer fielen über die Friedrichstreppe bis vor unsere Füße herab und verdeckten die mittlere Trittspur auf den breiten weißen Marmorstufen, über die wir

nun bis zur zweiten Etage hinaufstiegen. Der weiße Saal war anderthalb Stockwerke hoch und hieß nach dem hellen Stuckmarmor der Wände: ein länglicher Raum mit farbig ausgemalter Kastendecke im Tonnengewölbe, der auf den Längsseiten je neun oben abgerundete Fenster besaß und auf den beiden Kopfseiten je drei gerade Durchgänge zwischen zwei dorischen Säulen auf hohen Sockeln, vielleicht auch nur Säulenreliefs, ich bin mir nicht mehr so sicher ...
Unter einem Sonnenwald barocker Kronleuchter, deren Trauben wie Wurzelstöcke wirkten, die stalagmitenhaft von der Decke einer Grotte herabhingen, tanzten bestimmt dreihundert Gäste, als wir eintraten. Es war der lichteste und schmuckloseste Saal im Schloss; wahrscheinlich hatte der Kronprinz deshalb darauf bestanden, dort vermählt zu werden. Die seidenen Ballkleider der Damen warfen das Licht bunt zurück, die silbernen Orden und Tressen an den Uniformen der Herren blitzten auf tiefblauem Tuch. Geschmeide, Perlen und nie gesehene Steine schimmerten auf den Decolletés.
Durch das Stimmengewirr klang ein Wiener Walzer – die Marseillaise des Herzens, wie einmal jemand gesagt hat –, und das hochrote Gesicht der Oberhofmeisterin, die an der Seite stand, neben den Thronsesseln unter dem luftigen Baldachin aus rotem Samt, sprach Bände. Ein Walzer im Schloss? Das war wie bürgerliche Kinder umhalsen! Wir mischten uns lachend unter die Tänzer und gewahrten erst mit der Zeit, dass wir Aufsehen erregten. Die Blicke richteten sich auf uns, man wich aus, trat einen Schritt zurück, wenn wir uns näherten. Erst war mir nicht bewusst, was der Grund war, doch dann flüsterte Jérôme lächelnd:
»Was du wieder anhast!«
Keine Hofdame, die jetzt nicht maßregelnd-neidische Blicke auf meinen modischen Jakobinismus geworfen hätte.

Ich war immerhin die Einzige in Revolutionskleidung. Nach dem ersten Schock über diese Erkenntnis genoss ich schließlich die bewundernden Blicke der abenteuerlustigen Männer, die sich mit den Umwälzungen der Mode viel leichter taten als die oft engstirnigen, traditionsbewussten Frauen.

Die Musik wurde leiser. Die zahllosen golden livrierten Lakaien offerierten Tabletts voller Gläser mit rosa Champagner. Urplötzlich trat – trotz meiner lindgrünen Chemise – Herr von Bischoffwerder persönlich, Generalmajor und Außenminister, mutig auf mich zu. Ein schöner Mann, ritterlich, taktvoll und ganz Sohn seiner Zeit, der die mystische Verinnerlichung und Schwärmerei mit sehr diesseitigen Freuden zu verschmelzen verstand.

»Marquise de Lalande, welche Ehre! Marquis ... Ich sehe, Sie wundern sich ... Aber der Polizeichef hat mir gesagt, mit wem wir die Ehre haben ...«

Der Herr Minister, der zugleich zur Camarilla um den König gehörte, hatte sich nicht von ungefähr angepirscht. Dass er meinen Marquisentitel herauskramte, den ich zuletzt, ach, ich wusste nicht wann, gehört hatte, schmeichelte mir seltsamerweise.

Jérôme lächelte, er pflegte seinen Titel für gewöhnlich zu vergessen, um ihn im Notfall wie ein Rapier zu benutzen. Während Bischoffwerder uns nun seinerseits halblaut einige der Anwesenden vorstellte, fragte er uns ganz unverfänglich über die Technik der Laterna magica aus.

»Wie würden Sie es machen, Marquis, wenn Sie erreichen wollten, dass eine Projektion einer menschlichen Gestalt im Raume plastisch und wie lebensecht hervorträte?«

Jérôme, bei seinen Lieblingsthemen gepackt, vermochte nicht zu widerstehen. Er hätte dem erbittertsten Konkurrenten die letzten Geheimnisse ausgeplaudert. Diesmal sagte ich nichts, denn es stand nicht zu befürchten, dass der Minister etwas Geschäftsschädigendes im Sinn hatte. »Nun, ich würde vielleicht Nebel oder Dampf verwenden, um das Bild aufzufangen. Ich könnte mir vorstellen, dass das recht figürlich wirken dürfte.«

»Auch ließe sich«, warf ich ein, »eine Art dünnes, sehr feines, hauchzartes Milchflorgewebe als Projektionsfläche in den Raum stellen. Der Qualm wäre ebenfalls nützlich zu verwenden: Auf diese Weise hätte die Gestalt feste Umrisse, nur die Glieder würden sich bewegen, unscharf vor lauter wallendem Dunst.«

»Das ist phänomenal, Marquise, was soll ich sagen!«

Hätten wir gewusst, was er mit seinen Fragen bezweckte, wir hätten uns bedeckt gehalten. Damals fanden wir es schlicht aufregend, mit einem Mann zu sprechen und gar von ihm durch die Menge der Versammelten geführt zu werden, der Cagliostro und den Grafen von St. Germain persönlich gekannt und beim Selbstmord Johann Georg Schrepfers zugegen gewesen war – jenes als Scharlatan verschrienen Mannes, der ihn ein Weilchen mit seinen Methoden der betrügerischen Geisterseherei bekannt gemacht hatte, bevor er preußischer Außenminister geworden war.

»Da ist Prinz Louis Ferdinand!«, sagte Bischoffwerder nebenhin.

Mein Herz stockte. Dieser Prinz war noch verführerischer, als ich gehört hatte. Groß, schlank und schön wie Apollo, von einer verwegenen Zartheit, anders kann ich es nicht sagen. In der prächtigen Uniform seines Regimentes sah er aus wie der Kriegsgott selbst, wie der vornehmste Herr der Welt. Jetzt sprach er, er hatte ein volltönendes, musikalisches Organ. Wie gern würde ich etwas von seinen Musikstücken aufgeführt hören, dachte ich, ohne zu ahnen, dass mein Wunsch binnen Stundenfrist erfüllt würde.

Die Erläuterungen unseres privaten Conferenciers rissen nicht ab. Bischoffwerder berichtete, nachdem er auf seine Taschenuhr geschaut hatte, die kurz nach sechs anzeigte:
»Im Zimmer der Regierenden ist die Braut mit Krone und Fächer ausgestattet worden. König, Königin, Braut und Bräutigam werden gleich hereinkommen. Anschließend nimmt der Brautzug seinen Anfang. Wir müssen die Königinwitwe in ihren Gemächern abholen. Sehen Sie, da drüben ist die Baranius. Da die Schulsky und daneben ... die Rietz. Des Königs Mätressen. Arme Königin ...«
Ich fand die Baranius bei Weitem schöner als die Rietz, doch über den Geschmack des Königs ließ sich schwerlich streiten. Hätte ihn nicht die ausschweifende Neigung aus dem Schloss in die Betten halb Berlins getrieben, so hätte es die Königin getan, eine dicke Frau mit geringen Geistesgaben, wie allgemein bekannt war, die im Alter zur körperlichen Hässlichkeit die Unart angenommen hatte, mit dem Kopf zu wackeln. Dass sie ihm sieben Kinder geschenkt hatte, stand auf einem Extrablatt. Viel gekümmert hatte sie sich nicht um sie. Sie wohnte im Sommer in Schloss Monbijou und sah angeblich Gespenster. Taten das nicht fast alle in jenen Tagen? Hätte es irgendjemanden gewundert, wenn plötzlich Voltaire und sein großer Freund durch den Raum spaziert wären? Mit den Geistern der königlichen Leib-Barsois?
Bischoffwerder wollte nicht zum Ende kommen. Die Kammerherren des Königs, sämtlich Émigrés, kamen zur Aufzählung:
»Der Chevalier Saint-Paterne, die Marquise von Nadaillac, der Abbé d'Andelard, Prinz Moritz de Broglie, der Chevalier Saint-Ygnon. Ein Possenreißer ... offiziell als Vorleser eingestellt, aber – pah! Da lese ich ja besser vor!«
Bischoffwerder nickte, er hatte in meiner fragenden Miene richtig gelesen:

»Seine Majestät leidet nur noch Émigrés um sich – die temporäre politische Frankophobie einmal außer Acht gelassen. Königstreue Franzosen sind ihm am liebsten, denn er fühlt sich gern wie Gott in Frankreich. Ich bin mir sicher, der König würde es schätzen, wenn ein so berühmter Aeronaut wie Sie – pardon, Madame: wenn zwei so erfahrene Luftschiffer, wie Sie beide es sind ...«
Wir ließen ihn nicht ausreden und wehrten dankend ab. Jeder andere hätte sich Arme und Beine ausgerissen, wenn ein enger Vertrauter des Königs eine solche Anspielung gemacht hätte, doch uns war die Erhöhung an diesem Abend schon unheimlich genug. Zu Gespielen des Monarchen werden? Des Königs Luftschiffer? Nein, danke! Die Nähe zu den Großen hat etwas Zerstörerisches, etwas Unzartes ... Das hatten Voltaire, Maupertuis, La Mettrie und andere viel zu schmerzhaft erfahren müssen und beschrieben, als dass wir auf eine eigene diesbezüglichen Erfahrung erpicht gewesen wären.
Jérôme stieß mich an.
»Sieh mal – Arrat und Dampmartin verstärken den Pulk der Royalisten!«
Zwei Männer, die mit einem Verbrechen in Verbindung standen, von dem die Metropole sprach! Und hier tummelten sie sich seelenruhig im Kerzenschein um den König, wie Nachtfalter um die Lampe tanzen ...
»Guten Abend, Herr Polizeipräfekt!«, rief Bischoffwerder, den angesponnenen Gedanken, uns beim König einzuführen, fahren lassend wie das Haltetau eines sanft entschwebenden Aerostaten.
Distel kam auf uns zu, und ich sah in seinem Blick, dass ihm unsere Gegenwart ebenso wenig gefallen wollte wie die der Franzosen um den König.
»Wann bekomme ich meine Briefe zurück, Monsieur?«

Er knirschte förmlich mit den Zähnen über diese Anrede. »Zu gegebener Zeit, Frau de Lalande. Wir sind noch keineswegs mit der Evaluation dieser Dokumente fertig geworden. Ihre Briefe sind nicht die einzigen, die mir vorliegen.«

Ich merkte, dass Jérôme innerlich kochte. Jetzt entlud sich sein Zorn:

»Es mag Ihnen nicht viel daran liegen, Monsieur le préfet, aber es wäre doch schön, wenn Sie sich des Standes meiner Gemahlin entsännen!«

»... des Standes in einem untergegangen Land, mein Herr, in einem guillotinierten Land! Ein solcher Stand interessiert mich rein gar nicht!«

Er hatte es mehr gefaucht als gesagt, und in seinen sonst grauen Augen funkelte es gefährlich.

»Adel kennt keine Grenzen und Staaten«, erwiderte Jérôme süffisant. »Eine Marquise bleibt eine Marquise, ein Marquis ein Marquis ... während ein Präfekt – ...«

Die Adern schwollen an Distels Schläfen.

»Gemach, gemach! Meine Herren!«

Es war der Justizminister Wöllner, der dazwischenfuhr: eine schmächtige Gestalt mit viel zu großem Kopf und hässlichen, grobschlächtigen Gesichtszügen, die man eher an einem Rossknecht oder Schwerverbrecher erwartet hätte. Narben entstellten es.

»Herr Distel! Marquis! Ich bitte Sie! Vergessen Sie nicht den freudigen Anlass, der uns hier zusammenführt! Ich weiß wohl um die Anspannung, die über der Stadt liegt. Doch wir sollten uns nicht zu Ehrenhändeln versteigen ... Was halten Sie davon, sich zu entschuldigen, Präfekt?«

Distel murmelte etwas Unverständliches und verfügte sich eilends aus dem Raum, um eine Runde bei seinen Leuten zu machen. Jérôme lächelte schwach und zuckte die Achseln.

Sich mit einem solchen Mann zu schlagen, war der Mühe nicht wert. Das sah auch Bischoffwerder so, der ihn bei der Schulter fasste, auf die Durchgänge am Ende des Saales deutete und sagte:

»Da sind sie!«

Man raunte. Dann wurde es ruhig. Das Knistern der Seide trat stärker in den Vordergrund, es schien, als strahlten die Kronleuchter heller. Der König, eine voluminöse blaue Gestalt mit großem Silberstern auf der Brust, hatte den Raum betreten, ebenso die Regierende Königin Friederike Luise. Es folgte das hohe Paar, mit reichem Gefolge, nämlich der Großmutter und dem Vater der Braut – Herzog Karl von Mecklenburg-Strelitz –, ihr Bruder Georg, Schwester Friederike nebst Schwager Ludwig, Schwager Wilhelm und weiteren Preußenprinzen. Sie schritten durch die Tür links vom riesigen offenen Kamin herein, in dem ein Höllenfeuer unterhalten wurde, das die Temperatur im Raum dennoch um kaum mehr als ein Grad Reaumur über der des Schlosshofes zu halten vermochte.

Braut und Bräutigam machten die Honneurs und kamen auch bei uns vorbei. Mir verschlug es den Atem, als sie sich näherten. Die künftige Kronprinzessin überstrahlte alle! Ihr Ausschnitt war mit Diamantrosetten gesäumt! Ich erkannte das brillantene Bouquet, das Geschenk des Königs, von dem die Schwester des schönen Louis Ferdinand gesprochen hatte. Luise trug es leger zwischen die Brillantrosetten gesteckt … Das große Decolleté zu bedecken, diente indessen das Kroncollier.

Mir wurde ganz blümerant, als ich diesen kleinen Läufer aus Brillanten unmittelbar vor mir strahlen sah, und ich fürchtete, blind zu werden davon. Luise hatte Diamanten im Wert von einer halben Million Taler am Hals. Im Haar saß ihr die Diamantkrone der Prinzessinnen von Preußen,

und in der Hand hielt sie einen kleinen Fächer aus geschlagenem Dukatengold, selbstredend mit Brillanten besetzt, mit was sonst? Das Brautkleid – aus silberfarbenem Atlas – hatte eine sehr modische enge Taille, kurze, bis zum Oberarm gebauschte Ärmel, einen weich und füllig die Gestalt umhüllenden Rock und eine lange Schleppe, die zwei Pagen … schleppten …
Die schnarrende Stimme des hageren blonden Mannes an ihrer Seite, der in seiner schmucken blauen Paradeuniform mit weißen Hosen, rotem Revers und silbern eingesticktem Ordensstern nebst gleichfarbigen Tressen wie ein Abbild des jungen großen Friedrich wirkte, brachte uns in die Realität zurück.
»Famose Geisterlampe! Enormer Schreck! Vater kalkweiß! Muss unbedingt einen Streifen mit unsrer Hochzeit haben! Kriegen das hin?«
Er lachte uns beide an, bevor er Bischoffwerder ziemlich reserviert zunickte.
Die Prinzessin glühte vor Aufregung. Aber echte Freude über den Mann an ihrer Seite sah ich nicht in ihren Augen. Was war geschehen in den vergangenen Stunden? Ich schrieb es der Anspannung zu. Man beäugt auch ein Brautpaar stets viel zu streng, fast inquisitorisch. Als sei man Augur genug, um aus Nebensächlichkeiten auf das Schicksal einer Ehe zu schließen.
»Wünschen Sie mir Glück, teuerste Freundin, dass ich nicht in Ohnmacht falle«, hauchte sie, was ich gern versprach. »Ich habe mehr Geld am Leib, als mein Vaterland bei jeder Versteigerung einbringen würde …«
»Mögen entschuldigen?«, raunte der Kronprinz mit einem versteinerten, vor Ernst und Anspannung wächsernen Gesicht und fügte leiser an: »Werden erwartet! Müssen zu Tante Lisbeth!«

Luise und ich tauschten noch einen Blick, doch mein Lächeln blieb unerwidert. Es lag etwas Flehendes in ihren Augen. Das Brautpaar strebte den Majestäten zu.
Es war halb sieben. Nachdem man Luise mit den letzten Insignien versehen und vollends geschmückt hatte, begannen auf einen geheimen Wink hin die Glocken der Schlosskapelle zu läuten. Von diesem Zeichen gerufen, setzten, schwach hörbar durch die hohen Fenster, die Geläute der sämtlichen Berliner Kirchen ein, sechzehn große und ungezählte kleine. Feierlich begann sich der Hochzeitszug in Bewegung zu setzen. Im Kerzenlicht glänzten Korridore und Säle. Die Paradekammern König Friedrichs I. waren eigens zu diesem Anlass geöffnet und hergerichtet worden.
Ob eine Zeit kommen wird, in der das schwülstige Schloss der Könige von Preußen, dieses Labyrinth aus Treppenhäusern und Sälen, nicht mehr steht? Nicht auszudenken. Ich zumindest kann es mir nicht vorstellen. Doch dem, der den großen Bau nicht kennte, könnte man seinen Charakter nicht besser beschreiben als mit einer Skizze der vom großen Schlüter entworfenen und ausgestalteten Raumflucht. Es war das erste und einzige Mal, dass ich sie sah und ihre Atmosphäre erlebte: den Elisabethsaal, die neue Kapelle und den Rittersaal – ein Traum in Silber, Gold und Honigtönen, in den wir später zur Hochzeitstafel wieder zurückkehren sollten. Über den geschnitzten Türen, blattvergoldet, symbolisierten prächtige Figurengruppen die vier Weltteile. Der Balkon für die Musikanten, einst aus massivem Silber, war vom großen König für Kriegskosten eingeschmolzen und durch eine bemalte Holzkopie ersetzt worden. Doch das vergoldete Silber, von dem wir später aßen, war echt, an diesem Glauben wollte ich festhalten, das schwor ich mir. Allein die sich dem Rittersaal anschlie-

ßenden Gemächer hatten eine Gesamtlänge von fast siebzig Metern nach der damals brandneuen, vom Wohlfahrtsausschuss eingeführten Längendefinition. Es muss einmal gesagt werden: Mitunter schufen die Jakobiner auch Gutes! Über ihren lachhaften Kalender dagegen will ich lieber schweigen ...

In den Empfangsräumen herrschte ein höllischer Radau, als wir vorüberzogen, denn hier hinein hatten, symbolische Eintrittsbillets in den Händen, Berlinerinnen und Berliner aller Stände Zutritt erhalten, um das Brautpaar zu sehen.

Im Spreeflügel folgten die Brandenburg- und die Drap-d'or-Kammer. Überall in der Vielfalt der prunkenden Formen lebte die überwältigende Harmonie des Rittersaales wieder auf – im Schweizer Saal, in der roten Samtkammer, der Schwarzen-Adler-Kammer, in den nobel zurückhaltenden Königskammern. Üppiger Stuck, Vasen mit schwellenden Pflanzen und Ranken, Kaminnischen mit zartem oder wuchtigem Aufbau, italienische, französische, holländische Motive – ein jedes in eigener Behandlung, festlich, vornehm, niemals absinkend in barockes Getöse. Alles immer wieder überwölbt von Farben und Gold, kontrastiert mit Samt und Brokat, edlen Hölzern, filigranen Intarsien, kristallenen Leuchtertrauben. Samtene Portieren, silberne Leuchter, Stutzuhren und Vitrinen, Gläser aus Böhmen und Fayencen aus Frankreich – das war die Welt, die der große Schlüter für den ersten König in Preußen geschaffen hatte. Der erste Friedrich träumte von einem starken und großen Preußen. Sein Enkel hatte es halbwegs erstritten. Sein Urgroßneffe jedoch war jetzt dabei, es wieder zugrunde zu richten.

Mag sein, dass ich manches hoffnungslos durcheinanderbringe, noch heute geblendet von all dem Reichtum. In der Erinnerung zerschmilzt mir das große Schloss zu einer

einzigen gewundenen Rocaille. Vielleicht liefen wir erst durch die Prunkräume des großen Friedrich, ach, es ist gleich … Die künftige Kronprinzessin schritt langsam, im Glanze ihrer Schönheit, durch die gedrängt gefüllten Räume: Sie tat es würdevoll und gesenkten Hauptes, aus Demut vor Gott, da er ihr so viel Gnade erwies. So zumindest erschien es mir, und auch alle anderen Gäste zeigten sich beeindruckt von ihrer Anmut. Wie entzückend die Prinzessinnenkrone in ihrem aschblonden Haar saß!
Wir holten mit diesem eigenartigen Umzug die noch immer munter fortlebende, im Alter immer schöner werdende Gattin Friedrichs des Großen aus ihren Gemächern ab, damit sie der Trauung im Weißen Saale beiwohne. Dorthin zurückzukehren, machte jetzt alles kehrt. Das Brautpaar, die Königinwitwe, der König und die Königin setzten sich wieder an die Spitze. An einer Stelle teilte sich die festliche Polonaise: durchs Giganten-Treppenhaus auf zwei Schnecken hinab und dann verkehrt herum wieder herauf.
»Zweite polnische Teilung!«, scherzte Bischoffwerder recht grob, doch wir mussten lachen. Er war es gewesen, der die für Preußen so vorteilhaften Verhandlungen geführt hatte. Der Menschenstrom teilte sich, und ich sah Arrat und Dampmartin auf der anderen Seite herablaufen. Ich gab meinem Mann ein Zeichen und die Sporen – und uns beiden den Anschein, als wollten wir uns ums Treppensteigen drücken. Schon querten wir auf dem schmalen Treppenabsatz und liefen direkt vor den beiden. Ich erkannte die Stimmen. Ob sie uns nicht erkannten? Nicht mit uns rechneten an diesem Ort? Es war Arrat, dessen Französisch wir zuerst hörten:
»Was wollen sie? Millionen Seelen mit mystischem Zauber, Geisterbeschwörungen, göttlichen Zeichen und Geboten vor dem Untergange retten und alle abtrünnigen Schafe

wieder zum Glauben an Jesum zurückführen? Ich habe die Kabbala in den Köpfen der Freimaurer unterschätzt. Für mich waren einst die großen libertären Ideale maßgeblich. Sie wissen, was ich vom Kreuzträger halte. An seinen Vater, den Baumeister der Welten, nicht zu denken. Dass aus einem kräftigen Grundgedanken einmal so eine billige Attrappe aufschießen würde, hätte ich nie für möglich gehalten!«

Er machte eine wegwerfende Handbewegung, woraufhin sein Nebenmann, Dampmartin, fortfuhr:

»Wöllners Hauptloge heißt *Orden vom Goldenen Rosenkreuz nach altem System*. Zwar ruht offiziell alle Aktivität, doch über ein geheimes Gremium scheint man Mittel und Wege gefunden zu haben, die Logenarbeit in kleinsten Zirkeln fortzusetzen. Sie nennen sich *die Stillen im Lande*. Weiß der Kuckuck, was es bringen soll, täglich zu fasten, zu beten und sich zu kasteien. Zeit- und Geldverschwendung verwirrter Geister. Gold machen zu wollen bedeutet, Geld zum Fenster rauszuwerfen. Und die Geister der Ahnen zu beschwören, kann eine tödliche Angelegenheit sein. Die Geister sind nicht immer friedlich.«

Er lachte sarkastisch, und mein Herzschlag setzte aus. Spielte er damit auf die tödlichen Riten im roten Salon an? Dass es um Freimaurerei und ihre Sumpfblüte: die Gold- und Rosenkreuzerei ging, war mir sofort klar. Der altvertraute Muff der alchemistischen Logenbrüder wehte mich an, die sich mit dem Geheimwissen brüsteten, Gold, den Stein der Weisen, das Allheilmittel Theriak und das ewige Leben erschaffen zu können. Gottvertrauen, Gebet und ein Reagenzglas ... Die Geisterbeschwörung war mir neu in diesem Zusammenhang. Eine swedenborgianische Zutat, wie es schien.

»Wenn wir den Dicken von einem Schulterschluss mit Mal-

maison abbringen wollen, muss das ideologische Gewissen schweigen! Dafür sollten wir uns das geistige Habit der christlichen Maurer und Okkulten überstreifen.«
»Keine bessere Methode, ihn zu etwas zu bewegen, sagte mir Bischoffwerder nach drei Bouteillen Bourgogner, als die Geister der Ahnherrn herbeizurufen und ihm sagen lassen, was er tun soll. Er tut's unbesehen ...«
Dampmartin grinste. Sein Gesicht spiegelte sich in einem speckigen Vasenbauch zu unserer Linken.
»Absurder Mummenschanz, unter uns gesagt«, erwiderte Arrat. »Einfach für uns, wenn es denn stimmt. Der Dicke wird das Fürchten lernen.«
»Schscht!«, schschte Dampmartin. »Einmal zu spät gekommen zu sein, sollte uns genügen. Wir müssen den Schaden gering halten. Ich will dieses verdammte Land aufrecht wieder verlassen! Hier drüben ist es ...«
Es ging zurück in den Weißen Saal, doch die beiden eilten in den Abzweig zum Altangebäude. Jérôme schaute mich genauso fragend an wie ich Jérôme. Doch er wäre nicht Jérôme gewesen, wenn er nichts dazu zu flüstern gehabt hätte:
»Comte de Mâconnais-Rambouillon-Malmaison – so lautete der volle Name des Comtes. Malmaison ist sein Geburtsort, er liegt recht versteckt in der Vendée, etwas südöstlich von La Rochelle. Ich war einmal dort, das uralte Herrenhaus steht in einer verschatteten, morastigen Senke, die im wärmsten Sommer noch feucht ist. Die Mauern sind mürbe und wenig vertrauenerweckend, daher der Name *Schlechtes Haus* ... Sicher ein triftiger Grund, zur Geisterseherei und Ahnenbeschwörung zu finden.«
»Der Comte? Wen wollen Arrat und Dampmartin zur erzchristlichen Maurerei bekehren? Arrat ist doch der Religionsfeind par excellence! *Der Dicke*? Wer ist gemeint?«, fragte ich.

»Ich weiß nicht. Doch hoffentlich nicht unser König? Klang es nicht auch nach Goldmacherei? Rosenkreuzerei?«, mutmaßte Jérôme.
»Natürlich! Sind die zwei vielleicht vom höchsten Logenbruder eingeladen? Wöllner? Oder von Bischoffwerder? Und ... ist nicht auch der Polizeichef Freimaurer? Deshalb also spazieren sie hier einfach so unter den Notablen ... Für mich klang es vor allem nach Schlamm und Moor und unsicherem Grund. Mit einem Wort, nach Politik!«
Jérôme schloss seinen unvermeidlichen Exkurs an, in dem zum ersten Mal von Napoleon die Rede war. Jetzt, wo alles vorüber ist, darf ich es ja eingestehen: Mein Mann war ein glühender Verehrer des kleinen Korsen, ja – er ist es noch immer, darin gleicht er dem Geheimen Legationsrat in Weimar, der einen kleinen goldenen Napoleon in einer seiner Sammlungsvitrinen beherbergt ...
Wir waren stehen geblieben und sahen uns in den Reihen der Zuschauer, die den Hochzeitszug atemlos mit den Augen verfolgten. Jérôme also:
»Hm, schon möglich, um nicht zu sagen: höchstwahrscheinlich! *Malmaison* könnte für Konterrevolution stehen. Klingt nach einer neuen Allianz gegen Paris, jetzt, da die ersten Offensiven in der Vendée so grandios gescheitert sind. Die Aufstände liefen planlos ab, bis junge Aristokraten die Bauernheere angeführt haben. Beim Ausbildungsstand der Revolutionsarmee war das nicht ohne Chance auf Erfolg. Aber inzwischen haben die Regierungstruppen dazugelernt. Es gibt einen sehr erfolgreichen neuen Mann. Er kämpfte auf Korsika und hat das aufständische Toulon von den Briten zurückerobert. Vor elf Tagen! Es stand gestern im *Journal*. Jetzt soll er Brigadegeneral werden – mit vierundzwanzig! Robespierres Bruder hat eine republikanische Schrift von ihm drucken lassen. Ich glaube,

man wird noch von ihm hören. Momentan ist er nach Ägypten unterwegs.«
»Arrat und Dampmartin wollen verhindern, dass der dicke Willem einen zweiten großen Aufstand unterstützt! Vielleicht mit Truppen!«, sagte ich.
»Preußen hat doch gar keine Flotte!«, wendete Jérôme sehr richtig ein. »Wie sollten sie denn auf dem Landweg in die entfernte Vendée an der Biskaya kommen? Verkleidet durch die ganze Republik? Ich glaube eher, dass er Geld für Bewaffung geben würde.«
Die Schurken hatten natürlich den König gemeint, der seine volkstümlichen Spottnamen nicht zu unrecht trug: Der kleinste gemeinsame Nenner lautete stets *dick*.
»Klingt durchaus plausibel«, musste ich mich selbst loben.
»Dann haben Anne de Pouquet und ihre Freunde auf besagten Schulterschluss hingearbeitet. Sie waren in des Ducs Reinheitsschule und standen also Malmaison nahe. Die zwei hinter uns haben sie umgebracht im Auftrag des Wohlfahrtsausschusses. Arrat und Dampmartin sind Jakobiner, nach wie vor. Dass sie hier als royalistische Émigrés auftreten, ist Fassade!«
Ich erkannte es jetzt mit schrecklicher Klarheit.
»Sollen wir die Polizei informieren?«, fragte Jérôme, ehrlich erschrocken und daher desorientiert. Wenn auch die Polizei zum Großorient der Logenbrüder gehörte, wie sollte man da Gehör finden? Ich wollte ihn aber nicht verbessern und sagte:
»Nein. Ich muss erst mehr herausfinden. Lass uns nachsehen, was im Altangebäude passiert.«
Ganz überzeugt war ich von meiner Theorie noch nicht. Was hatte Anne de Pouquet mit den jungen Adligen zu schaffen, die in des Ducs oder wessen Namen auch immer aufständische Bauern in Frankreichs fernem Westen gegen

das revolutionäre Zentralregime mobilisierten und anführten?
Wir hatten uns etliche Meter vom Feststrom entfernt und standen vor der Tür zum Alabastersaal, dem einst größten und prunkvollsten Raum im Schloss. Jetzt diente er als Abstellkammer. Niemand blickte zu uns hin. Im nächsten Moment waren wir schon hineingeschlüpft und sahen uns Bergen von Stühlen und Schränken gegenüber, die eine wahre Schlucht formten, in deren Verlauf wir nun Arrats und Dampmartins Schatten gewahrten. Vom Fackelschein der beiden Schlosshöfe umwabert, standen sie in der einstigen Saalmitte und verharrten.
In einiger Entfernung, im Rahmen einer zweiflügeligen Saaltür, die sich schauerlich knarzend öffnete, erschien ein Lichterpulk. Wir spähten, gut verborgen zwischen Mobiliar, auf das Geschehen und sahen zu unserer Überraschung den Außenminister, unseren wissbegierigen Impressario, gefolgt von Polizeichef und Justizminister. Es folgten drei der französischen Kammerherren des Königs, die uns Bischoffwerder benannt hatte, sowie einige Militärpersonen, die mir unbekannt waren. Sie stellten sich im Kreis auf und die Laternen auf einige Postamente. Wöllner sprach:
»Versammelte des Geheimen Direktoriums! Heute Abend haben sich zwei einfache Maurer der hohen Bruderschaften des Grand Orient de France zu uns begeben mit der Bitte, ihnen in einer Angelegenheit Gehör zu schenken, die für unser Land von eminenter Bedeutung sein kann. Nach dem grauenhaften Sakrileg von St. Denis und dem tragischen Fall von Cholet ist eine neue Geschlossenheit unter den katholischen und königlichen Soldaten entstanden. Eine zweite antirevolutionäre Armee ist im Entstehen, und die Keimzelle dieses Heeres ist das ehemalige Herzogtum von Malmaison in der aufständischen Vendée. Bruder Arrat von

der *Loge La Discrétion* aus Nantes und Bruder Dampmartin von der *Loge Porte de la Grosse Horloge* aus La Rochelle möchten uns etwas darüber erzählen!«
Diese Gauner hatten sich sicher sogar falsche Logennamen ausgedacht! Ich entsann mich, dass mir Anne de Pouquet von der Schändung der Gräber von St. Denis berichtet hatte, bei der die Knochen der alten Franzosenkönige in die Seine geschüttet, vergraben, verstreut und verbrannt worden waren …
Arrat trat in den Kreis und sagte:
»Preußische Brüder! Die Schlacht von Cholet, wo die heroischen Bauern der Vendée unter den wild entschlossenen Anführern der krontreuen Edelleute so blutig geschlagen worden sind, hat 40 000 Tote aus den Reihen unseres Lagers gekostet! Ein ganzer Landstrich wurde förmlich entvölkert …«
Gemurmel auf Seiten der Zuhörer. »Vierzig… Unfass… Fürch… Grauen…«
»Nun ist die Rede von einer zweiten Anstrengung. Doch die Vorzeichen sind schlecht. Die Geister der alten Könige sind erbost. Sie wüten und greifen nach den Lebenden. Man muss hören, was ihr wahrer Wille ist, bevor man Opfer bringt, die ihnen nicht genehm sind! Alles deutet darauf hin, dass die Verluste beim nächsten Mal noch höher sein werden.«
Erneutes Gemurmel, unverständlich, jedoch hörbar erstaunt.
»Erklären Sie sich genauer, Bruder!«
Statt Arrat ergriff Dampmartin das Wort.
»Verehrte Brüder: Unlängst ereignete sich in den Mauern dieser Stadt etwas, das ein scheußliches Gewaltverbrechen zu sein schien. Ich wage nun zu behaupten, dass es nichts weniger war als dies!«

Ich glaubte meinen Ohren nicht zu trauen, als ich das hörte. Die Runde lauschte gespannt. Wöllner brauste auf:
»Was wissen Sie davon? Was soll es sonst gewesen sein? Der Polizeibericht ist eindeutig! Die Täter sind überführt!«
Distel räusperte sich hörbar bei diesen Worten. Der helle Schein einer Laterne ließ Dampmartins rundes Gesicht wie eine Oblate erscheinen. Sein fettiges schwarzes Haar glänzte. Er tat sehr geheimnisvoll.
»Wie Sie sicher wissen, war mein Bruder eines der Opfer. Es ist schrecklich für mich gewesen, ihn nur noch tot anzutreffen, denn wir hatten uns auf das Wiedersehen gefreut, auch wenn wir politisch nicht immer einer Meinung waren. Er gehörte einem Zirkel an, in dem die Zitation der abgeschiedenen Seelen zelebriert wurde. Oft hat er mir den Ritus beschrieben – ohne indes so genau zu werden, dass ich ihn hätte nachvollziehen können ... Nun, um es kurz zu machen: Ich glaube, dass die letzte Anrufung einen gewaltigen Ahn aufgeweckt hat, dessen unbändiger Zorn sich gegen diejenigen richtete, die ihn zu Hilfe riefen. So wie die Wut über die schlechte Nachricht in vergangener Zeit nicht selten den Boten das Leben kostete.«
Nach einem anfänglichen Durcheinander aufgeregter Stimmen sagte Wöllner, bewegt:
»Ich verstehe, was Sie sagen wollen: Das Zitieren der Geister ist mit elementaren Gefahren verbunden. Doch ich verstehe noch nicht, was uns dies in Bezug auf Malmaison ...«
»Es steht zu befürchten, dass das Geld, welches der König von Preußen für Malmaison aufwenden will, direkt in den Händen von Deserteuren und letztlich denen der Jakobiner landen wird – Malmaison ist ein Betrug!«
Das war klug ausgedacht. Am Ende wollten sie das Geld des Königs transportieren, zum sicheren Einsatz gegen die

Revolution. Zwei Revolutionäre in der Höhle der Monarchie. Ich musste den König warnen, unter Umgehung der Camarilla, die ihn abschirmte. Ich hatte auch schon eine Idee. Selbstverständlich würde ich den Kronprinzen ins Bild setzen. Indem ich die Kronprinzessin einweihte …

»Welche Sicherheiten können Sie uns verschaffen für Ihre Behauptung?«, fragte Wöllner.

»Das Urteil der Geister selbst!«, konterte Dampmartin. »Der König sollte an einer Zitation teilnehmen, um den Willen der Geister aus erster Hand zu erfahren! Ihm werden die Schemen nicht zu Leibe rücken. Er ist von ihrem Stand. Sie wüten nicht gegen Gleichrangige.«

Wann soll die Befragung Ihrer geschätzten Meinung nach stattfinden?«

»In der hohen letzten Nacht des Jahres, schlage ich vor! Eine gute Gelegenheit wäre die Stunde nach dem Harfenkonzert im ehemaligen Palais Vernezobre. Es wird von zehn Uhr an bis in die Geisterstunde hinein in eben dem Salon stattfinden, in dem Bruder Dampmartin nun wohnt.« Arrat machte eine effektvolle Pause. »Es ist der Ort, an dem die Geister ihre Macht so gewaltvoll verströmten … Bruder Dampmartin und ich werden einen erfahrenen Magier bitten, uns die Methoden vorzuführen, die man in den mitternächtlichen Provinzen von Frankreich, basierend auf den Lehren des Schweden, gefunden hat.«

»Kennen wir diesen Magier?«, fragte Bischoffwerder.

»Wenn Sie je Gelegenheit hatten, Gast des Chan von Buczac zu sein, so haben Sie ihn erleben können.«

»Bedaure, so verpasste ich ihn.«

»Oder beim Grafen Omptedа in Stockholm? Dort war er kürzlich, bevor er nach Berlin kam!«

»Auch dort sah ich ihn nicht.«

Bischoffwerder schaute in die Runde, doch keiner der

Herren hatte die Freude gehabt, besagten Magier bereits kennenzulernen.
»Sein Name ist Beppo Andalo. Er hat seine erste Berührung mit dem Okkulten 1779 in Petersburg erlebt, wo der große Cagliostro einst von sich reden machte.«
»Dort hätte ich ihm begegnet sein können!«, sagte einer aus der dunklen Runde, der damals an der Seite einer Frau von Recke den berühmten Betrüger erlebt haben wollte, den die heilige Inquisition erst zum Tode, dann zu lebenslanger Haft verurteilt hatte.
»Er war nur ein Zuschauer, er trat noch nicht hervor«, respondierte Dampmartin.
Wöllner straffte sich. Aus seinen Gesten wurde deutlich, dass er das Zusammenstehen gleich für beendet erklären würde.
»Wir werden *Ormesus Magnus* fragen. Angesichts der triftigen Gründe, die vorgebracht wurden, scheint mir seine Teilnahme sicher zu sein! Majestät werden auf die Methoden, von denen Sie sprechen, sehr gespannt sein! Der von Ihnen genannte Magier … äh … *Andalo* … muss sich mir aber zuvor persönlich offenbaren. Sie werden verstehen, werte Brüder, dass wir keinen Wildfremden in unsere Kreise einlassen. Wir verlangen eine Probe, einen Ausweis seiner Fähigkeiten.«
Arrat und Dampmartin nickten zustimmend.
»Selbstredend, lieber Bruder! Dies kann indes nur unmittelbar vor der Zitation geschehen, denn Andalo weilte bis gestern noch in Dresden und hat sich bis zum hohen Tag des Altjahrs ein striktes Silentium auserbeten, da er sonst nicht die nötige Konzentration aufbringen kann, wie er sagt.«
Aha – *Ormesus Magnus* war der Rosenkreuzer-Ordensname des Königs! Ich staunte über die Verschlagenheit der beiden, die schlechthin alles bedacht zu haben schienen.

»Erwarten Sie uns und sorgen Sie für die nötige Abschirmung gegen publike Neugier!«
Dampmartin und Arrat verbeugten sich, die Herren taten dasselbe, und die Versammlung löste sich auf. Wir drückten uns in eine Nische und ließen den Spuk vorüberziehen. Ich ordnete im Dunkeln das Chemisenkleid und seufzte auf. Wachte oder träumte ich? Staatsminister, die an Geister glaubten und sich von Jakobineragenten bereden ließen, ihren König zu einer Geisterbeschwörung zu zerren? Wie könnte ich den König warnen? Bei wem würde ich überhaupt Gehör finden, wenn ich zwei vorgeblich royalistische Émigrés des Jakobinertums bezichtigte – oder die ersten Männer des preußischen Staates der unheiligen Einfalt? Bei Wöllner und Bischoffwerder wohl kaum.
Im taghell erleuchteten Weißen Saal war inzwischen, in der Mitte des Raumes unter einem mit rotem, goldkronenbestickten Samt ausgeschlagenen Baldachin, der Altar vorbereitet worden. Das Paar kniete auf dem Trauschemel, während die Familienmitglieder, Staatsminister und Generäle in zwei Halbkreisen dahinter standen. Henriette-Felicité Tassaert, die Schwester des Bildhauers, war eifrig beim Skizzieren, und ich entsann mich des Kronprinzen Wunsch nach einem Bildstreifen. Ich würde sie um künstlerische Unterstützung bei diesem Hochzeitsstreifen bitten …
Der Oberhofprediger Sack, der den Kronprinzen von Geburt an kannte, ihn getauft und konfirmiert hatte, verkündete Luise, was sich ihr Bräutigam wünschte: dass sie ihm das heilige Glück der Freundschaft schenke. Von Luises Gesicht sah ich nicht viel. Friedrich Wilhelms kühle und ernste Miene kontrastierte mit seiner weichen Stimme:
»Seien ganz überzeugt, dass Ihnen gut sein werde und Sie lieben! Dass alles nur Mögliche tun werde, Sie zu gefallen und Sie glücklich zu machen!«

Beim Anblick der aufgeregten Brautleute musste ich an Jérômes und meine Hochzeit 1786 denken. Er hatte große Mühe gehabt, den Ring über meinen Finger zu bekommen, der in der Nacht höllisch zu schmerzen anfing. Die beiden dort handhabten das vergleichsweise souverän. Zweiundsiebzig Kanonenschüsse verkündeten den Berlinern die geschlossene Ehe, und das Paar zeigte sich den Versammelten in beiden Höfen, wozu es eigens in die Kälte spazierte – der Jubel war unbeschreiblich.
Anschließend begab man sich zum Kartenspiel in die Empfangsräume neben dem Rittersaal, wo dann vom goldenen Service gegessen wurde. Vor Beginn des Banketts präsentierten sich Kronprinzessin und Kronprinz den Schaulustigen zum Lustgarten hin. Wir waren froh, als die großen Fenster endlich wieder geschlossen wurden. Dann setzten der Artilleriegeneral Karl Adolf Reichsgraf von Brühl – vormals Erzieher des Kronprinzen – und Gustav Ludwig von der Marwitz, Generalmajor und Kommandeur des Regiments Gens d'Armes, die Schüsseln auf die Tafel. Wir warteten stehend mit den Kammerherren und Hofdamen, bis die Majestäten und Hoheiten Platz genommen hatten, und begaben uns an eine der nebenan aufgebauten Marschalltafeln.
Beim Essen saßen wir weit weg von Arrat und Dampmartin. Ich sah ihre heiteren und so verschiedenen Gesichter vage durch die Tafelaufsätze hindurch. Einmal trafen sich unsere Blicke, und sie grüßten nickend, mit einem Lächeln, das mir das Blut in den Adern gefrieren ließ.
Die Köstlichkeiten, die man uns servierte, waren der Zeit des großen Königs verpflichtet. Consag, der jetzige Zweite Hofküchenmeister, eher unköchisch-schlank, hatte zeitweise neben meinem Urgroßvater gearbeitet. Eines der hübschen, in der Schlossdruckerei gedruckten Menükärtchen habe ich aufbewahrt.

Als Vorspeisen gab es frische und gebratene Austern. *Sardellen Salath. Filés von Zander à la Condé. Ausgebackene Stinte oder Große Muscheln en Ragout.* Im Zwischengang kamen *Pasteten von Gänselebern. Eier à la Gelée garniert mit Croutons veloutés. Eminence von Kalekunen à la Bechamel.* Weiß jemand noch, was Kalekunen sind? Welsche Hühner! Aber das war noch immer nicht alles. Im Fleischgang wurden wir beglückt mit *Ochsenzungen mit Sauce rouge en balustrade. Gebratenen Fasahnen. Gebratenen Haselhühnern. Gebratenen Kapaunen. Filés von Rebhühnern mit Trüffelnsauce und Croquets.* Dazu gab es *Gratin von Krametsvögeln mit Wacholdersauce, Schoten und Mohrrüben, Croût von Champignons* und *Spargel coupés mit kleinen Fricandeaux.* Auf den goldenen Desserttellern folgten nicht weniger als zwölf Süßspeisen – zur Auswahl, versteht sich –, darunter: *Romanische Kuchen en Turban, Pommes en robe de chambre, Makronen-Torte mit kleiner Grotte, Portugiesische Torte mit kleinem Tempel* und ein unbeschreibliches *Gelée von Himbeeren.*

Wir waren restlos gesättigt nach dem Schmaus, und die Königinwitwe, die ich in sich gekehrt des Öfteren wehmütig lächeln sah, mochte wohl der Zeiten in Schönhausen gedacht haben, wo oft Schaugerichte hatten aufgestellt werden müssen aus Mangel und nicht selten Gäste zusammengebrochen waren, da sie nach sechs Stunden Anfahrt und Herumstehen nur eine einzige Kirsche oder ein trockenes Stück Staubkuchen zur Stärkung ergattert hatten.

Nun ging es zum Tanz in den Weißen Saal zurück, wo die Kronprinzessin sichtlich munter wurde. Sie lebte auf, wenn nur das Wort *Tanz* fiel! Und da sollte sie nun gar, einer altmodischen Etikette entsprechend, mit allen männlichen Mitgliedern des Königshauses tanzen! Noch aus den Tagen des Großen Kurfürsten stammte ein *Dance de Flambeaux*,

bei dem die Staatsminister Bischoffwerder, Wöllner und fünfzehn weitere Kollegen mit Fackeln vorausschritten …
Nachdem Luise so mit den nächsten Verwandten getanzt hatte – Prinz Heinrich als Einziger fehlte, denn er hatte sich nicht überwinden können, dem verhassten Neffen zu begegnen –, geriet sie an Louis Ferdinand, der sie schon den ganzen Abend über mit Blicken verschlungen hatte. Sie hatte kreisrunde rote Flecke auf den Wangen, die man lieber an ihr gesehen hätte, als sie mit ihrem Mann tanzte … War da etwa ein Zeichen des Wiedererkennens? Zumindest war es das Ende des Tanzpartnerwechsels. Zwischen der Kronprinzessin und dem Galan wurden Worte gewechselt! Die Oberhofmeisterin stand zorngerötet an der Tanzfläche. Doch das schöne Paar wollte und wollte sich nicht trennen. Als der Kronprinz hinzutrat, konnte Luise nicht Nein sagen. Sie sahen einander recht kalt an, fand ich: Mann und Frau, ihr Gatte und Louis Ferdinands Onkel dritten Grades, Sohn des Bruders des Großonkels … Wenn man es nicht den Anstrengungen des Tages zurechnen wollte, hatte es beinahe den Anschein, als lägen die Eheleute schon bald statt im Ehebett im Zwist. Und der Verwandte mit dem üblen Ruf schien der Anlass dafür zu sein.
Mitternacht rückte näher, und wir waren bestrebt, uns langsam davonzustehlen. Großmutters Zorn auf uns zu ziehen, indem wir den Bescherungsabend in der Roßstraße schwänzten, darauf legten wir keinen Wert! Beim Blick aus den Fenstern konnten wir erkennen, dass der Heilige Abend im Schlüterhof seinem unheiligen Höhepunkt zustrebte. Die Masse war »aufgepunscht«, wie Philippa sagen würde, und grölte gut hörbar Weihnachtslieder mit schlüpfrigen Verballhornungen; auch Zelter und die älteren Mitglieder der Singakademie machten mit, etwa: *Auf Christine, sink festlich hernieder …* statt: *Auf Christen, singt*

festliche Lieder oder: *Die Nacht, die ist so freudenreich …* statt: *Der Tag, der …* Und so weiter.
»Komm, lass uns einen Spaziergang machen!«, schlug ich vor. »Wir können ja so tun, als seien wir die Hausbesitzer!«
»Das galante Accessoire brauchen wir nicht. Ich werde später an dir eins finden …«, alberte Jérôme.
Ich lächelte und sah die Voss vor mir, die nach Ende der Tänze allen Zeugen der Vermählung ein Stück Strumpfband aushändigen würde. So war es Sitte. Ich hätte es teuer verkaufen können, doch ich selbst legte auch keinen Wert auf den Fetzen.
Wir waren ganz allein und ohne jede Bewachung auf dem Gang zu den Paradekammern. Ich wollte noch einmal zurück in den Rittersaal, wo wir gegessen hatten. Vom Gejohle der Menschen im Schlüterhof begleitet, die jetzt durch das Portal zum Lustgarten hinausquollen, tasteten wir uns vor. Auf dem letzten Wegstück waren die Lichter bereits gelöscht. Die Audienzzimmer des ersten Friedrich lagen aufgeräumt und verwaist vor uns, das edle Goldgeschirr im Rittersaal hing bereits wieder poliert an der Wand. Die Teller glänzten wie Wappenschilde. Es funkelten die hohen Prunkwände im Widerschein des Fackellichts und der Illumination des Lindencorsos. Fast wie anbrandende Revolution aus der Perspektive der Schlossbewohner …
Das Blut gefror mir in den Adern.
Eine Ritterrüstung knarrte … Im Helmvisier bewegten sich beinerne Kiefer! Ich erschrak fast zu Tode, als ich es im Halbdunkel bemerkte, und schrie, dass man es sicher bis in den Weißen Saal hin hörte! Der Ritter kicherte.
»Zur Hölle, Jérôme! Willst du mich los sein? Ich wäre fast gestorben vor Schreck!«
Er trat hinter dem Eisenhans hervor, den er beim Schlafittchen gepackt und leicht geschüttelt hatte.

»Ich wollte nur mal sehen, wie abgebrüht meine Kriminalinspektorin wirklich ist!«
Manchmal hat mein Liebster einen höchst eigenartigen Humor … Wir waren um die nordwestliche Ecke des Neuen Schlosses herum und standen wieder mitten im Lustgartenflügel. Wir konnten nicht anders, wir mussten noch einmal in den Alabastersaal …
Innige Umarmung und Kuss währten lange zwischen alten Schränken, Gipsreliefs, Statuen und Podesten, Säulenstümpfen und Konsoltischen sowie Türmen aus Stühlen. Doch plötzlich wurde Jérôme hellhörig.
»Da kommt etwas! Hoffentlich was Menschliches …«
»Du willst mir schon wieder Angst machen!«, sagte ich lachend, doch er legte mir die Hand auf den Mund. Rasch und lautlos flohen wir in den Schutz einer Höhle hinter Sofas und alten Wandteppichen und hörten, zu Boden gekauert, Geflüster, leises Lachen. Ein Liebespärchen!
»Lass sie uns tüchtig erschrecken!«, sagte Jérôme, der Herzlose. »Wir kommen hier sonst nie wieder raus!«
Ich wollte gerade zustimmen – da erkannte ich die Stimme der Kronprinzessin. Lautlos glitten wir in den Schatten eines Schrankes.
»Wohin führen Sie mich, mein Lieber?«, fragte Luise lachend, um ihr Kleid besorgt zum dreiarmigen Kerzenleuchter Abstand haltend, den ihr Begleiter trug. Die Schleppe immerhin war verschwunden.
Ich erwartete den Kronprinzen. Doch der Mann an ihrer Seite war kein anderer als … der Onkel dritten Grades ihres Mannes! Prinz Louis Ferdinand!
»Was trieb Sie nur, Verehrteste, sich gerade mir anzuvertrauen? Wissen Sie denn nicht, dass ich als der sittenloseste und verdorbenste Prinz verschrien bin?«
Sie lachte, fast ein wenig so, als sei ihr dies gerade recht.

»Ich vertraue Eurer Tugendhaftigkeit gegen die künftige Königin dieses Landes! Ihr würdet Eures Lebens nicht mehr froh, wenn mein Mann uns so erwischte ... Hier ist nicht mehr K***, mein Lieber ...«

Man sehe es mir nach, dass ich über diesen Ort verschwiegen bleibe ... Sie schien dies alles für einen hübschen Spaß zu nehmen. Er suchte sie mit seinem freien Arm zu umfangen, doch sie drehte sich und entschlüpfte ihm, huschte zum Fenster, blickte auf den Schlosshof hinunter, wo das Volksfest tobte. Ahnte sie denn nicht, in welcher Gefahr sie schwebte? Der Ruf des Prinzen von Preußen, des Schulden machenden Schönlings, war nicht weiter zu ruinieren. Für sie aber würde eine Entdeckung weit schlimmere Folgen haben: Man könnte die Ehe noch in der ersten Nacht annullieren und sie nach Darmstadt zurückschicken!

»Prinzessin, seien Sie ganz ohne Furcht! Ich würde ein solches Risiko niemals auf Ihren ... zauberhaften ... Schultern ruhen lassen! Es soll nichts geschehen, was Sie beschämen müsste, niemals! Im Gegenteil. Es soll Sie erfreuen! Denn wie ich Sie versichere, ist mein herzinnigstes Streben ganz darauf gerichtet, Sie glücklich zu sehen! Da Sie mir nun Ihre tiefe Liebe zur Musik sowohl durch Ihren zauberhaften Mund als auch durch die unübertreffliche Anmut Ihres Tanzes enthüllt haben, kam mir in Erinnerung, was hier in dieser Gruft verborgen steht ...«

Ich sah, wie sie zögerte. Doch ich sah auch, wie schnell ihr Widerstand dahinschmolz. Was sollten wir tun? Durften wir einfach zusehen, wie dieser weibermordende Filou die unerfahrene junge Frau aufs Glatteis einer Affäre zog?

»Was ist es, das Sie mir zeigen wollten?«

»Dies hier!«, sagte er, stellte den Leuchter auf einen staubigen Tisch und enthüllte ein hohes Etwas mit solchem Schwung, dass eine riesige Staubwolke im Raum stand. Es

war eine Harfe. Wir hörten Luises Entzückensschrei, während Hunderte von Silbermotten, aus trägem Winterfraße aufgeschreckt, die wasserklaren Kristalle auf ihrem Decolleté umgischteten.
»Oh – wie himmlisch! Warum steht sie hier so verlassen und allein? Warum nicht in einer musikalischen Soirée? Was ist mit dem schönen Instrument? Ist es kaputt?«
»Mitnichten! Der König liebt die alten Rocaillen nicht, er mag die schlichteren Klangmöbel. Er hat ein Instrument aus Prag, von Frantisek. Sehr schmal, sehr schwach auf der Brust. Nicht so wie Ihr ...«
Der Prinz von Preußen verjagte mit dem lose in der Hand gehaltenen Handschuh die letzten der kleinen Flügelwesen und wollte eben die Lippen auf ihre Brust senken. Sie wehrte ihn sanft, aber bestimmt mit dem goldenen Fächer ab, dann ließ sie selbigen wie einen Schutzschild aufschnappen.
Louis Ferdinand seufzte, befreite einen golden lackierten Stuhl aus einem Gestrüpp vieler gleichartiger, setzte sich ans Instrument und schlug sanft die Saiten an. Zur Probe erst, dann – beruhigt über den reinen und stimmigen Klang – beherzter.
Ein Liebeslied erhob sich wie auf zarten Geisterschwingen in der Dunkelheit und Abgeschiedenheit des alten Saales. Es schien, als erzähle der Raum aus seinen Erinnerungen. Ich sah die Kostüme der Damen der vergangenen Jahrhunderte gravitätisch beim Tanz sich wiegen und hörte das Liebesgeflüster der Kavaliere. Wenn schon das Spiel geeignet gewesen wäre, jedes Frauenherz zu erweichen, so tat es vollends die warme, sanfte und doch so klare, feste Bardenstimme.
Sie legte ihm verträumt die Hand auf die Schulter.
Ich sah Jérôme an, doch statt Hohn und Spott, wie ich ver-

mutet hatte, las ich Bewunderung über die Musikalität des Prinzen in seiner Miene. Was sollte ich nur tun? Auf Luises Gesicht malten sich Verzückung und Hingerissenheit. Jetzt berührte ihre Wange beinahe Louis Ferdinands Haar. Schmachtend wandte er sein Gesicht dem ihren zu, seine Lippen öffneten sich leicht, und sie schien ihren – ohnedies wohl nur schwachen – Widerstand aufgeben zu wollen …
In diesem Moment setzte der Prinz, wie zum Triumphe, seiner Eroberung völlig sicher, einen hellen, sehr hohen Harfenton, worauf die hohe unsichtbare Decke des Alabastersaales in eine höchst unheilige Bewegung geriet. Ein Rauschen hob an, als ergösse sich ein breiter Schwall dunklen Wassers in die Schale eines riesenhaften Muschelbrunnens. Es zirpte, flatterte. Luises Schrei mischte sich mit meinem, und es klang wie ein verzerrtes Echo. Myriaden von Flughunden, ausgewachsenen, großen Fledermäusen, die droben ihren Winterschlaf gehalten hatten, schwirrten aufgewirbelt um die Möbel. Der Prinz suchte Luise schützend zu umfangen und zu Boden zu ziehen, da erhob sich Jérôme unversehens, mit einem alten Wandteppich als Überwurf … Luise sah es, entwand sich dem Galan und lief mit gellendem Aufschrei dem Ausgang zu.
»Weiche, Satanas!«, fauchte Louis Ferdinand, den hier einmal sein unerschütterlicher Mut zu verlassen schien, und stieß versehentlich den Leuchter um, als er danach fassen wollte, wodurch der Raum in völlige Dunkelheit fiel. Im Davonstürzen streifte der Prinz gar noch einen Schrank, der sich erst nach hinten neigte, dann zurückschwang, um mit Theaterdonner diese Szene unter sich zu begraben.
Wir verließen das Schloss recht erheitert und langten um ein Uhr in der Nacht, von Kälte und Erschöpfung ernüchtert, bei Großmutter an. Unsere Teilnahme an Hochzeit und Hochzeitsschmaus hatte rasch die Runde gemacht, und

man erzählte sich allenthalben vom Zorn der Voss, als Luise uns gegen alle Etikette angesprochen und eingeladen … Auch die Kinder waren noch wach und stahlen uns die Worte von den Lippen, mit denen wir ihnen den unvergesslichen Abend vormalten, den wir erlebt, mit einigen gebotenen Auslassungen, versteht sich.

Als wir am ersten Weihnachtsfeiertag aufwachten, schlug es schon zehn. Marthe, über den späten Tagesbeginn nicht im Mindesten erstaunt, wollte alles vom Hochzeitsabend ganz genau wissen.

Ich fasste mich kurz, denn ich musste möglichst rasch einen Entschluss fassen: Wie war mit den Erkenntnissen und Einblicken der Nacht umzugehen? War es überhaupt klug, den König via Kronprinzessin und Kronprinz über die zwei Franzosen aufzuklären?

Jérôme war der Ansicht, dass es am sichersten und einfachsten wäre, Distel, den Polizeichef, von dem Gehörten in Kenntnis zu setzen. Mochte er es seinem obersten Dienstherrn beibringen, wenn er wollte. Oder es unterlassen … Wir zumindest hätten unsere Schuldigkeit getan. Schon das Wort *Schuldigkeit* verursachte mir Magengrimmen. Jérôme hatte zu viele Enttäuschungen im Wechsel der Systeme erlebt, um für so etwas Abstraktes, wie ein Staatswesen es ist, mehr als schiere Gleichgültigkeit zu empfinden. Ich spürte, dass er mir keine große Hilfe sein würde. Wenn wir Distel informierten, würde er uns glatt inhaftieren lassen, weil wir in augenscheinlich betrügerischer Absicht eine Zusammenkunft von engsten Mitarbeitern und Vertrauten des Monarchen ausspioniert hatten.

8

Und dann war Weihnachten vorüber, und ich zögerte noch immer mit der Entscheidung. Es war wärmer geworden am zweiten Weihnachtsfeiertag, an dem Luises Schwester und Friedrich Wilhelms Bruder geheiratet hatten, und nun, am siebenundzwanzigsten, einem Freitag, wieder frostiger.
Als die spätere Fürstin Radziwill wieder Schokolade bei meiner Großmutter einkaufte, erzählte sie allerlei seltsame Dinge über den zweiten Teil der Doppelhochzeit. Louis habe sich kühl gegen Friederike benommen. Und ihr eigener vielgeliebter Bruder sei von Kronprinz und Kronprinzessin sehr herablassend behandelt worden. Die Klatschsüchtige hatte ihn nach den Hintergründen seiner Verletzung – einer deutlichen Schramme an der Wange – gefragt und glaubte, es seien die Folgen eines Ehrenhandels ... Ganz Berlin hat im Folgenden diese Version übernommen – ein Duell zwischen dem Kronprinzen und Prinz Louis Ferdinand! Wegen einer abfälligen Bemerkung über die »Ferdinanderie«, den kleinen Hof des Prinzen Ferdinand in Schloss Bellevue. Jérôme und ich mussten lachen, als wir das hörten.
Wir saßen über den ersten Reparaturaufträgen, denn im Festtagstrubel waren erwartungsgemäß kleinere Havarien vorgekommen, als eine Hofkutsche die Mohrenstraße herunterfuhr und vor dem Haus hielt.
Kurz darauf trat eine verhüllte Dame in unsere Werkstatt, schlug die Gaze vor ihrem urzeitlichen Hutmonstrum

hoch, und es erschien ... das altjungferliche, runzelige, vergrämte Hofmeisterinnengesicht des Fräuleins von Voss. Ich erschrak so sehr, dass ich die Schreckenslaterne fallen ließ, die ich gerade repariert hatte. Sie quittierte es mit einem säuerlichen Lächeln. Die Stimme, die an mein Ohr drang, war kalt und gouvernantenhaft.
»Ihre Königliche Hoheit die Kronprinzessin hat den Wunsch geäußert, Marquise, Sie im Palais Unter den Linden zum Tee zu empfangen. Ich bin von Höchstderoselben beauftragt worden, Sie abzuholen.«
Mir wurde ganz anders. Ohne viel Aufhebens zu machen, hob ich die Trümmer der Laterne auf, legte sie beiseite, warf den Rotfuchsmantel über meine goethische Tracht, die ich beim Arbeiten gerne trug, schnürte meine Winterstiefel und setzte einen hellgrauen Männerhut auf.
»Äh, Marquise ... Wollen Sie vielleicht ...? Ihr Kostüm ...? Überdenken ...?«
Ich strahlte sie mit genüsslichem Erstaunen an.
»Was haben Sie gegen blauen Samtfrack, gelbe Weste, gelbe Lederpantalons und weißes Halstuch? Goethe hat diese Mode hoffähig gemacht, sein Werther trug dergleichen als Erster. G-o-e-t-h-e! Haben Sie den Namen schon einmal gehört? Die Kombination nennt sich daher auch *Wertherkostüm*, und ich finde, ein langer Fuchspelzmantel und ein grauer, breiter Hut mit schwarzer Banderole passen hervorragend dazu! Sie nicht? Ich doch!«
So stieg ich also nach nur drei Minuten zur Voss in den Wagen, die offenbar erwartet hatte, ich würde noch stundenlang Toilette machen. Auch schien ihr despektierliches Lächeln anzudeuten, dass es ihr sowohl missfiel, diesen Auftrag erhalten zu haben, als auch ihn auszuführen. Und eine Marquise, die ja immerhin mehr galt als eine Gräfin, ihren Titel offiziell nicht führen zu sehen und selbige beim

Reparieren von Gerätschaften – sprich niedersten Verrichtungen – vorzufinden, das ging über ihren Verstand. Sicher hätte man die Freizeitbeschäftigungen höchster Fürsten anführen können, um diese Einschätzungen zu relativieren (war nicht Zar Peter recht fröhlich Zimmermann gewesen? Hatte nicht auch der Soldatenkönig genüsslich seinen Gemüsegarten umgegraben?), doch wozu?

Der hohe Bau des Kronprinzenpalais' war innen sehr schlicht. Es gefiel den Berlinern über die Maßen, dass Friedrich Wilhelm und Luise den kleinen Palast dem großen Schlosse vorzogen. Unter lebhafter öffentlicher Anteilnahme waren die Frischvermählten am ersten Weihnachtsfeiertag eingezogen. Linkerhand vom Eingang wohnte im Parterre der Kronprinz. Eine Diele führte zum Audienzzimmer, dahinter arbeitete er, ganz hinten schlief er. Über einen grünen Treppenläufer führte mich die Voss in die Beletage, wo links die großen Säle für Empfänge, Bälle, Redouten, Diners und Soiréen begannen. Luise residierte rechterhand.

Vom Vestibül aus durchmaßen wir das Entrée, welches mit gelb und grau marmorierter Tapete ausgeschlagen und von acht schwarz lackierten Hohlspiegeln geschmückt war, und gelangten in ein Vorzimmer mit gelber Papiertapete, Blumenbordüren und gelbseidenen Gardinen. Es folgte ein Salon, grüner Atlas war an den Wänden aufgespannt, aus gleichem Stoff die Gardinen, edle Mahagonimöbel – Stühle und Sofas mit schwarzen Bezügen.

Ich erinnere mich an diese Raumflucht so deutlich, als wäre ich eben darin, denn ich sollte sie bis zum Tode Luises und auch darüber hinaus noch mehrmals zu Gesicht bekommen. Ganz im Kontrast zum schrecklich-schönen, aber überladenen Schloss herrschte dort schlichte Eleganz.

Weiß lackierte Möbel, die mit blau broschiertem Atlas überzogen waren, bildeten die einzige Extravaganz im Eck-

zimmer zum Opernplatz hin und in den Privaträumen nach der Wallstraße. Wir kamen ins Arbeits- und Schreibkabinett, wo die Kronprinzessin in einem Buch gelesen hatte, das noch offen auf ihrem Mahagonischreibtisch lag. Es waren *Les Liaisons dangereuses* von Laclos ... Das Piano war aufgeschlagen, im Bücherschrank sah ich im Vorbeigehen nicht viel, nur ein Werk des jüngst verstorbenen Moritz: *Anton Reiser.*
»Meine Liebe, wie bin ich froh, dass Sie gekommen sind!«
Die Siebzehnjährige wirkte übernächtigt. Ihr Haar war lose und ungekämmt. Der Neu-Cöllner Parfumeur Fanfari hatte ihr einen höchst erfrischenden Duft gewidmet, den ich nun zum ersten Male roch: Er erinnerte an einen Frühlingsmorgen im Süden Frankreichs, an Bergnarzissen oder Orangenblüten kurz nach dem Regen. Mit dazu wenig passender, kalter Stimme sagte die Prinzessin zur Voss:
»Bitte lassen Sie uns allein und sorgen Sie dafür, dass uns keiner stört! Den Tee werde ich selbst servieren.«
Das Gesicht der Hofmeisterin verzog sich zur Fratze.
»Wie Hoheit befehlen. Wenn Hoheit wünschen ...«
»Danke, nein, wir wünschen nur, ungestört zu sein.«
Die Aufseherin entfernte sich zögernd. Ich war mit dem großen Kind allein, das seiner *Madame Etikette* nun eine Schnute hinterherschickte.
»Ich bin derlei Bevormundung und Maßregelung nicht gewohnt! Sie nimmt manchmal einen so anmaßenden Ton an ... Ich kann das überhaupt nicht leiden, und wenn sie es selbst bemerkt, wird sie so kriechend, dass ich sie am liebsten treten möchte. Es heißt, sie erwarte, dass ich sie nach dem wenig glorreichen Auftakt der vergangenen Tage recht piesaken werde, damit sie eine gütige Ausrede habe, um sich vom Hof zurückzuziehen! Da hat sie sich geschnitten! Ich werde ihr keine Kerbe bieten.«

Die Kronprinzessin sprudelte heraus, während wir noch standen, ganz so, als sei ich die Erste, mit der sie seit Tagen richtig gesprochen.

»Die kleine dumme Brühl, die meine arme Schwester zu ertragen hat, ist nicht besser, im Gegenteil. In welch einen Intrigenstall bin ich gekommen? Das Ding schläft unverfroren mit dem König und ist gar seine Spionin! Er weiß eher von unseren Plänen als unsere Männer. Wollen Sie Zucker? Es ist ganz wunderbarer Kandis, er kommt aus der Türkei!«

Wir gingen in den angrenzenden Raum, und sie sagte verträumt, mit weit ausgebreiteten Armen:

»Hier ist alles türkisch – ich liebe die Türken, sie haben so schöne Stoffe und Farben!«

Das Kabinett hatte eine blau-weiß gestreifte Bespannung, die gelb-schwarz-rot gestreiften Atlas-Vorhänge waren mit schweren Troddeln und Federbüschen verziert. Weiß und grün lackierte Gestelle mit Überzügen aus dem Stoff der Wandbehänge gaben dem Ganzen etwas vom Inneren einer Jurte im Atlasgebirge.

»Sie müssen mir raten! Ich bin völlig verzweifelt! Und ich habe in diesem schrecklichen Land keinen Menschen, den ich kennte, außer Sie!«

Sie lachte dazu, was so absonderlich war, dass ich ebenfalls lachte. Kurz führte ich mir vor Augen, wobei mir das Blut siedendheiß aufwallte, dass ich im Teezimmer der Kronprinzessin stand! Es war kein Traum: Ich blickte in ihr Schlafzimmer, das von all den Räumen am reichsten ausgestattet war. Die Wände waren mit blau geblümtem Atlas tapeziert. Hinter zwei Säulen aus Gipsmarmor prangte das Bett. Mahagoni mit Bronzeverzierungen, schwere Gardinen vom Stoff der Wände verhüllten es, darüber erhob sich ein Baldachin mit vier Büschen Straußenfedern. Die Decke

war gemalt, von ihr herab hing eine transparente Marmorlampe. Daran stieß das Toilettezimmer in grüner Papiertapete mit bunter Bordüre. Der Spiegel hatte einen Rahmen aus Mahagoni, der Toilettentisch war mit besticktem weißen Mousselin bezogen, davor stand ein Tabourett mit vergoldetem Gestell, bezogen mit blauem Atlas.
Die Natürlichkeit Luises verscheuchte alle Irritation, die eine andere vielleicht an dieser Stelle angewandelt hätte. Außerdem machten der Altersunterschied und das Vertrauen, das sie mir entgegenbrachte, meine Befangenheit verschwinden.
»Wissen Sie noch, wie wir in Homburg tanzten? Und einander so viel erzählten? Sie und ihre Freundin waren ... Ach, es war einer der schönsten Abende und eine der schönsten Nächte, an die ich mich aus meinem Brautjahr entsinne.«
Ich nickte zögernd, denn ihre Erwähnung von Anne de Pouquet machte mich betroffen. Die hohe Dame wusste von dem Verbrechen gar nichts, wie sollte sie auch davon erfahren haben?
»Es war ein so aufregendes Jahr! Jetzt ist das große Ereignis vorbei, und ich bin wie ausgehöhlt. Das Hochzeitsfest war eine recht holprige Schlittenpartie: Ich empfand meinen Mann so frostig wie einen Fremden an meiner Seite! Dass er mich um Freundschaft bat, wo ich Liebe empfand, war nur ein erster Dämpfer. Er steckt so tief in diesem Hofbrimborium und ist voller Furcht vor seinem Vater. Denken Sie sich: Er hat mir das Du angeboten! Als wenn sich das unter Liebenden nicht von allein verstünde! Aber nicht hier am blaublütigsten Hof der Welt. Preußischblau. Alles hier ist blau. Schauen Sie sich nur in diesen Räumen um: gelb-blau, blau-gelb. Uniformfarben.«
Wir blickten auf meine Werthertracht und brachen in Lachen aus.

»Pardon, bitte setzen Sie sich! Nein, das ist zu köstlich! Sieht sehr kleidsam aus unterm rötlichem Pelz, diese Verkleidung … Ich freue mich auch schon so auf den Carneval! Das ist hoffentlich nicht ansteckend, dieses Gelb-Blau?«
»Nicht so sehr wie Walzertanzen«, sagte ich und warf den Fuchs über den Stuhl neben mir.
»Da sagen Sie was! Dafür zu sorgen, dass man den Walzer tanzen darf … das ist nun das Äußerste an Auflehnung gegen seine Eltern, was mein Gatte sich abtrotzen kann. Dabei zeigt er sich andererseits wieder so anmaßend und ungelenk, dass ich schreien möchte. Er tanzt ganz gern, aber er ist von einer Eifersucht, die aller Beschreibung spottet. Wenn ich nicht mal einen seiner Offiziers herumwirbeln darf, ohne dass er mir eine Szene macht und mich im ganzen Schloss sucht … Herrje – ich weiß nicht einmal, welchen Grades dieser General ist, ich glaube, er ist ein Ziehsohn vom alten Fritz, dem großen Kurfürsten und Soldatenkönig, der sich zum ersten König der Reußen gekrönt hat? Weiß der Kuckuck, es interessiert mich nicht die Coffeebohne … Wenn ich keinen schönen Kavalier mehr küssen darf, zum Spaß, dann will ich lieber wieder zurück nach Darmstadt!«
Wir mussten über diesen Ausspruch so furchtbar lachen, dass es klopfte und das vor Besorgnis entfärbte Gesicht der Voss in der Türfüllung erschien.
Luise rollte mit den Augen und sagte mit betonter Freundlichkeit:
»Würden Sie, meine Teuerste, bitte dafür Sorge tragen, dass keines der Kammermädchen draußen herumspukt und an den Türen horcht? Ich hatte den Eindruck, dass dies gestern wiederholt geschehen ist.«
Die Hofmeisterin knickste und presste die Lippen zitronig zum Strich, bevor sie wutrauschend verschwand.

»Es ist zum Wahnwitzigwerden! Ich will doch auch ein bisschen Spaß haben. Mein Gatte besteht darauf, dass ich um zehn vom Ball gehe, weil er um vier Uhr aufsteht. Warum macht er das? Nur um seinem Urahn nachzueifern? Er hat ja doch gar nichts weiter zu tun, als zur Parade zu reiten. Wem will er damit gefallen? Diesem alten Mann, der Sanssouci gebaut hat? Oder Rousseau, seinem Kammerherrn? Ach, wie ich diese ganze Militär- und Philosophenclique hasse!«

Die Kronprinzessin war über Ahnenlisten, Ränge und Namen gänzlich erhaben. Sie war das Leben selbst, das unvermutet in die preußische Mumienwelt Einzug gehalten hatte. Eine Siebzehnjährige unter Siebzigjährigen. Das konnte nicht ohne Blessuren auf beiden Seiten abgehen! Einige Biographen haben ihr später mangelnde Bildung oder Torheit vorwerfen wollen, und nach außen hin musste ihre liebenswerte Nonchalance bei Dingen, die man zu wissen hatte, mitunter aufreizend wirken. Ich weiß noch, wie einmal bei einem Teesalon des Grafen Pückler die einfältige Gräfin Hardenberg die Könige durcheinanderwürfelte und welch entsetzliches Schweigen danach herrschte ... Doch Luise war weder einfältig noch töricht, sondern schlicht jung und frisch und kümmerte sich keinen Deut um ihre Wirkung auf alte, nach halbem Lebensweg schon geistig verstorbene Leute, die leider immer das Gros in jeder Zeit ausmachen, in fast jeder Gesellschaft.

Sie klagte mir ihr Leid, in ihrer natürlichen Art, die an dem steifen Hof vollends ohne Gegenliebe blieb: Dass man sie nötigen wollte, zweimal wöchentlich zur Cour der Königin und bei den Belustigungen sämtlicher Innungen zu erscheinen! Der Zwang zum frühen Zubettgehen und frühen Aufstehen, der ewige Wink mit der Uhr ... Ich sah ein Tuch um ihren Hals geschlungen und deutete fragend darauf.

»Ach ja, ich glaube gar, ich kriege einen dicken Hals von diesem Preußen! Sehen Sie mal hier, was das wohl ist? Unser königlicher Hausarzt Heim sagt, eine Schwellung. Das merke ich auch. Aber ob sie wieder weggeht? Ich sehe aus wie ein Perlhuhn mit Kropf.«
Das Tuch sah sehr kleidsam aus, und es sollte schon bald Mode werden. Die Beule verschwand, doch Luises Halstuch blieb. Sogar Schadow legte es ihr bei der Doppelstatue um den Hals, die er von ihr und Friederike formte. Dem Kronprinzen gefiel all das gar nicht.
»*Mir fatal!* sagt mein Mann über das Tuch. Will er vielleicht, dass ich mit einer Beule am Hals herumlaufe? Friewi ist manchmal so drollig und merkt es gar nicht. Glauben Sie nicht, liebe Freundin, dass ich ihn nicht ehrlich liebte. Aber ich will mich nicht zu sehr von ihm maßregeln lassen. Wenn er mir eine Standpauke hält, flenne ich ihm einfach vor, dass ich ihn nie mehr ärgere. Beim nächsten Mal hat er es schon wieder vergessen, sodass ich es wiederholen kann. Was soll er schon machen? Er liebt mich, er kann gar nichts tun! Er hat viel zu viel Angst, sich zu blamieren.«
Ihre Naivität war entwaffnend, anrührend und mitleiderregend zugleich. Sie war im Grunde noch immer das fröhlich tanzende Mädchen in Hessen-Homburg oder Hessen-Darmstadt. Aber schon eine einzige Woche Preußen hatte dunkle Schatten auf ihr Antlitz gemalt. Was wäre auch anderes zu erwarten gewesen?
Plötzlich war Anne de Pouquet wieder in meinen Gedanken.
»Ich habe den Tee vergessen!«, sagte Luise und machte eine Grimasse, lachte sofort über sich selbst und goss mir etwas in die hübsche Chinaporzellantasse, die vor mir auf dem kleinen türkischen Tischchen wartete.
Der Tee war kalt und schmeckte sehr bitter.

»Wie kann ich Hoheit …?«, setzte ich an, zuinnerst bereits von dem Gedanken Abstand nehmend, sie je in einer politischen Angelegenheit als Vermittlerin benutzen zu wollen. Ihr überdies von den Morden zu erzählen, erschien mir ganz undenkbar.
»Ach, liebste Freundin!«, redete sie lebhaft weiter, »Sie müssen es mir nachsehen, wenn ich Sie mit meinem privaten Kikeriki behellige. Sie waren bei meiner Hochzeit, und ich kenne Sie von früher, sozusagen … Dennoch geniere ich mich ein bisschen, dass ich hier außer meiner Schwester niemanden habe, dem ich mich anvertrauen könnte! Und sie ist doch noch ein törichtes Kind.«
Sagt die Siebzehnjährige über die Fünfzehnjährige, dachte ich, erwiderte indes:
»Es war traumhaft! Sie sahen umwerfend schön aus, zum Verrücktwerden schön!«
»Danke sehr, es konnte so hingehen! Ach ja, das teure Stückchen Silberstoff. Wie ein Schlossgespenst hab ich mich gefühlt und hätte viel lieber Ihren Mut besessen, glauben Sie mir! Bei mir war es der Schmuck, bei Ihnen war es das Kleid, das alle Augen auf sich zog.«
Ich konnte es nicht hindern, dass ich errötete.
»Keine falsche Scham, meine Liebe! Es ist, wie ich sage! Man schaute mich an und sah eine halbe Million Taler auf silbernem Atlas. Man sah Sie an und sah … Paris!«
»Daher kommt es wirklich!«, sagte ich und lächelte. »Die meisten Schneider sind mit dem Hof vernichtet worden. Nicht so Hermès de Bergé. Der Gute ist schon über siebzig, aber er entwirft wahre Revolutionsträume an Kleidern. Die Chemise ist praktisch seine Erfindung!«
Nun sprachen wir eine ganze Weile über die Segnungen der republikanischen Mode, bis die Kronprinzessin unvermittelt mit dem eigentlichen Anlass ihrer Einladung herausrückte.

»Haben Sie IHN gesehen?«
Sie wusste, dass ich wusste, wen sie mit IHN meinte.
»Ja, er ist nicht zu übersehen.« Ohne zu überlegen, setzte ich hinzu: »Wenn ich nicht verheiratet wäre …«
Im selben Moment ging mir auf, wie falsch und missverständlich das klingen musste. Sie könnte es als moralisierenden Versuch auffassen, sie an ihren Stand und die Gebote der Schicklichkeit zu erinnern, was nicht im Mindesten in meiner Absicht gelegen hatte. Doch sie kehrte sich nicht daran und nahm es als willkommenes Stichwort.
»Sie haben ganz recht – wenn ich nicht verheiratet wäre, käme ich nicht mit meinem Gewissen in Konflikt … Ich habe ihn schon im Sommer kennengelernt, in K***.«
Und dann erzählte sie und schwärmte mir vor von einem Mann, den das höchste Wesen nur zum Behufe der Peinigung unglücklich Frischvermählter erschaffen zu haben schien.
»Ich weigerte mich, ihn zu sehen, seit ich verlobt war. Doch er fand immer Mittel und Wege, mir wieder zu nahezukommen. Zwischenzeitlich sah es so aus, als wolle er mich nur als Vorwand benutzen, um meine Schwester sehen zu können, doch dann durchschaute ich ihn und bemerkte, dass er gerade diesen Glauben in mir zu erwecken trachtete, um mich in Sicherheit zu wiegen.«
Sie wusste nicht, was Jérôme und ich gesehen hatten, und ich wollte es begreiflicherweise auch nicht eingestehen ohne Not. Daher konnte sie nicht ahnen, wie sehr mich ihr Versuch peinigte, mich so behutsam es ging mit der Tatsache vertraut zu machen, dass die Gefühle des stürmischen Prinzen Louis Ferdinand sie nicht kalt ließen.
»Es ist eine teuflische Prüfung! Ich hatte mich am Abend der Vermählung so gut im Griff. Doch als er mir – unter dem Vorwand, mir etwas zeigen zu wollen – unvermutet

ein Ständchen darbrachte ... meine Teuerste, ich wäre fast dahingeschmolzen! Eine gütige Vorsehung endigte die Szene, bevor es zum Äußersten kam. Der Himmel hat einen dunklen Engel gesandt, um meine Unschuld zu retten ... Denken Sie sich, welch eine Bestürzung mich anwandelte – in der Nacht, in der das Beilager gefeiert wurde, wie sie hier so grauenvoll sagen! Nur eine halbe Stunde später stand die Voss ...«

Sie flüsterte:

»Die Türhorcherin also stand an irgendeiner Stelle, wo alle vorbeimussten in diesem Geisterschloss, und gab jedem ein Stück Strumpfband in die Hand. Weiß Gott, wo das ganze Zeug herkam – wahrscheinlich mussten alle alten Jungfern aus dem weiten Umkreis eine Elle beisteuern.«

Ob es wohl schon früher zum Äußersten gekommen sein könnte zwischen ihr und IHM? Ich wollte mir vorderhand darüber kein Urteil anmaßen. Um der Wahrheit die Ehre zu geben: Ich weiß es bis heute nicht und will auch nicht der Versuchung erliegen, die wilden Spekulationen darüber, was zwischen der einstigen Kronprinzessin und dem Cousin ihres Schwiegervaters geschehen ist, zu unterstützen, die seither ins Kraut gingen. Der Erzähllust die Zügel schießen zu lassen, ist nicht meine Art, und wenn dafür, dass das, was ich berichte, der Wahrheit entspricht, ein Beleg gefordert wird, so könnte ich am allerehesten diese letzte Zurückhaltung als solchen anbieten.

Ob man sich meine seltsame Lage recht vorstellen kann? Die Kronprinzessin von Preußen gestand mir intimste Dinge, von denen ich bereits – unfreiwillig zwar und ohne Vorsatz – Kenntnis erlangt hatte, und jetzt ...

»Denken Sie sich nun, was jetzt passiert ist: ER lud mich zu einem Konzert, bei dem er spielen wird. Verstehen Sie: ER will, dass ich mit ihm dort hingehe! Sie können sich, meine

Liebe, nicht vorstellen, wie gerne ich es täte. Doch zugleich wird Ihnen begreiflich sein, dass ich, wenn es herauskommt, die schrecklichsten Vorwürfe seitens meines Mannes zu gewärtigen hätte! Und auch vom König ... Ich weiß mir keinen Rat, daher frage ich Sie, liebe Freundin, die Sie mit den Bedingnissen der Liebe und den Wirrnissen der Gefühle mehr Erfahrung haben als ich und so lange schon glücklich an der Seite eines Ehemannes leben: Was würden Sie tun?«

Ich sah mich in der peinlichsten Verlegenheit. Sollte ich ihr gar von Henriette Fromm erzählen, der Geliebten Louis Ferdinands? Ich tat es nicht, sie würde diesen Namen schon noch früh genug hören. Ich riet ihr zur Offenheit gegen den Gatten. Was hätte ich auch sonst tun können? Ich wollte nicht zur Henkerin Preußens werden. Eine Aussprache oder ein Krach war allemal besser als ein schwelendes Feuer.

»Bitten Sie Ihren Gatten einfach mitzukommen! Es würde die Situation entspannen. Ich kann Ihnen sonst nichts raten. Wenn Sie IHN mehr lieben als *ihn*, so werden Sie es wissen. Darf ich fragen, wo das Konzert stattfindet? Ich würde den Prinzen auch gern einmal spielen hören.«

»Denken Sie, es würde die Lage verändern? Die beiden sind einander spinnefeind. Aber Sie haben ja recht, vielleicht bringt es eine Lösung. Wenn ich sie nebeneinander sehe ... Zu dumm, dass ich schon geheiratet habe! Ach, es ging alles so schnell, wir haben kaum Zeit gehabt, einander kennenzulernen, Friwie und ich ...«

»Ist es denn bei IHM und Ihnen anders? Sie kennen IHN doch noch viel weniger!«

Sie nickte. Schlug die hübschen braunen Augen nieder. Hob sie langsam und sagte:

»Ich weiß den Namen des Hauses nicht. Es soll ein altes Spukhaus sein ...«

Sie lachte, denn wir hatten schon über ihre Vorliebe für die dunklen Sphären gesprochen. Jetzt fiel ihr etwas mehr ein: »So eines wie in dem Bild mit dem Gespenst für Ihre Laterna magica! Ein himmlisch-lustiger Apparat übrigens! Wo? In einem Haus, in dem eine alte Prinzessin Tatata einmal gewohnt hat. Ich kann mir einfach keine langweiligen Namen merken. Wie hieß sie doch noch gleich? Helfen Sie mir! Emilie? Ottilia?«

»Amalie!«, sagte ich. »Ach, doch nicht am Silvesterabend?«

Die Kronprinzessin blickte mich erstaunt an.

»Doch, woher wissen Sie davon? Kennen Sie gar die Dame, der das Haus gehört? Harfenspielerin soll sie sein und keine schlechte!«

»Beatrice de Grève. Selbstredend kenne ich sie. Denn Sie müssen wissen ...«

Und ich erzählte ihr nun doch, stockend und mich ihrer Reaktion versichernd, peu à peu die ganze Geschichte: von Anne de Pouquets Briefen, ihrer neuen Anstellung, ihrem garstigen Tod, ihrer Tatauierung ...

Die Kronprinzessin schwieg bestürzt. Aber das währte nur kurz. Schon wich die Betrübnis der Neugier, und ich musste ihr alles haarklein berichten. Ich raffte, ließ aber nichts aus, was das alte Palais betraf. Erzählte von den merkwürdigen Gerüchten, der Besitzerin, den Bewohnern, dem seltsamen leeren Kästchen unterm Parkett.

Beatrice de Grève interessierte sie, auch Anne de Pouquets unglücklicher Geliebter, Bonneheure, hatte einen gewissen Reiz, der sonderbare Komponist de Paul und der neue Mieter, Dampmartins Bruder, ohnedies ... Als ich dahin kam, ihr zu berichten, was Jérôme und ich vom Gespräch zwischen Arrat und Dampmartin aufgeschnappt hatten, erlahmte ihre Neugier wieder. Ich ließ unsere weiteren un-

freiwilligen Erkundigungen aus – vor allem auch den Ort derselben – und bot nur die Essenz:
»Es soll eine Séance geben nach eben dem Konzert, von dem Sie sprechen! Zu dem ER Sie eingeladen hat. Der König und seine Geheimbundfreunde werden dort sein. Dampmartin und Arrat wollen den König mit dunkler Magie beeinflussen, davon bin ich überzeugt!«
»Eine echte Séance? Eine Anrufung der Toten? Ob die Geister auch tanzen?«
»Swedenborg, ein alter Geister sehender Schwede, meint, ja: Ihm zufolge lieben sie sich auch und heiraten, ganz wie wir Lebenden.«
Über ihr liebreizendes, zartes junges Kronprinzessinnengesicht zogen in schneller Folge Furcht- und Entsetzenswolken, auch flackernde Fetzen dunklen Interesses, gefolgt von einer glühenden Aureole der Zerstreuungslust, bevor sich sonniges Frohlocken den Weg bahnte und den Triumph davontrug.
»Das ist phantastisch! Oh, ich brenne bereits darauf!«
Meinte sie die Zeit nach dem Ableben? Nein, doch eher die Séance. Ich suchte ihr begreiflich zu machen, worum es meiner Ansicht nach ging: etwas Politisches! Sie verzog das Gesicht. Die Sache kam ihr erst unlösbar, daher wenig interessant vor. Doch dann sagte sie, und ihre Augen leuchteten:
»Der König soll davon abgebracht werden, sein Geld für die Konterrevolution zu spenden. Die beiden Revolutionäre wollen das Geld für ihre Zwecke! Oder für sich …«, mutmaßte sie recht schlüssig. »Wäre ich eine gute Revolutionärin? Ich muss gestehen, ich hätte nicht übel Lust, es auszuprobieren. Incognito! Was meinen Sie?«
»Sie wären eine vortreffliche Citoyenne, mit Verlaub! Mit Ihrem jugendlichen Elan und Ihrem offenen Herzen wür-

den Sie in wenigen Tagen an der Spitze der jakobinischen Bewegung stehen! Aber Sie glauben nicht, Majestät, was für ein riesiges barbarisches Intrigengespinst das Schreckenssystem aufrechterhält – die revolutionäre Damenwelt würde Ihnen mit ihrem geballten Neid das Leben zur Hölle machen. Eine Feindin an der falschen Stelle …«

»Hoheit reicht, meine Liebe! Hoheit reicht«, sagte sie lächelnd. »Aber verschonen Sie mich ruhig auch mit der Hoheit! Ich hoffe, Sie bleiben verschwiegen, was meine törichte Frage betrifft. Ich stelle mir das alles zu romanhaft vor, glaube ich. Sie haben das Köpfen gesehen. Ich glaube, ich würde es keine Stunde dort aushalten, in dieser blutroten Hölle.«

»Ich glaube sicher, Hoheit, dass Sie als Königin hierzulande eine größere und dauerhaftere Revolutionärin sein werden. Überall in der Stadt redet man nur von der Kraft Ihrer Jugend, und alles hofft auf eine Belebung des Herrscherhauses.«

Luise schwieg nachdenklich, dann fragte sie:

»Was denken Sie wohl – ob der schreckliche Tod Anne de Pouquets und der beiden anderen von einem Geist bewirkt wurde? Eine Séance? In der Nacht, in der es vor Geistern nur so wimmelt? Das kommt mir gefährlich vor!«

Sie blickte aber keineswegs sehr furchtsam drein, eher neugierig.

»Ich kann mir einen mordenden Geist nicht vorstellen. Aber wer weiß, ob die Erscheinungen, die an diesem Abend zu erwarten sind, wirklich harmloser Natur sind?«, fügte ich hinzu.

»Oh!«

»Man wird die Geister bändigen. Wenn es einem Geist vielleicht auch möglich sein sollte, einen Menschen zu töten, so werden zehn Menschen ihn doch im Zaum halten können!«

»Ich hoffe es, meine Liebe!«
Es war spät geworden, und die Prinzessin hatte Verpflichtungen. Der Dezember neigte sich dem Ende zu, und die Zahl der Bälle, auf denen die Frischvermählten zu tanzen hatten, stieg rapide an.
»Wir werden uns am Silversterabend wiedersehen!«, versprach sie, als ich ging. Die herzlichsten Dankesbezeugungen für den Tee und die Ehre hatte sie mit einem Lächeln quittiert. Die Voss dagegen warf mir ein Höllenfeuer von Scheideblicken zu, als ich ihr in der dunklen Halle über den Weg lief.

Da ich sehr aufgewühlt war, beschloss ich, durch den Tiergarten zu spazieren. Einen Bogen zum abgebrannten Haus in der Wilhelmstraße wollte ich schlagen, daher gedachte ich, einen Weg zu nehmen, der zum Potsdamer Tor führte. Dennoch könnte ich bis zu den Zelten wandern. Jérôme würde mich zwar dafür schelten, dass ich unser Café allein besuchte. Aber ich brauchte Bewegung.
Ich überquerte das Quarré und spazierte durchs Brandenburger Tor, als eben der König hereinfuhr. Er kam von Charlottenburg oder sonst woher, seine Kutsche nahm die breite Durchfahrt in der Mitte. Die Wache salutierte, die Passanten verbeugten sich. Die Herren schwenkten die hohen Hüte. Ich auch. Ich war es gewohnt, dass man mir nachschaute, doch an diesem Nachmittag ertrug ich die aufdringlichen Blicke der beiden Bürger, die mir folgten, nicht länger und beschleunigte daher meinen Schritt.
Der Boden war hart gefroren, allein der Neuschnee machte das Fortkommen leichter. Ich atmete die klare Luft und fühlte, wie ich ruhiger und gelassener wurde. Kurz verschnaufend, wendete ich mich vorsichtig um. Meine aufdringlich blickenden Verfolger hatten sich nicht abschüt-

teln lassen. Sie sahen mich und blickten einander an. Blieben ebenfalls stehen. Der eine deutete in den Himmel, wo aber absolut nichts zu sehen war. Waren es Müßiggänger und Parkwandler wie ich? Der Umstand, dass die beiden – einer klein, einer groß – aus den mannigfachen Möglichkeiten zweimal in Folge dieselbe Abzweigung wählten wie ich, irritierte mich erst, als wir die Gabelung vor den Zelten erreichten. Ich nahm zum Schein erst den breiten Weg und schlängelte mich dann um eine verschneite Tanne über einen kleinen Pfad zurück, den vor mir höchstens ein Hirsch, ein Hund und ein Jäger genommen haben mochten.
Ich hielt den Atem an, als ich verharrte und um einen Stamm linste. Waren sie weitergegangen? Ein Kolkrabe strich mit heiserem Ruf über die kahlen Wipfel der Eichen. Jetzt hörte ich eiliges Knirschen im Schnee: Da kamen sie! Ich war wie gelähmt. Sie mochten noch etwa einen Steinwurf weit entfernt sein – einen *meiner* Steinwürfe, und verflixt: Wenn es etwas gab, worin ich schlecht war, dann Steinewerfen.
Sie hatten innegehalten und sondierten die Gegend. Vergeblich suchte ich ihre Gesichter zu erkennen – ihre breiten schwarzen Halstücher waren bis über die Nasen hinaufgeschoben.
Kurz dachte ich daran, einfach abzuwarten und mich hinter den Eichenstamm zu drücken. Eine törichte Idee, auf die man nur kommen konnte, wenn man es schaffte, die Spur im Schnee zu ignorieren. So nahm ich rasch meine Kopfbedeckung ab und steckte mir eilends das Haar hoch. Ich liebte meinen Hut, meinen Fuchsmantel nicht minder, und mein Herz blutete beim Gedanken, diese treuen Weggefährten zurückzulassen. Indes erschienen mir Freiheit, Unabhängigkeit und körperliche Unversehrtheit jetzt wertvoller.

Ich sah einen kräftigen Stock in erreichbarer Nähe im Schnee liegen, und es gelang mir, ihn mit einem zweiten, kleineren heranzuziehen. Ich legte den Fuchs darüber und lehnte beides an den breiten Eichenstamm, der mich noch ein paar Sekunden vor dem Gesehenwerden schützen würde. Ich steckte den Filz obenauf und sagte der schlafenden Puppe Lebewohl. Es müsste so wirken, als sei ich am Ende hingesunken an die Borke.

Ich mobilisierte alle Kräfte und lief, immer so, dass die Eiche zwischen mir und den Verfolgern blieb. So erreichte ich ungesehen ein Dickicht, wo ich mich in den Schnee warf und mich selbst für die Voraussicht lobte, lange Lederhosen zu tragen. Ich schaute zurück. Mein Herz hämmerte. Sie liefen auf die Vogelscheuche zu und ... entdeckten den Betrug!

Wie sie hin und her schauten! Da sahen sie die Spur meiner rasenden Flucht! Stürmten, ohne Mantel und Hut weiters zu achten, geradewegs in meine Richtung, irren Blickes, die Augen über den hochgezogenen Halstüchern suchend aufgesperrt. Es half nichts, in wenigen Sekunden wären sie bei mir!

So rannte ich geduckt, nur das schüttere Geäst des Dickichts zwischen ihnen und mir, auf die Allee zum Potsdamer Tor zu. Sie war leider noch weit entfernt. Auch war der Wald wie ausgestorben, keine Menschenseele zeigte sich weit und breit. Und ob die beiden, die mich hetzten, Seelen haben mochten? Ich hatte da, keuchend, über Stockwerk strauchelnd und in zugeschneite Löcher tretend, so meine Zweifel.

Ich schlug hin. Gerade da, wo mein Kopf auftraf, lag ein Ast unterm Schnee. Der Schmerz war so gewaltig, dass ich für Sekunden wie betäubt am Boden blieb. Bange Sekunden, denn ich war zur Regungslosigkeit verdammt.

Ich rappelte mich unter Stöhnen hoch, wendete mich um, doch sie waren fast über mir, ich konnte ihren Atem schon hören! Instinktiv warf ich mich zur Seite, griff nach dem Stock, der mich zu Fall gebracht. Ich kam hoch, brach ihn zu einem handlichen Knüppel und versetzte dem Ersten der beiden einen herzhaften Schlag in die Rippen. Er fuhr zur Seite, doch der Große kam heran. Ich entsann mich einer Stelle, die empfindlicher sein müsste, und riss den Stock, dessen Spitze den Boden berührte, sehr kräftig nach oben. Heulend fasste er sich in den Schritt. Aber der andere war wieder da und packte den Stock. Wir rangen kurz, und es gelang mir, die Waffe freizubekommen. Ich hieb kräftig zu, sodass der Prügel auf dem Arm des Unholds zersplitterte. Er umklammerte ihn mit vor Schmerz verzerrtem Gesicht und war außer Gefecht gesetzt.

Mit den Resten des Stockes bot ich dem Zweiten, der humpelnd herangeeilt war, Paroli. Ich hielt ihn auf Abstand. Doch er zog eine Pistole aus dem Gürtel und röchelte mit einer Stimme, die ich irgendwo schon einmal gehört hatte, schmerzverzerrten Gesichts:

»Ergib dich, Jakobinerin! Du hast keine Chance! Ich werde nicht zögern, von der Waffe Gebrauch zu machen!«

Sein gebrochenes Deutsch entlarvte ihn als französischen Emigranten.

»Jakobinerin? Was reden Sie da für einen Unsinn, Bürger? Im Übrigen werde ich Ihnen, weil Sie ein Schießeisen in der Hand halten, noch lange nicht das Du anbieten. Was wollen Sie von mir? Ich habe kein Geld!«

»Verfluchtes Weib! Ich werde nie mehr spielen können!«, schrie der Kleine am Boden und rieb sich den malträtierten Arm.

Der andere vor mir nahm die Binde vom Gesicht, und ich erkannte einen der beiden Musiker, die im Palais wohnten

und die doch angeblich in der Festung lagen: Das Gesicht mit dem Schmiss hatte ich nicht vergessen. Er zog auch dem anderen das Tuch herunter.
»Ihr Freund hat nur einen blauen Fleck!«, sagte ich beiläufig, denn der Kleinere hätte weitaus stärkere Schmerzen gehabt, wenn ihm mein Schlag den Arm gebrochen. »Sie sind aus dem Kerker entwichen, hab ich recht? Wie waren doch Ihre Namen? Ach, ich hab sie vergessen.«
Er beugte sich zu dem anderen, während er mich nicht aus den Augen ließ. Mir wurde schrecklich kalt, ohne meinen Hut und ohne meinen Mantel, doch er vergewisserte sich, dass die Blessuren des vor Schmerz Fluchenden nur vorübergehende wären. Dann half er dem Kleinen auf und lehnte ihn an einen Baum. Er winkte mir mit der Pistole.
»Holen wir dein Eigentum, Jakobinerin!«
Er humpelte leicht, was eine Folge meines gezielten Schlages war. Ich rührte mich kein Stück. Nur ein Engländer hätte noch angesichts des Todes gefürchtet, sich eine Erkältung zuzuziehen.
»Meinen Stolz nehmen Sie mir mit dieser Frechheit nicht. Wenn Sie mich erschießen, so hängt man Sie ein bisschen höher, aber mehr geschieht nicht. Sie können es genauso gut auch bleiben lassen.«
»Warum sind Sie weggelaufen?«, fragte er.
Nicht, dass ich ihn höher schätzte, weil er zum Sie gefunden hatte. Aber es war ein Anfang.
»Warum verfolgten Sie mich?«, fragte ich zurück. »Es hieß, sie beide säßen in Spandau? Man hielt … man hält sie allgemein für die Harfenmörder!«
»Sie lenken ab. Jetzt fangen Sie auch noch mit den Harfen an. Alle Polizisten, die uns verhörten, waren versessen auf die Harfe. Was hat das zu bedeuten?«

»Wissen Sie denn nicht, dass die Mordopfer eine Zeichnung auf der Schulter hatten?«

Die Waffe sank etwas in seiner Hand.

»Was für eine Zeichnung?«

»Ein Tatau! Eine Harfe! Ich habe es selbst an Anne de Pouquet gesehen.«

»Warum sind Sie weggelaufen?«

»Weil ich nicht gern verfolgt werde!«

»Weil Sie sich der Verfolgung entziehen wollten!«

»Ich glaube, mein Herr, dass jeder Verfolgte, der seine Verfolger bemerkt, danach trachtet, sich der Verfolgung zu entziehen! Sie reden wie ein Polizeispitzel. Dass Sie mir folgten, habe ich auf eine Meile gemerkt.«

»Versprechen Sie mir, nicht wegzulaufen?«

»Ich bin viel zu sehr an Ihrem Grund interessiert, mir hinterherzulaufen.«

»Sie haben einen einfachen Spaziergang im Tiergarten machen wollen?«

»Wenn Sie gestatten? Es wurde allerdings eine recht wilde Hatz daraus …«

»Das ist ziemlich ungewöhnlich, Madame! Bei diesem Wetter, ganz allein, eine Frau …«

»Sie haben recht. Auch sehr gefährlich. Es treibt sich viel Gelichter herum. Wie etwa entlaufene Festungshäftlinge.«

»Wir sind nicht entlaufen.«

»Dann hat also Distel Sie gekauft und auf mich angesetzt! Hat er Ihnen diesen Floh ins Ohr gesetzt? Dass ich direkt von der Kronprinzessin zu einem geheimen Jakobinertreff unter verschneiten Tannen eilen würde? Was für eine malerische Vorstellung: rote Mützen, weiße Wipfel, Entführungs- oder Mordpläne … Nur leider gänzlich verrückt! Ein Gedanke, auf den nur ein Polizeichef verfallen kann, der am Ende seines Lateins angelangt ist.«

»Nennen Sie mir einen Grund dafür, dass ich Ihnen glauben sollte!«
»Selbst unter Folter würde ich Ihnen keine Jakobinerfreunde angeben können.«
»Weil Sie nicht als Verräterin in der Schlinge enden wollen. In der Schlinge Ihrer Mörderfreunde, der Royalistenhasser!«
»Nein, nein! Ich bin an der Lösung der Harfenmorde ebenso interessiert wie der Polizeichef. Ich habe keinen einzigen Jakobinerfreund. Anne de Pouquet war eine gute Bekannte. Man hat meine Briefe an sie beschlagnahmt und ihre an mich.«
»Sie war eine Royalistin!«
»Ich kam mit ihr zusammen aus Paris. Wir flohen gemeinsam vor denen, mit denen ich angeblich gemeinsame Sache mache. Ich habe sie nicht ermordet! Allein die Vorstellung ist irrig.«
Er ließ Mundwinkel und Pistole hängen.
»Mon Dieu ... Ich bin Flötist, nicht Gendarm.«
»Wie hat er Sie drangekriegt? Mit welcher Beschuldigung?«, fragte ich und bemühte mich, Wärme in die Stimme zu legen.
»Dieser aufgeregte Präfekt ist wie der Teufel«, stöhnte er. »Ich bin Bertrand. Das da ist der Rest von Ballé! Das, was Sie übrig gelassen haben.«
Der kleine Violinist ächzte einen Gruß. Bertrand fuhr fort:
»Distel hat die Drähte in unser Quartier geschmuggelt. Es waren sicher nicht die Mordschlingen! Er kann uns nichts nachweisen; wir spielten in der Mordnacht beim Prinzen Ferdinand und kamen erst gegen Tagesanbruch zurück. Dennoch benutzt er uns. Und wir müssen für Kost, Logis und Handgeld noch dankbar sein. Es ist mehr als das Al-

mosen, das die Musik einbringt. Was schlagen Sie vor, Madame? Sollen wir Sie nun zum Polizeichef begleiten?«
Liebenswürdiger bin ich niemals eingeladen worden. Doch ich erwiderte:
»Ich rate Ihnen: Verfolgen Sie mich einfach weiter, das sichert Ihnen Ihr Einkommen. Falls ich die bin, für die man mich hält, werden Sie es mit Ihrem Scharfsinn bei der Verfolgung sicher bald bemerken. Mich jetzt vor Distel zu schleifen, würde einen schlechten Eindruck machen, denn Sie haben nichts in der Hand!«
»Geben Sie uns irgendetwas, das wir berichten können! Wir sind verdammt noch mal gezwungen, unsere Existenz zu untermauern!«
»Sagen Sie dem Polizeichef, dass sich am Silvesterabend die Knoten lösen werden. Das sagt mir mein Gefühl.«
»Aber, Madame, das ist doch völlig aus der Luft gegriffen!«
Ich ließ die beiden stehen, ging, meinen Hut und Mantel zu holen, und sagte zum Abschied:
»Nun, mag sein. Was liegt schon daran? Ich bin nun einmal Aeronautin!«

9

Jérôme sah mich entsetzt an, als ich heimkam. Ich muss ausgesehen haben wie ein Gespenst. Ich erzählte ihm von meinem abenteuerlichen Nachmittag.
»Wenigstens hast Du ihnen tüchtig eins verpasst! Oh, höchstes Wesen! Wenn ich nur dabei gewesen wäre … Ich lasse dich künftig nicht mehr allein losziehen! Was allerdings dein neues Amt als Gouvernante der Kronprinzessin betrifft: Müssen wir jetzt eine eigene Kutsche anschaffen? Dienerschaft?«
»Eine Kutsche würde einer Marquise keineswegs übel anstehen, findest du nicht?«
Er lächelte, und wir küssten einander. Ich sinnierte:
»Sie wird es schwer haben. Aber sie scheint mir natürlich und naiv genug zu sein, alle Intrigen und Zumutungen unbeschadet zu durchleben. Ich bin gespannt, wie sie mit dem galanten … Problem … umgehen wird.«
»Höchst interessante Frage, in der Tat!« Er überlegte einen Moment, um hinzuzufügen, mit hörbarer Furcht in der Stimme:
»Du verlangst sicher nicht von mir, Liebes, dass ich am Gedenktag des heiligen Papstes Silvester, will sagen: am Altjahrsabend, mit von der Part…«
»Doch, furchtlosester Gatte! Du *musst* mit von der Partie sein. Allein würde ich sterben! Hast Du nicht eben selbst gesagt, dass du mich beschützen willst auf all meinen Wegen?«

Der Berg an Reparaturen war längst nicht gelichtet, und die Neubestellungen machten uns schwindeln. Ich hatte keine Vorstellung davon, was sich dort im Salon abspielen würde, doch eines war klar: Ich musste dem Palais vor Silvester noch einen Besuch abstatten.

Als ich zum alten Amalienhaus kam, glaubte ich erst, in die Irre gelaufen zu sein: Hundert Arbeiter mögen es mindestens gewesen sein, die in der klaren, kalten Winterluft umhersprangen.

Das morsche Gebälk war ausgewechselt. Latten wurden aufgenagelt, Pakete roter Schindeln an Seilwinden hochgezogen. Sobald man näher kam, verschwand der flache Schindelrücken hinter der erneuerten Balustrade. Sogar die Prunkvasen darauf waren nicht vergessen worden. In fieberhafter Eile ließen Gerüstbauer ihre Stelzenkonstruktion um den Kasten wandern, während Weißbinder singend und pfeifend einen gelblich eingefärbten Putz aufklatschten.

In hohem Bogen flogen alte Schindeln auf einen Karren mit Scherben. Morsche Balken wurden zerkleinert und als Brennholz gebündelt ins Haus getragen, die Wege von gefrorenem Unkraut befreit und mit frischem Kies bestreut. Ein Baldachin beschirmte den Übergang von Kutschen zum Portal. Künstliche Büsche standen zu beiden Seiden der Zufahrt: gebündelte Fichtenzweige, an Latten befestigt, die in Sandkübeln steckten.

Die aufgeregte Hausherrin war mit Thea und Lore, den Hausmädchen, dabei, den Treppenaufgang zu reinigen, über den ein frischer roter Läufer herabsprudelte wie ein breiter Bach von Blut.

»Hören und sehen Sie die großen Neuigkeiten!«, rief mir Beatrice de Grève entgegen, als sie mich kommen sah. »Der König lässt mein Haus erneuern, denn er wird höchstpersönlich zum Konzert erscheinen! Welch ein generöser Zug von ihm – finden Sie nicht, Marquise?«

In der Tat, ich konnte es nicht leugnen. So machte man sich bei den Émigrés beliebt.

»In nur fünf Tagen! Es ist wie im Zauberland. Da kommen schon unsere Sitzgelegenheiten!«

Zwei große Fuhrwerke voller Samtpolsterstühle rollten rasselnd und holpernd über die Wilhelmstraßenzufahrt. Material aus dem Alabastersaal.

»Beim höchsten Wesen! Da wird wohl der ganze Ministerrat erwartet?«

»Alle werden sie da sein, alle! Der König und die Rietz, der Kronprinz und die Kronprinzessin, ihre Schwester und Prinz Louis, der Außenminister Bischoffwerder, der Justizminister Wöllner ... und vor allem ...«

»Der Prinz von Preußen!«, ergänzte ich.

»Woher wissen Sie denn das nun schon wieder?«

Brühwarm berichtete ich ihr beim Tee von meinem Gespräch mit der Kronprinzessin, wobei Louis Ferdinand natürlich nur am Rande Erwähnung fand. Dass Kronprinz und Kronprinzessin dem Verwandten beim Konzert zuhören würden, sprach allen Mutmaßungen tiefer Zerrüttung in der Königsfamilie Hohn.

»Werden Sie zusammen üben?«, fragte ich.

»Er war gestern schon hier, und wir spielten zur Probe. Ein junger Gott! Der König hat einen englischen Flügel geschickt: von Skully & Sons. Und Feliciens Konzert für Hammerklavier und Harfe ist traumhaft! Damit werden wir die Geister besänftigen!«

Felicien? Ein Komponist, den ich nicht kannte. Eigentlich hatte ich gedacht, dass de Pauls Konzert aufgeführt würde.

»Ich dachte, de Pauls Kon...«

»Oh ... Felicien ist de Pauls zweiter Vorname. Unter Künstlern nennt man sich beim Vornamen ... Ich habe einen Freund in ihm gefunden.«
Sie war leicht errötet. Sie hatte ihn einmal fast niedergeschossen!
»Er ist heute beim König und setzt große Hoffnung auf dessen Musikliebe. Aber auch Mozart war ja vor wenigen Jahren hier und spielte bei ihm und fand doch keine Anstellung. Vielleicht hat Felicien mehr Glück. Er hofft, dass der König ihm eine Beihilfe für den Druck des Werkes gibt, das er der Kronprinzessin gewidmet hat.«
»Wird der König wirklich seine Mätresse zum Konzert mitbringen?«
»Wieso nicht? Sie ist auch kunstliebend«, sagte Beatrice de Grève mit gespielter Naivität.
»Nun ... der König liebt auch die Geister. Er kommt nicht zuletzt ihretwegen, glaube ich, nicht nur wegen der Musik. Sie, Madame, wollen die unruhigen Geister besänftigen. Der König aber will sie zitieren lassen, glaube ich, die Spektren ...«
»Wollen Sie auch dabei sein, wenn es geschieht?«, fragte sie nach einer Kunstpause.
Also wusste die de Grève von der Séance!
»Ich glaube, mein Mann wäre dagegen, wenn ich mich darauf einließe ... Aber ... wenn es denn ginge?«, sagte ich, so unbeeindruckt wie möglich.
»Sie dürfen es sich nicht entgehen lassen! Auch das Feuerwerk wird Sie beide begeistern! Kasachische Feuerwerker, frisch aus Dresden angekommen, werden vor dem König ihr Können zeigen. Bereden Sie Ihren Gatten, dass er sich überwindet! Es wird ein herrliches Silvester. Mir ist, als schwämme ich im Reichtum!«
»Ich werde ihn überreden!«, sagte ich und zeigte auf das

Päckchen in meiner Hand. »Ist Monsieur Dampmartin im Haus? Ich habe etwas für ihn.«
Sie bejahte, und ich konnte ihr die Neugier ansehen. Ich tat sehr geheimnisvoll und lächelte.
»Er beaufsichtigt sicher die Ankunft der Stühle.«
Livrierte königliche Diener fluteten in den roten Salon, Sitzmöbel in den Armen. Wie von Zauberhand verteilten sie sie im Raum und hinterließen drei Ringe von weichen Stühlen. Flügel und Harfe standen bereits in der Mitte des Raumes: die Harfe aus der Wohnung der de Grève und ein weiteres, schweres kastenförmiges Instrument mit Pedal.
Philipp Dampmartin lehnte am Kamin und schien über ein schwerwiegendes Problem nachzudenken, als ich durch die große, weit geöffnete Flügeltür eintrat. Seine schwarzen Haare glänzten. Er sah mich erstaunt an. Die buschigen Augenbrauen wurden zu einem Strich, der parallel zur breiten Stirnfalte verlief. Dann lächelte er breit, doch seine Freundlichkeit wirkte unecht und kalt.
»Madame – erlösen Sie mich Unwissenden! Sollten wir uns schon einmal gesehen haben? Ich bin in der allergrößten Verlegenheit …«
»Gesehen ja – am Abend der Feier des Beilagertages Seiner Königlichen Hoheit des Kronprinzen und Ihrer Königlichen Hoheit der Kronprinzessin zuletzt. Wir sahen uns auch zuvor schon einmal, an einem wenig einladenden Ort.«
Er erinnerte sich. Das Eis in seiner Miene verriet es.
»Mein Gatte und ich werden morgen Abend am Konzert teilnehmen. Auch für mich ist dieser Ort von höchst schmerzlicher Bedeutung. Ich wünsche sehr, dass sich die unheilvollen Geister dem Banne unterwerfen, den Sie hier mit so großem Aufwand ins Werk setzen.«

Er sah fragend auf die Pappschachtel in meinen Händen. Ich nahm den Deckel ab, und eine Schreckenslaterne kam zum Vorschein.
»Oh!«
»Der Kronprinz wollte die schönsten Szenen seiner Hochzeit in einem Bildstreifen verewigt sehen, und so kam mir die Idee, ihn morgen Nacht in der Anwesenheit der Majestät und der Hoheiten vorführen zu lassen.«
»Merveilleux! Eine herrliche Idee! Dürfte ich den Streifen einmal ...«
Ich zündete die Lampe an, wartete einige Momente und schob das Gespenst ein. Dampmartin lächelte. Dann den Hochzeitsstreifen. Henriette-Felicité Tassaert hatte mir die Freundlichkeit einer Fingerübung erwiesen. Das Brautpaar war getroffen, auch der ungestalte König und die formlose Königin konnten sich freuen, die Künstlerin hatte tüchtig geschönt.
»Wie zauberhaft! Damit werden Sie alle in Erstaunen setzen. Was wäre wohl der geeignete Ort, um die Bilder zu projizieren? Vielleicht dort? Oder neben dem Kachelofen?«
»Die Laterne braucht einen hohen Stand, eine Art Stativ«, sagte ich. »Oder ein Blumenpostament!«
»Nun, wir werden etwas Passendes finden«, schloss er.
Ich hatte mich schon verneigt und zum Gehen gewendet, als ich mich noch einmal umdrehte und ihn fragte:
»Glauben Sie an die Realität der Geister?«
Er erblasste, basser erstaunt als zuvor, und meinte kühl:
»Welch seltsame Frage! Selbstredend weiß ich um die Gläubigkeit meiner Vermieterin in dieser Frage. Und Sie müssen wissen: Auch ich bin diesen Materien gegenüber aufgeschlossen.«
»Aber Sie würden es nicht für möglich halten, dass ein Geist drei Menschen ermordet?«

Sein Blick wurde bohrend. Dann entspannte er sich und bat mich, die Bestuhlung mit ihm auszuprobieren. Wir setzten uns in die letzte Reihe und lauschten einen Augenblick den geschäftigen Dachdeckern.
»Ich kann Ihnen mit einem Beispiel aus dem Leben antworten«, begann er. »Ein sehr frommer Handwerksmann, dessen tiefe Einsichten ich bewunderte, hatte einst einen hohen und vornehmen Freund, mit dem er oft sehr vertraut vom Zustand der Seelen nach dem Tod plauderte. Dieser Freund, der ihn wie einen Sohn behandelte, sah eines Tages das nahe eigene Ende voraus, und so verabredeten sie, dass er ihm, wenn möglich, nach seinem Tode erscheine. Etwa drei Wochen später wurde er ein Opfer des Fallbeils, das schon so viele unerlöste Geister fabrizierte – und der Handwerksmann trauerte sehr um den hingerichteten väterlichen Freund. Als er sich einige Zeit später abends um zehn Uhr in seiner Schlafkammer ausgekleidet hatte, ins Bett gestiegen war und noch wach darinnen saß, bemerkte er gegenüber an der Wand einen bläulichen Lichtschimmer, der sich zu einer menschlichen Figur bildete. Er fragte furchtlos: *Sind Sie es, Duc?* Vernehmlich bejahte der Geist und stand ihm getreulich in einigen Fragen Rede und Antwort. Noch mehrmals erschien er ihm seiner Versicherung zufolge – an der ich keinerlei Grund habe, Zweifel zu hegen. Meist war das Gespenst mitteilsam und sanftmütig, und nur einmal gab es einen Besuch, der fürchterlich war, doch es ist mir nie gelungen, die näheren Umstände zu erfahren. Der Handwerksmann trug einen Schmiss davon, als sei ihm eine Feuerrakete über die Wange gefahren. Geister sind sensibel …«
Dampmartin hielt inne, als verfolge er den Abgang eines letzten Schluckes guten Cognacs, um dann zu enden:
»Von daher glaube ich schon, dass es möglich ist, dass ein

Geist einen Lebenden auch tötet. Wenn auch vielleicht nicht mit Schlingen und Messern, so doch durch den Schreck, den er auszulösen in der Lage ist. Ja, ich glaube, man kann am Schrecken sterben!«

Es war Bewegtheit in seiner Stimme. Einer Eingebung folgend, sagte ich ihm auf den Kopf zu:

»Dieser Handwerksmann ... gehe ich recht in der Annahme, wenn ich in ihm Ihren Bruder vermute und in dem Abgeschiedenen den Duc de Roux?«

Er lächelte.

»Was soll ich sagen? Sie scheinen über das zweite Gesicht zu verfügen!«

»Auch stelle ich gerne Behauptungen in den Raum«, entgegnete ich, während mit den letzten Stühlen eben das geschah. »Wie dachten Sie über das Beschwören der Geister in der *Schule der Reinen*? Ihr Bruder war ein Gefolgsmann des Duc ...«

»Sie wollen eine ganze Menge wissen, Madame.«

»Oh, ich bitte Sie um Nachsicht! Mitunter reißt mich die weibliche Natur fort. Man hat mich oft gescholten dafür.«

»Mein Bruder war, wie es zwischen Brüdern oft geschieht, was vielleicht sogar auf einer gewissen Gesetzlichkeit der menschlichen Natur beruht, das genaue Gegenteil in all seinen Auffassungen vom Leben. Ich will mir nicht jetzt, da er tot ist, all unsere unschönen Diskrepanzen wieder in Erinnerung rufen. Und Ihnen, Madame, davon zu berichten, wäre ein unverzeihlicher Fauxpas.«

Er würde mir nichts über seinen Bruder erzählen. Er fühlte sich keineswegs behaglich bei diesem Thema, das sah ich. Sein Gesichtsausdruck blieb zwar unbewegt, doch während er sein glattes, schwarz glänzendes Haar mit einer schmissigen Bewegung des Kopfes nach hinten warf wie einen Lappen, sah ich die Furcht in seinen Augen.

»Es heißt, Monsieur Dampmartin, der König komme morgen nicht nur wegen der Geister besänftigenden Harfenmusik in dieses Haus, sondern auch, weil er hoffe, dass Spektren gerufen würden: Gespenster, Geister! Vor allem den Geist seines geliebten, schon im Kindesalter verstorbenen Sohnes Alexander lässt er sich gern herbeizitieren. Man munkelt von einer sogenannten Séance!«
Dampmartin erschien entsetzt. Farblos wie nur je ein Spektrum gewesen war, suchte er nach einer Entgegnung. Endlich entschied er sich für die Flucht nach vorn.
»Ein weiterer unleugbarer Beweis für Ihre Hellsicht. Sie möchten sicher daran teilnehmen? Ihre Gegenwart könnte die Geister noch regsamer werden lassen.«
»Das hoffe ich!«, entgegnete ich erfreut.
Seine Augen strahlten unheilvoll. Alle Unsicherheit war von ihm gewichen. Ich nahm Abschied, nicht ohne mir noch einmal den roten Salon in seinem jetzigen Zustand einzuprägen. Das Bücherregal war in eine Ecke gerückt worden. Von draußen waren Stimmen zu hören.
Fast wäre ich vor der Tür mit Jean-Pierre Arrat zusammengestoßen. Er trug noch immer die breite Halsbinde, die ich schon früher an ihm bemerkt hatte. Sein Gruß war oberflächlich, als schiene er sich nicht an mich zu erinnern, doch aus dem Augenwinkel sah ich, wie er Dampmartin, der mich hinausbegleitet hatte, fragend ansah.
Zwei eigenartige Gestalten folgten ihm auf dem Fuß: ein schmutziger, dürrer Knabe von vielleicht zwölf Jahren und ein kleiner krummer Mann mit Kinderbeinen, breitem Rumpf und ausgedehntem Schädel. Dieser Kopf bestach durch zwei große dunkle Augen in einer hochgewölbten Stirn, die von feinem blauen Geäder durchzogen war. Sein Blick schien mich zu verfolgen, bis ich am Fuße der Treppe angelangt war und in die Abenddämmerung hinaustrat.

10

Ich erspare meinen Lesern den Bericht meiner vermischten Betrachtungen über Arrat, Dampmartin, die beiden seltsamen Personen, über Harfenspiel, Swedenborg, Walzer, Guillotine, entblößte Schultern und versetze sie ohne weiteren Aufschub in die Kälte des Altjahrabends …

Die Temperaturen fielen auf unerahnte Minusgrade. Selbst unsere im Extremen erprobte Laune gefror. Jérôme zeigte sich keineswegs erbaut von der Aussicht, mit allen Größen des Preußischen Staates auf engstem Raume zusammengepfercht zu sein. Doch verglichen mit mir war er geradezu gelöst und vergnügt. Mich quälte die schreckliche, grauenhafte Einsicht, dass ich schlicht nichts anzuziehen hatte – ein Umstand, der weit schwerer wiegt als etwaige Unkenntnis über die Hintergründe eines dreifachen Mordes. Daran, ihn aufzuklären, wagte ich an diesem Abend schon fast nicht mehr zu denken.

»Männermode, pah! Du hast es leicht! Ziehst einfach eine hübsche blaue Jacke über, steckst ein paar Orden an, schlingst Dir eine weiße Halsbinde um und bist fertig! Ich dagegen …«

Es dauerte lange, das Richtige zu finden, und die Suche zerrte an meinem Nervenkostüm. Eisenhart und undurchdringlich wie einen Harnisch hätte ich es mir gewünscht. Am Ende lief es auf eine Variation des Hochzeitsfestkleides hinaus: Eine weiße Chemise mit einer bleumoranten Schärpe und einem gleichfarbigen Seidenschal aus Anne de

Pouquets Besitz, dazu trug ich einen Mousselinturban – in der Farbe des Rotfuchsmantels.
Die Berliner veranstalteten bereits seit Stunden gehörigen Jahresendzeitlärm, obwohl es gerade mal halb zehn Uhr am Abend war, als wir uns die hoffnungslos vereiste Wilhelmstraße entlangtasteten. Wir hätten die Fußkufen mitnehmen sollen, denn *l'Être suprême* hatte aus Spaß den Boden tiefgefroren, die Luft aber wieder warm werden lassen. Der Regen, der seit dem Nachmittag sprühte, machte die Straßen zu Schlittschuhbahnen.
Als wir zum vereisten Palais abzweigten, das wie eine glasierte bunte Kastenpastete aussah, füllten die Kutschen bereits in Zweierreihen die Zufahrt. Ein solches Wagenspalier war man nur vom Platz neben dem Königlichen Opernhaus gewohnt. Direkt vor der Mitteltür parkte eine elegante nachtblaue Berline mit vergoldeten, vielfarbig ausgemalten Wappenschilden, Lampen und roten Zierleisten – des Königs Kutsche. Der geschlossene rote Landauer des Kronprinzenpaares stand dahinter, gefolgt von den farblich gedeckteren des Justizministers (grün) und des Außenministers (schwarz).
Als wir den Salon betraten, herrschte schon drückende Enge. Die Hausherrin grüßte im Vorbeifliegen, wohingegen uns zwei Polizeioffiziere mit Argwohn musterten. Auch ihr oberster Chef war zugegen. Er hielt mit Wöllner Kriegsrat, bevor er sich, eisig grüßend, hinausstahl. Seine Beamten waren gut verteilt, aber entspannt wirkte er nicht.
Die Luft im Raum war schwül, fast drückend, denn der riesige Kachelofen kochte. Allein die Körperwärme der etwa sechzig Gäste hätte genügt, den Salon wohlzutemperieren. Der Kamin indes gähnte vor Leere, denn sein Knacken hätte die Musikdarbietung gestört. Ein Buffet war vor sei-

ner Höhlung aufgebaut, an dem sich schon alle gütlich getan hatten, als wir eintraten.
»Die Kleidersorgen meiner Frau ließen mich fast verhungern …«, alberte mein gefräßiger Mann und schnappte die letzten zwei Canapées mit *Foie gras*. Ich verzichtete trotzig, als er mir eins hinhielt. Ich hätte in diesem Moment nichts hinunterbekommen.
»Marquise, ist alles zu Ihrer Zufriedenheit? Marquis?«
Der Diener Karl.
»Herr Groth! Wollten Sie nicht aufs Land? Was anderes anfangen? Von einer Gastwirtschaft vor der Stadt wird erzählt.«
»Ich werde das Schlösschen vor dem Frankfurter Tor erwerben. Heute Abend bin ich nur aus Anhänglichkeit und Gefälligkeit hier! Vielleicht zum letzten Mal in diesem Haus … Es ist wie eine Verneigung vor den Mauern, vor den Toten und den Geistern der alten Könige.«
Eine merkwürdige Formulierung für einen Diener, der angeblich nichts von der Negromantie seines Herrn mitbekommen hatte. Indes war er ja Zeuge meiner kleinen Befragung geworden und wusste, was Bonneheure über Anne de Pouquet und die Schule der Reinen gesagt hatte.
»Ist es nicht wahrhaft demokratisch, wenn sich ein König unters Volk mischt?«, fragte lachend ein junger Mann im weinroten Frack, der sich als Achim von Arnim vorstellte.
Jérôme – als halber Liberaler mit zwingender Seelennotwendigkeit auch halb eingefleischter Aristokrat – entgegnete:
»Seine Majestät beherzigt nur die allseits erprobte Regel, dass solche Gesellschaften für die vergnüglichsten gelten dürfen, bei denen wir den Minister neben dem Witzling, den Dichter zur Seite des Prinzen erblicken, und den geckenhaften Stutzer, als der ich mich selbst hier fühle, neben einer revolutionären Schönheit wie meiner Frau …«

»Deren Garderobe den höchsten Beifall aller Jugend im Saale findet!«, sagte der Jüngling, sich herausfordernd umsehend, worauf die Amtsratsgattinnen X und Y, die mich bis dahin mit unduldsamer Ungrazie beäugt hatten, ihr Interesse auf den Kronleuchter richteten und zischend ein *Uuunmöglich!* hören ließen.
Während Arnim in seiner wortreichen Entgegnung nach Art der moderne Schule munter Politik und Ästhetik vermengte und partout in des Königs Herablassung mehr Bedeutung erkennen wollte, besah ich mir den korpulenten, kegelartigen Mann, von dem da die Rede war. Sanft, wie ein großer, abgerundeter Dreidel, kreiste der Monarch in der Verehrung, die ihm die Berliner aller Couleur bezeugten. Auch wenn ein paar Meter Distanz zwischen uns lagen, sah ich die allmählichen, aber untrüglichen Vorboten von Krankheit und Auflösung. Den Ammenmärchen der Astrologie war er verfallen und ein ernstmeinender, durchaus bekennender Verfechter der Geisterwelt, vom Wiedererscheinen auf dieser Erde, vom Heimgesuchtwerden der Lebenden durch die Toten. Das hatte mir die Karsch erzählt, bei der er früher oft zu Gast gewesen. Jeden forschenden Beobachter menschlicher Widersprüche und Schwächen musste es in Erstaunen setzen, zu sehen, dass ein Staatslenker auf diesen Graten am Rande des gesunden Menschenverstandes wanderte und einen Glauben in sich aufnahm, der zur Gefahr für das klare Urteil in der Krise zu werden drohte.
Bonneheure driftete vorüber und sagte, mich aus meinen dunklen Gedanken reißend:
»Prinz Louis Ferdinand sucht einen neuen Adjutanten. Ich habe gute Aussichten!«
Das freute mich für ihn, denn die Trauer um die Geliebte würde ihn ohne Hoffnungsschimmer sicherlich zerbrechen

lassen. Ich erblickte Bischoffwerder und Wöllner mit Arrat und Dampmartin. Und da stand Schadow, der Göttliche, mit seiner Ehefrau Anna, ein schalkisch dreinblickender dürrer Hecht mit Knollennase! Heim sprach angeregt mit Göttler und dem Schmiedemeister Jury, von dessen zwölf Töchtern nur Rieke anwesend war, die der Siegesgöttin für die neue Quadriga auf dem Brandenburger Tor Modell gestanden hatte.

Göttler sagte etwas, das sich auf das prächtige Instrument der Herzogin von Argenteuille bezog, welches im Zentrum neben dem Hammerklavier auf seine klangliche Erweckung wartete. Arnim fragte mich:

»Finden Sie nicht auch, Madame, dass man eine Harfe auf einen Schlitten packen, ein Gespensterlaken darüberwerfen und mit diesem Segelboot über den Lindencorso fahren sollte in dieser verrückten Nacht?«

Zwei andere Herren, Gläser mit Champagner in Händen, nickten grinsend.

»Das da sind Tieck und Wackenroder! Die beiden planen eine Reise zum Mond!«

»Luna scheint mir der rechte Ort für Sie alle zu sein!«, entgegnete ich, was das Trio nur erheiterte.

»Madame, wie schlagfertig! Wir dachten eher an eine Bilderfolge für Ihren Wunderprojektor!«

»Wo steht er?«, fragte ich. »Ich sehe ihn nicht!«

Sie deuteten zum Nebenraum, wohin ich mich nun begab. Im Vorübergehen sah ich eine Glasharmonika, ein wimmerndes Instrument aus rotierenden Glasglocken, ideal für Geistermusik. Ich hörte, wie Beatrice de Grève die Hofmeisterin Voss fragte:

»Glauben Sie an Geister?«

Die alte Dame schaute entgeistert auf das Bild des Gespenstes, welches eben aus unserer Laterna magica im kleinen

Raum vor der Küche an die helle Wand geflogen war, dann wandte sie den Blick irritiert zur Decke. Diese Abendbelustigung ging sichtlich über ihren Verstand. Ein Tablett mit Champagnergläsern und kleinen salzigen Keksen schwebte vorüber, und ich griff nun doch gierig zu.

Die Zauberlaterne ruhte strahlend auf einem hohen Postament, das normalerweise für eine Vase gedacht war. Ich stellte mich ans Fenster und sah in den Park hinaus, den die Feuerwerker mit Fackeln illuminiert hatten. Eine lange Reihe von Flammenschalen zog sich zur fernen Mauer hin. In abgezirkelten Abständen waberten Lohen auf. Dieser König war ein Zauberer, dachte ich, ein dicker, Geld verschwendender Magier ... Auch die Parkruine war förmlich über Nacht zu wilder Ansehnlichkeit aufgestachelt worden.

In scheinbar trauter Harmonie bestaunten Kronprinzessin, Kronprinz und Louis Ferdinand, der Pianist des Abends, den Bildstreifen der Hochzeit, den Madame Tassaert entworfen hatte. Die Schwester von Schadows Lehrmeister stand neben den Hoheiten und freute sich, dass ihr Werk ankam.

Jetzt sahen sie mich und winkten. Ich trat auf Antoine de Paul zu, der selbstgefällig vor dem gelangweilt wirkenden Zelter und zwei Sangesbrüdern aus der Singakademie dozierte, indem er auf ein Notenblatt tippte:

»Seine Majestät haben besonders das treffliche Cis gelobt! Wir haben des Prinzen Komposition daher transponiert! So ist es viel stimmiger, nicht wahr, meine Liebe?«

Er hatte den Kopf zu Beatrice de Grève hingedreht, die ihm zunickte, lächelte und in der Luft dirigierte, schon leicht geistesabwesend, wie ich es bei darstellenden Künstlern oft beobachtet habe, kurz bevor es ernst wird. Dies war die Aufforderung an die Gäste, die Plätze im Saal nebenan einzunehmen. Der Kronprinz nickte mir zu.

»Haben treffliche Malerin ans Glas gesetzt! Dürfen reproduzieren – wünsche durchaus publike Verbreitung!«
Kronprinzessin Luise, die ich insgeheim bei mir schon meine junge Freundin nannte, tauschte währenddessen einen galanten Blick mit Louis Ferdinand, der nicht mit der Wimper zuckte, als er de Pauls Invektive hörte.
»Liebste Freundin! Sie sind doch nachher dabei?«, fragte sie und hob ihr Glas.
Ich nickte.
Sie schien nicht mehr zu wissen, was wir beredet hatten, zuckte die Achseln und piepste:
»Wie aufregend!«
»Ja – haben Sie Gelegenheit gehabt, in der Sache … Malmaison? Sie erinnern sich?«
»Die Franzosen können einfach am besten komponieren!«, sagte sie diplomatisch, de Paul anstrahlend, und, schon im Abgehen an der Seite ihres Mannes, flüsterte sie verschwörerisch:
»Ja, Majestät ist informiert. Die Polizei ist gewarnt. Sie dürfen aufatmen!«
Verdammt. Diesen Wink konnte ich gebrauchen. Ich atmete auf.
Louis Ferdinand lächelte mich an, mit einer Grandezza, die mich schwindeln machte.
»Wünschen Sie mir Glück, Marquise!«
Woher kannte er mich? Hatte sie ihm von mir erzählt?
»Bärbaum!«, sagte der Prinz, während er mich in den roten Salon geleitete. Aller Augen waren auf uns gerichtet, was nicht allein an meinem Turban, am Fuchs und der Chemise lag, sondern mindestens ebenso sehr an meinem Begleiter.
»Mein lieber Bär, mein Hofmeister, Georg Bärbaum! Ihr werter Herr Urgroßvater und er waren befreundet! Ich weiß noch genau, dass Sie am Tisch bei ihnen saßen, in den

Zelten im Tiergarten! Ich war noch ein kleiner Junge und habe von Ihrem roten Haar geträumt! Und nun werde ich von Ihrem Turban träumen!«
Ich hatte keine Zeit, mich groß zu verwundern und zu erinnern. Er ging zum Piano, und ich schlug mich, die Röte unterdrückend, zu Jérôme durch, der im äußersten Stuhlkreise um die Harfe und den Hammerflügel saß. Das war gut, denn so nahm ich mit meinem Kopfputz keinem die Sicht.
»Ein alter Freund?«, fragte er, durchaus so, dass es die Umsitzenden hören konnten.
»Ich war eben auch mal jung, mein Lieber!«, antwortete ich spitz. »Aber hab keine Angst! Das würde mir gerade noch fehlen, mein Schatz, dass du dich mit dem Prinzen von Preußen duelliertest.«
Er lachte, wirklich erleichtert, glaube ich, und wir lauschten Beatrice de Grèves warmer Stimme, die nun ertönte:
»Majestät erweisen meinem bescheidenen Haus unendliche Ehre! Durch Ew. Majestät Gnaden wurde aus einem im Sinken begriffenen Kahn ein stolzes, prächtiges Lustschiff! Ich spiele für Ew. Majestät und für die anwesenden Hoheiten des Kronprinzen und der Kronprinzessin zunächst und zur Einstimmung ein Werk von Antoine Francisque, dem bekannten Lautenisten und Komponisten aus St. Quentin. Monsieur de Paul hat das Werk für die Harfe bearbeitet. Seine königliche Hoheit, der Prinz von Preußen, wird die Güte besitzen, mich am Klavier zu begleiten. Ich will nur all denen, die sich nicht so ausgezeichnet in der Musik für die Harfe auskennen wie Ew. Majestät, noch zwei Worte zum Komponisten und dem Stück sagen. Um 1575 geboren, lebte Francisque zunächst in Cambrai, später in Paris, wo er 1605 gestorben ist. Sein 1600 entstandener *Schatz des Orpheus*, *Le Trésor d'Orphée*, ist eigentlich eine

Lautenkomposition, in der er vor allem volkstümliche Tanzweisen verarbeitet hat. Der Titel des Werkes spielt auf Orpheus an, der mit seinem Harfenspiel nicht allein Mensch und Tier, sondern gar den Hades anzurühren vermochte.« Sie machte eine Pause.

»Auch wir wollen heute Nacht den Zerberus und den Gott Hades durch unser Musizieren gütig stimmen. Wir wollen sie rühren, damit sie uns Zutritt zur Welt der Abgeschiedenen gewähren. Die Bewohner der Unterwelt wiederum wollen wir besänftigen, indem wir ihnen zeigen, wie sehr wir an sie denken. Und wir wollen nicht zuletzt die armen Seelen, deren Schicksale auf unbegreifliche Weise mit diesem kleinen Saal verknüpft sind, gnädig stimmen und sie anflehen, ihren Zorn nicht gegen Unschuldige zu wenden.«

Diese Worte berührten mich sehr sonderbar, und ich sah die Neugier und das Grausen in den Gesichtern der anderen. Der Mordsalon und seine Vorgeschichte waren für viele wohl wichtiger als die Harfenklänge. Die Lust am Absonderlichen hatte sie hergetrieben, die Schauerlust, die grausige Gier, den Fleck zu sehen, auf dem ein Mensch seinen Lebensodem verhauchte. Auch ich war ja keineswegs frei von der Begierde, das Schreckliche hautnah zu erleben, und wie die anderen fühlte ich mich in der Gemeinschaft sicher, was den Genuss am Grausigen verstärkte.

Der Schatz des Orpheus. Die magischen Arpeggien oder Harfenakkorde ließen die Bilder in meinem Geist tanzen! Ich sah die Schatzkammer im Boden und den kreisrunden Abdruck von etwas, das dort, auf Samt gebettet, gewartet hatte, ganz in der Nähe …

Während der Applaus aufbrauste und alles *Bravo*! rief, fragte ich Jérôme:

»Was erzählte man sich vom Duc de Roux?«

»Was sagst du, Liebes? Der Duc de Roux ... Wir waren bei seiner Hinrichtung!«
Die automatenhafte Stechwalzigkeit der Jérôme'schen Konversation frappiert mich mitunter. Er neigt dann dazu, zu längst überholten Punkten zurückzukommen, als glaube er nicht an die Beweglichkeit meines Geistes.
»Anne de Pouquet war das Medium der Gruppe! Kann es nicht sein, dass sie einen der alten Könige gemeint hat, als sie mir von einem Besucher schrieb und vorschwärmte? Was meinst du?«
»Na klar, einen Valois, wahrscheinlich den Ersten!«, war seine lachende Erwiderung.
Der Beifall war abgeebbt, und in der Stille störte unser Getuschel. Beatrice de Grève sah vorwurfsvoll in unsere Richtung, bevor sie sagte:
»Giovanni Battista Pescettis c-Moll Sonate ist für Cembalo komponiert, lässt sich aber – nach einer Transposition von Felicien de la Maupadé – ebenso auf der Harfe spielen. Seine Königliche Hoheit, der Prinz von Preußen, fügte Stimmen für Klavier und Glasharmonika hinzu.«
Hierauf sah sie de Paul seltsam zärtlich, dann den Prinzen sehr ergeben an und neigte zum Beschluss den herrischen Kopf leicht gegen den König. Dieser flüsterte der Dame an seiner Seite etwas zu, bevor er sich wieder auf den Vortrag der beiden Künstler konzentrierte. Was die Rietz wohl an ihm fand? Geld? Geld ... als Beweggrund auch bei Diebstahl, Raub und Mord sehr verbreitet und beliebt.
Die Musik des Italieners erhielt noch mehr Bravos als die des Franzosen, woran die schauerlich-schönen Heultöne der Glasharmonika nicht wenig Schuld trugen, die Prinz Louis Ferdinand mit angefeuchteten Fingern hervorbrachte. Sowohl die Hände des Pianisten als auch die der Harfenistin schienen nun bereit zu sein für de Pauls vier-

sätzige Kammermusik. Der Chor nahm Aufstellung, eine Violine und ein Cello kamen hinzu.
Fehlt nur die Flöte, dachte ich und dachte kurz an die beiden einstigen Hausbewohner, die nun vielleicht draußen froren, um später meinen Heimweg zu beschatten.
Der Komponist, nach devotester Danksagung an den königlichen Mäzen und die Kronprinzessin für ihre Duldung der Zueignung, verlor einige Worte über seine Arbeit, indem er die Besonderheiten eines Klaviertrios mit kleinem Chor und Harfe erläuterte. Als sich de Paul in der Hervorhebung der eigenen Bedeutung zu verlieren schien, hüstelte die Hausherrin, auch wohl aus der Furcht heraus, die Tatkraft der mühsam erwärmten Finger könnte über den tauben Worten wieder ersterben, sodass er endlich schwieg und den Musikern das Wort überließ.
»Wenn dieses Getön die Geister besänftigen soll ...«, hörte ich Jérôme wie durch aufkommenden Nebel neben mir sagen. »Es wird sie eher bis aufs Blut reizen und aus den tiefsten, stillsten Grüften in unsere Welt emporpeitschen, damit sie uns an die Gurgel fahren!«
Mir blieb auch so die Luft weg: Arrat, der schräg gegenüber saß, zog eine kleine Dose und nahm etwas in den Mund. Nein, keinen Kautabak, dem Knirschen nach zu urteilen, sondern eine Kaffeebohne!
Wenn mir zu viele Gedanken gleichzeitig durch den Kopf gehen, ist das Resulat ernüchternd. Ich starrte auf Arrat, ohne dass sich etwas in mir lösen wollte. Erst Fanfaris *Eau admirable*, das von der Kronprinzessin herüberduftete, erfrischte mich und stärkte meine Sinne. Die Kannenform des Kachelofens tat das Ihre, endlich die Kaffeebohnen im Schnee vor mir zu sehen.
Ich sah noch mehr: In seltener Klarheit wanderte der selige Dampmartin fackeltragend durch den verwilderten, tief

verschneiten Palaisgarten zur nächtlichen Geisterbeschwörung. Ahnungslos schritt er an dem heimlichen Beobachter vorbei, der seitlich, hinter einem Stamm verborgen, in der Dunkelheit wartete und zum Zeitvertreib seine Kaffeebohnen kaute. War der Mann, den die beiden Hausmädchen von ihrem Dachfenster aus gesehen hatten, folglich Arrat gewesen? Das Bild der Spuren im Park passte dazu: einmal hin, einmal her. Blieben zwei weitere, von denen einer (einmal hin) Dampmartin gewesen war. Blieb ein dritter. Einmal her …

Der Applaus für die de Paul'sche Kammermusik geriet verhalten und gerann schnell. Der König gähnte und flüsterte seiner Liebsten etwas ins kleine Ohr, die darob hellauf kicherte. Das Publikum erhob sich. Die Kronprinzessin raunte im Vorübergehen, ihren Fächer munter zur Verbreitung des Fanfari'schen Ruhmes einsetzend:

»Walzer ist mehr nach meinem Geschmack!«

Beatrice de Grève und der Harfenmeister Göttler trösteten den armen Tonsetzer. Der Prinz von Preußen unterhielt sich dagegen mit Zelter und den Sängern:

»Meine Tante hat mich in der für mich richtigen Applikatur unterwiesen. Auch fürs Komponieren gab sie mir ein paar gute Ratschläge mit auf den Weg. Das Wichtigste: *Die Nebenstimmen dürfen nie wie Nebenstimmen behandelt werden.* Mit leicht spöttischem Blick zu de Paul fügte er hinzu: Und sie sagte stets, *man habe das Gefühl in Form zu bringen, nicht bloß Form ins Gefühl!*«

Die Anwesenden waren ermattet und aufgewühlt zugleich. Zwiebelförmige Taschenuhren wurden gezückt: kurz nach elf. Der Hinweis der Hausherrin, dass bei den draußen aufgestellten Feuerschalen Punsch und Coffee für die innere Erwärmung bereit stünden, damit jeder bis zum fulminanten Feuerwerk bei Laune gehalten werden könne, wurde mit Freudenbekundungen beantwortet. Zelter und die Sänger brachten ein kleines Loblied auf die Hausherrin und auf den König aus. Dann strömte das Gros der Besucher hinaus. Ich sah den Polizeichef am Eingang sich mit Wöllner besprechen. Im Palaisgarten detonierte ein verfrühter Böller. Jubel war zu hören, das gemeine Volk amüsierte sich prächtig.

Unterdessen wurde der Saal für die okkulte Sitzung hergerichtet. Geduldete Gäste außer Jérôme und mir waren Heim, Göttler, de Paul und Bonneheure. Bei uns war es die Einladung Dampmartins, die den Weg geebnet hatte; wie es die anderen zuwege gebracht hatten, weiß ich nicht. Bonneheure schien mit dem Prinzen handelseinig geworden zu sein und wurde zum Dableiben bewegt, obwohl er sich zierte. Göttler, der mir so gar nicht in die geheime Gesellschaft passen wollte, war vielleicht Gold- und Rosenkreuzer? Möglicherweise lag es aber auch in Dampmartins und Arrats eigenem Bestreben, dass alles offen vor sich gehen und den Anschein von Nachprüfbarkeit haben sollte. Dass der Polizeichef mit dabei war und die Minister Wöllner und Bischoffwerder, verstand sich von selbst.

Die Lakaien rückten Klavier und Harfe an die Wand, rollten schwarze Stoffe über die Fenster, formten einen Kreis aus Stühlen, entfernten die überschüssigen und dann sich selbst. Dampmartin führte den Magier und sein Medium, den Kleinen mit den Punkten im Gesicht, herein, und ich erkannte trotz ihrer täuschenden orientalischen Verkleidung sogleich die abgehärmten Gestalten wieder, die mir vor zwei Tagen in Begleitung Arrats auf der Treppe begegnet waren.

Ich erwartete, dass wir uns, ganz wie in Schillers *Geisterseher*, in den andern Raum begeben müssten, damit die Be-

trüger den Salon gehörig manipulieren und uns dann rufen würden. Doch nichts dergleichen geschah. Wir wurden von Arrat persönlich auf unser besonderes Ehrenwort verpflichtet, ein ewiges Stillschweigen über das zu beobachten, was wir zu sehen und zu hören bekämen. Ich muss es nun brechen, man wird es mir nachsehen … Die Türen des Salons wurden abgeschlossen. Distel hatte an allen Zugängen zur Dampmartin'schen Wohnung Posten aufgestellt.
Es war schon weit nach elf, und eine tiefe Stille herrschte im ganzen Hause. Die Kerzen des großen Leuchters waren allesamt, als sei es so berechnet, bis auf Daumenbreite heruntergebrannt. Einige Standleuchter warteten frisch bestückt auf ihren Einsatz, und sechs große Sturmlaternen waren auf die Spitzen eines Hexagramms aus weißen Bändern aufs Parkett gestellt. Ein Tier kratzte auf dem Oberboden, es polterte ein Laden, wie es in alten Häusern in der Nacht zumeist geschieht. Mein Herz klopfte schneller als gewöhnlich, und ich schalt mich etwas dafür.
Gut, nach dem Konzert wieder etwas auf den Beinen zu sein. Ich trat beherzt zu dem Kreis um den König.
»Haben Majestät schon einmal an einer Zitation teilgenommen?«, fragte Heim scheinheilig. Er wusste es doch erklärtermaßen besser. Der König lächelte über das willkommene Stichwort und antwortete mit weicher Stimme:
»Durchaus, lieber Doktor! Die Geister zeigen sich mir in regelmäßiger Folge. Besonders der Geist meines armen Alexanders ist es, der mir für gewöhnlich erscheint.«
Er sah die Rietz, Mutter seines früh verstorbenen Lieblingssohnes, zärtlich an, die eine verklärte, nonnenhafte Miene aufgesetzt hatte. Man erzählte sich, das Anderle sei vergiftet worden.
Der Magier war hinzugetreten und hatte sich vor dem König verneigt. Er trug am bloßen Hals ein honiggelbes

Amulett – einen chaldäischen Skarabäus an einer Kette von Menschenhaaren, wie er auf Nachfrage erklärte. Dann sagte er mit einer tiefen, dunklen Stimme:
»So wie gerade jung verstorbene Knaben leicht zum Mittler zwischen den Welten werden, so verfügen die Lebenden über die Gabe, die Seelen der Toten aus dem schwarzen Spiegel zu ziehen.«
»Er meint, aus dem See der Abgeschiedenheit!«, setzte Beatrice de Grève erklärend für alle Unbedarften hinzu. Sie war mit dieser Materie sichtlich vertraut und kannte den Magier und den Kleinen mit den Sonnenflecken offenbar bereits näher.
»Auch der Marquis de Betmar und der Graf von St. Germain«, fuhr sie fort, »arbeiteten mit Aureolen oder Gloriolen. So nannten sie die erweckten Kinder, die ihnen die Geister an den Händen herbeiführten.«
Ich sah den Magier und seine Gloriole vor mir, wie sie auf den Jahrmärkten ihre Beschwörungen in einer zerlegbaren, bunt bemalten Bretterbude abhielten. Der Alte war gut geschminkt, das verdiente anerkannt zu werden. Das schmale Gesicht des Knaben trug die herbe Spur der Blattern, was gut zu seiner Rolle passte.
»Er beherrscht das Deutsche nicht«, sagte der Alte. »Worte der Geister repetiert er in der jeweiligen Landessprache, ohne auch nur eine Silbe zu verstehen. Sein Organ muss für Ihre Ohren schwer verständlich klingen.«
Er sagte etwas zu dem Jungen in einem fremdartigen, vielleicht erfundenen, abgehackten Idiom, das wie das Maßregeln eines unfolgsamen Tieres klang, worauf der Kleine lachte und einen Laut ausstieß, der Wohlgefallen zu signalisieren schien. Er begab sich in den Stuhlkreis. Dampmartin, Arrat und der Diener Karl waren mit dem Aufbau einer Art Altar beschäftigt.

»Haben Majestät nicht Angst davor, betrogen zu werden und den Einflüsterungen banaler Geister zu lauschen?«, konnte ich nicht umhin den König zu fragen.
Polizeichef Distel neigte seinen Kopf flüsternd zu dem Wöllners, der seinen Kopf flüsternd dem der Rietz näherte, die ihrem gewichtigen Liebhaber daraufhin lächelnd etwas einflüsterte. Der König sagte:
»Marquise, ich freue mich sehr, dass Sie und Ihr Gatte Zeugen dieser kleinen Demonstration der Geisterkunde sein werden! Als Aeronauten vertreten Sie heute Nacht sozusagen die Wissenschaft – die ich nicht minder schätze, vor allem, wenn ich sie in einer polierten Kugel aus Glas finde oder durch eine verzerrende Linse betrachte ... Für sich genommen ist sie mir zu trocken.«
Er hob seine Champagnerflöte. Man lachte zu dem schwachen Scherz, wohingegen ich mich auf die Schippe genommen fühlte. Der König sprach weiter:
»Ich habe meiner Bewunderung Ihrer magischen Apparate schon Ausdruck verliehen – doch ich bin sicher, dass uns heute nichts dergleichen erwartet. Auch ist es noch immer zweierlei: etwas vorgespielt zu bekommen ...« Hier lächelte er sehr zweideutig in Richtung Bischoffwerder, der es möglicherweise wirklich schon mit der Geisterlampe versucht hatte, nach der von mir vorgeschlagenen Methode vor dem König ein bewegliches Spektrum zu projizieren, »... und das Spiel zu bewerten. Ich darf Sie versichern, Marquise, dass ich meine Gespenster wohl einzuschätzen und ihre Einflüsterungen abzuwägen weiß. Mein Großonkel schoss mit der Salzpistole auf querulatorisches Gelichter. Mein Onkel steckte die Abtrünnigen in entfernte Regimenter oder ließ sie das Purgatorium der Spießruten durchlaufen. Ich begnüge mich damit, meinen schlechten Beratern die Champagner- oder Wildbretration zu kürzen!«

Wieder wurde gelacht. Bischoffwerder war rot geworden. Der König nahm niemanden besonders ernst. Trotzdem empfand ich an dieser Stelle Sympathie für ihn.
Ein Gong ertönte.
»Lassen Sie uns Platz nehmen«, sagte Arrat, der sich neben den Magier inmitten des Runds von Stühlen gestellt hatte.
Zwei muselmanische Gebetsbänke, über Kreuz mit einem viereckigen schwarzen Tuch behangen, standen im Kreis, auf einem runden Teppich von rotem Atlas. Die eine der Bänke war vollgepackt mit kultischem Gerät: Ein Buch mit Chiffren und symbolischen Figuren lag bei einem Totenkopf aufgeschlagen, ein silbernes Kruzifix ruhte auf der Stirn des Schädels. Statt Kerzen brannte nur reichlich Spiritus in einer metallenen Schale. Einer Fahne gleich wehte die warme, gelbe Flamme in die Höhe. Daneben stand ein unscheinbarer, dickwandiger Topf, in dem sich, wie ein Heben des Deckels durch den Magier zeigte, glühende Kohlen befanden. Beide Gefäße waren mit Strohscheiben gegen die Unterlage isoliert.
Während wir in den magischen Kreis traten und die Stühle besetzen, sagte ich leise zu Distel, den das höchste Wesen mit treffsicherer Ironie neben mir platzierte:
»Man will dem König etwas vormachen, das den Staat viel Geld kostet!«
Er lächelte bitter und erwiderte, mit furchtsamem Blick auf Jérôme – offenbar bemüht, eine neuerliche ehrenrührige Standesverletzung zu vermeiden:
»Marquise! Wir haben das ganze Gebäude auf mögliche Attentäter abgesucht. Das heißt selbstredend: auch das Dach!«
Ich wollte dem Polizeichef nicht erläutern, dass sich die Vorgehensweise eines Attentäters wesentlich von der eines

Betrügers unterscheidet. Auch war beim Setzen kaum Zeit dazu. Also ließ ich es bleiben und fragte nur:
»Und die Briefe? Sind Sie immer noch nicht zur Lektüre gekommen?«
Ich dachte wieder an das zerbrochene tönerne Spielpferdchen, doch ich kämpfte meinen Groll hinunter.
»Leider trage ich sie nicht bei mir!«, spöttelte er.
Einer Eingebung folgend, fragte ich ihn noch:
»Lasen Sie in den Briefen Anne de Pouquets nicht zufällig etwas von einem Juwel, zum Zwecke von Beschwörungen benutzt? Ich habe mich vergeblich bemüht, eine solche Stelle zu erinnern. Aber ich habe den Verdacht, dass hier im Salon etwas von hohem Werte lag.«
»Wie kommen Sie darauf?«
»Ich habe den Hohlraum im Boden selbst gesehen und inspiziert! Er war leer. Wenn ich bloß einen Blick in die Korrespondenz werfen könnte.«
Arrat saß zwischen dem Prinzen von Preußen und Bonneheure. Er schielte zu uns herüber, unser Tuscheln irritierte ihn. Der Polizeichef sah mich ernst an, stand noch einmal auf und ging zu einer der Nebentüren.
»... sichergehen, dass alle Türen bewacht sind!«, hörte ich ihn zu Wöllner hin murmeln.
Ich prägte mir die Sitzordnung ein: Auf Distel und Wöllner rechts neben mir folgten Dampmartin, Bischoffwerder, Heim, Beatrice de Grève, der gewesene Sekretär Bonneheure, Arrat, der Prinz von Preußen, die Rietz, der König, Kronprinzessin und Kronprinz, der Komponist de Paul, Jérôme und wieder ich. Distel hatte seinen Kopf hinausgestreckt, etwas zu einem vor der Eingangstür stehenden Beamten gesagt und war wieder zurückgekommen. Der Magier wartete in stummer Versenkung, bis völlige Ruhe einkehrte. Daraufhin warf er eine Handvoll Olibanumharz

in die Feuerschale. Ein dicker Schwall von Weihrauch vernebelte die Sicht.

»Ich bitte die Anwesenden, nur über Monsieur Dampmartin oder mich zu den Erscheinungen zu sprechen und auf keinen Fall direkt das Wort an sie zu richten!«, sagte er.

Der alte Karl schloss die Blenden der Laternen bis auf kleine Schlitze. Die Strahlen waren vom Kreis der Sitzenden weggerichtet. Der Diener verharrte kurz und scheinbar verwirrt an einer Stelle. Es war genau bei dem Parkettstreifen über der Aussparung. Der Magier murmelte ein *Silentium* und fragte den König mit schmelzender Stimme, wen er rufen solle.

»Meinen kleinen Alexander!«, antwortete der Herr über alle Preußen.

Die Lichter des Kronleuchters, welche bislang über uns ein warmes, weltenfernes Licht geworfen hatten, flackerten – die Kerzen waren heruntergebrannt, und die Blicke versammelten sich in der Höhe. Flammenreste kämpften gegen die Schwärze an, bevor sie mit dem Signal aufsteigenden Rauchs kapitulierten. Die schmalen, gegen die Wände rundum gerichteten Lichtstreifen aus den Blendlaternen erhellten notdürftig den Raum. Inzwischen aber hatten sich die Augen an die reduzierten Lichtverhältnisse gewöhnt. Nach etwa zwei Minuten, der Weihrauch löste sich auf, erhob sich schauerlich langsam eine Gestalt neben dem Altar!

Die Kronprinzessin schrie schrill auf, die Rietz fasste den Arm den Königs fester. Der Knabe, die sogenannte Gloriole! Die ganze Zeit über hatte dieser Helfer, in blauen Atlas gehüllt, vor der Feuerschale und dem Totenkopf gelegen, als sei er eine zweite, leere Altarbank. Ein kleiner Schauer lief auch mir über den Rücken …

Der Magier nahm den Deckel von dem kleinen dickwandigen Topf und warf ein Pulver auf die glühenden Kohlen,

das – nach dem Effekt zu urteilen – wohl Kaliumpermanganat war: Es zischte, prasselte, roch streng, und ein Funkenregen sprühte bis vor unsere Füße. Beschwörend schärfte uns der Magier noch einmal ein, dass nur Dampmartin und er Fragen an die Erscheinung richten dürften. Das Gesicht gegen Morgen gerichtet, stellte er sich sodann auf den Teppich, sprengte Weihwasser nach allen vier Weltgegenden und neigte sich dreimal gegen das Zauberbuch. Er strickte einige unverständliche Formeln in die Luft, in dem von mir als Hirtensprache gebrandmarkten Idiom, fasste den Jungen bei den Händen und murmelte einige weitere Formeln auf Latein. Nur eine behielt ich:
»*Sator arepo tenet opera rotas …*«
Jetzt hieß er uns einander die Hände reichen und eine tiefe Stille beobachten. Ich schauderte bei dem Gedanken, die Hand des Polizeichefs anfassen zu müssen. Mit einem Seitenblick konnte ich im Düsteren sehen, dass Distel genauso empfand. Dennoch verfolgte ich, nicht minder gebannt als die anderen, wie die Gloriole nun in heftige Zuckungen verfiel.
Der Magier rief den verstorbenen Alexander mit Namen, klopfte dabei mit einem Hämmerchen gegen die volltönende Feuerschale und verdrehte das metallene Kruzifix auf dem Totenschädel – – –
Ein Streich wie vom Blitze machte, dass unsere Hände auseinanderflogen. Ein plötzlicher Donnerschlag erschütterte das Haus, und über unseren Häuptern dröhnte ein Poltern, so grausig, dass mir die Haare zu Berge standen. Schwere Schritte liefen über den Boden des zweiten Stockwerks, sodass man im ersten meinte, die Decke käme herunter. Der Kristalllüster klirrte, und der Alte schrie mit brüchiger Theaterstimme:
»Der Kreis der Hände ist geöffnet! Der Geist, kurz davor,

vom Elysium herabzusteigen, entfloh wieder! Lasst es uns noch einmal versuchen, und lasst die Hände diesmal nicht los! Fürchterliches könnte sonst geschehen!«
Der Junge begann wieder zu zittern. Drei Rufe, drei Signalschläge – diesmal drehte der Magier das Kruzifix am Schädel nur kurz, daher gelang es uns, die schweißfeuchten Hände unserer Sitznachbarn trotz des heftigen Stoßes, den wir verspürten, festzuhalten. Schwere Tritte ertönten erneut über uns. Der Junge wurde starr und veränderte auf eine unheimliche Weise seine Gestalt. Er stand aufrecht und hielt den Kopf etwas gesenkt.
»Wer ruft mich?«, sagte er mit hohler, kaum hörbarer Stimme, die allen das Blut erstarren ließ (auch mir, ich muss es eingestehen).
»Deine Eltern«, entgegnete der Magier, »die dein Andenken ehren und für deine Seele beten!«
»Alexander! Bist du es? Mein Anderle!«, rief der König und unterbrach kurz den Kreis.
Die Gloriole schwankte, der Magier zischte und hob betend die Hände, worauf der König mit schuldbewusster Miene so schnell, wie seine Verwirrung es zuließ, den Kreis wieder schloss. Die Rietz schaute ihn lächelnd an, wie man ein Kind betrachtet, von dessen Unverstand man überzeugt ist, dem man aber nichts Böses will. Die Geisterstimme brachte einige unverständliche Laute hervor, dann sagte sie klar:
»Mein Vater, bist du wohlauf?«
»Sagen Sie ihm, dass ich mich durchaus gut befinde! Und fragen Sie ihn, was er am liebsten aß, wenn er in meinem Beisein war!«, verlangte der König ernst.
Der Knabe wiegte sich, um Wohlbefinden anzudeuten, und sagte:
»Pomeranzen aß ich am liebsten mit dir, lieber Vater!«
Am Nicken des Königs konnten wir erkennen, dass der

Geist offenbar den rechten Geschmack erinnerte. Die Erscheinung fragte durch den Mund des Knaben:
»Was wünschst du zu erfahren, mein lieber Vater?«
Dem König fehlten kurz die Worte, und schon wollte sich Dampmartin einschalten, und begann: »Dein Vater wünscht zu erf...«
Aber der König konnte für sich selbst sprechen und fuhr dazwischen:
»Wurde die heilige Koalition verraten?«
Der Magier berührte den Schädel, und wir spürten alle einen kleinen Schlag.
»Bitte frage genauer, Vater! Welche Koalition meinst du?«
Dampmartin holte sich mit einem Blick beim König die Erlaubnis, ihn zu unterstützen.
»Dein Vater wünscht zu erfahren, ob er in einer wichtigen Angelegenheit so verfahren soll, wie seine Berater ihm empfehlen.«
Die Gloriole fragte mit heller Stimme:
»In welcher Angelegenheit?«
»In einer kriegerischen Frage!«
Der Knabe warf sich in die Brust.
»So frage nur, Vater!«
»Gestattest du, dass ich für ihn frage?«, fragte Dampmartin.
»Ja, ich gestatte es!«
»Gestatten Eure Majestät, dass ich die Gloriole frage, was Eure Majestät zu erfahren wünschen?«
»Ja, ich gestatte es. Fragt meinen lieben Alexander: Soll ich die katholische und königliche Armee mit meinem Gelde unterstützen?«
Wöllner und Bischoffwerder hatten ihm diese Frage sicher zuvor ans Herz gelegt.
Dampmartin fragte, was der König gefragt.
»Ja, mein Vater, das sollst du wohl, denn ohne deinen Bei-

trag wird sie niemals stark genug sein, dass ihr Arm herniederfahre und die Königsmörder zerschmettere!«
Beatrice de Grève stöhnte auf, und auch die Kronprinzessin seufzte.
»Soll ich das Geld dem Bruder des Mannes geben, dessen Stammschloss den Namen Malmaison trägt, dem Bruder des in diesem Raume tragisch verstorbenen Comte de Mâconnais-Rambouillon?«, ließ der König fragen.
Der Magier schlug einmal den Feuerschalengong. Das Haus erzitterte von Neuem. Das Poltern über uns verharrte, der Kronleuchter klirrte. Der Junge raufte sich die Haare und sagte laut:
»O nein! Gib es den hier anwesenden ehrenwerten Brüdern Freimaurer, die dich gewarnt! Dem Deserteure und Defraudeur de Mâconnais-Rambouillon aber gib nichts! Er hat die Krone verraten!«
Ich ließ die Hände von Jérôme und Distel los. In meinem Kopf regte sich etwas, und ich erschrak zu Tode. Ein blauer Schein flog über die linke Wand …
Der Junge stand verdutzt und sagte laut und vernehmlich:
»Jesses!«
»Kruzi…!«, entfuhr es dem Alten, und er drehte an dem Kreuz, worauf das Poltern wieder über uns war.
»Das Kreuz löst einen Kontakt aus!«, flüsterte ich Distel zu. »Wir bekamen elektrische Stöße, und auch der Spießgeselle ein Stockwerk über uns poltert auf ein Zeichen …«
Der Polizeichef stand auf und sagte etwas zu Wöllner. Dann stürzte er zur Tür, fiel jedoch über eine der Blendlaternen. Sie kippte um, und das Öl fing sofort Feuer. Während Distel sich mühte, die an seiner Hose züngelnden Flammen zu ersticken, wozu ihm die anderen helfend beisprangen, stürzte Wöllner auf den Knaben zu und packte ihn beim Kragen.

»Die Blattern sind aufgemalt!«, rief der entgeisterte Justizminister.
»Das war das letzte Mal, dass ich bei einer deiner Schnapsideen mitmache!«, schrie die betrügerische Gloriole den Alten an.
»Was unterstehen Sie sich, meine Herren!«, donnerte der König zu seinen beiden Ministern hin, aus einem liebgewordenen Traume aufgescheucht: »Mich solchen Scharlatanen auszusetzen! Welch ein Skandal! Und das vor allen Leuten ...«
Jérôme stieß mich an und zeigte mit blassem Antlitz auf eine blau leuchtende Figur, die unbeteiligt neben dem Kamin stand. Ich hatte sie schon längst gesehen und starrte wie gebannt auf sie – – –
Das Haus bebte, vom Kachelofen fielen lose Platten herab, und aus dem Rachen des Kamins prasselten Backsteine. Die Blicke aller richteten sich auf das blaue Leuchten. War die hohe Stunde der Mitternacht schon angebrochen?
»Das ist Karl, der Diener!«, rief ich aus. »Umgeben von einem Halo. Was sind das für Flammen? Brennt er?«
»Er ist es, und er ist es nicht!«, sagte Jérôme.
Der Diener tat ein paar wankende Schritte, sein Gesicht war das einer Leiche. Um ihn ein Mantel aus hellem, jetzt dunklerem Blau. Seine Augen, zuvor dunkel, wurden weiß. Die Augäpfel drehten sich nach hinten. Er zitterte, torkelte, fasste sich an den Hals und stammelte mit Grabesstimme:
»Urgroßvater, lass mich los! Lass mich los, du Quälgeist. Nicht schon wieder, nicht hier ...«
Er stürzte, rollte wie im Todeskampf, hockte wie ein Götze im Schneidersitz. Das Licht umgab ihn. Aus seinem Mund floss ein weißlicher Schleim, ein Schaum, es fuhren Fäden wie Tentakel eines Kraken heraus. Der Schock, der alle darob erfasste, war unbeschreiblich, doch erst vollkom-

men, als das blaue Licht sich aufrichtete: eine bläuliche Flamme von der Größe eines Kindes oder doch eines sehr kleinen Menschen! Dann kamen noch drei, vier, fünf, sechs kleinere! Sie fuhren wild durch die Luft, liefen über die Wände, schossen durch die entsetzte, gebannte Gesellschaft.

»Alkmene! Melpomene! Werdet ihr wohl manierlich sein! Treibt's nicht zu toll! Thalia! Ihr Rackers!«

Die Stimme ging uns allen durch Mark und Bein. Die größere Flamme setzte sich nun auch in Bewegung, man hörte ein Schnupfen und das Klacken eines Krückstocks auf dem Parkett. Ein fürchterlicher Donner fuhr uns in die Ohren, dass es schmerzte. Der Spiritus in der Flammenschale fing ohne Zutun wieder Feuer, die längst erloschen geglaubten Kohlen glühten so hell auf, dass der Kork darunter zu schmoren begann. Die Flammen des Laternenunglücks waren gelöscht, der Schwefelgestank, der den Salon nun erfüllte, schien von ganz woanders zu kommen.

Alle waren aufgesprungen und wichen langsam zurück. Die größere blaue Flamme oder Gestalt fuhr langsam auf uns zu. Die kleinen sprangen durch den Raum. Man hörte ein hallendes Bellen.

Neben dem Kachelofen standen nun Majestät und Mätresse, standen Prinzen und Prinzessin, standen alle Übrigen dicht gedrängt. Nur Jérôme und ich waren abseits geblieben. Da änderte das blaue Flammenwesen seine Richtung und hielt auf uns zu.

Nun, ich sehe schon die Stirnen sich runzeln und die unduldsamen Blicke der Leser, die meinen Worten jeden weiteren Kredit an Glauben verweigern. Auch werden sie ob meiner Furcht den viel zitierten Shakespeare zu Hilfe rufen, was – nebenbei bemerkt – auch eine schöne, überall auf der Welt geübte Geisterzitation zu nennen wäre: *Schwachheit, dein Name ist Weib!* Doch den Mann will ich sehen, der nicht wenigstens *Weiche, Satanas!* riefe, wenn sich unmittelbar vor seinem schreckgeweiteten Auge ein solches Gesicht manifestierte wie damals vor meinem!

Die Erscheinung war ein beweglicher Lichterflor, es sah aus wie ein leuchtendes bleumorantes Gewebe, dessen Fasern sich bewegten – kleine feurige Schlangen von der Farbe des blauen Inneren einer Kerzenflamme. Sie umspielten und umzüngelten einander unablässig, bis sie auf einmal das Gesicht eines alten Mannes formten. Oh, ich erkannte es wieder, dieses Gesicht, denn es musste jedem, der es einmal gesehen hatte, unvergesslich bleiben ... Es war nur eine bange Minute, in der die Gestalt mir nahe war, und sie schenkte mir nur einen einzigen langen Blick. Aber ihre eisblauen Augen raubten mir fast die Sinne, und ich hörte leise die Worte:

»Sie seindt vom rechten Schrot und Korn, Madame! Ganz vom Langustier'schen Schlag; das dünkt mich bei Sie im Blute zu liegen! Ein hübscher Turban übrigens ...«

Ich weiß nicht, ob ich es nur dachte oder wirklich zu der Flamme vor mir gewispert habe:

»Ich bin noch nicht am Ziel – etwas fehlt!«

Jérôme bestreitet, es gehört zu haben. Auch an die Entgegnung kann er sich nicht erinnern. Ich schon, hier ist sie:

»Es betrübt mir sehr, Madame, dass mich verboten ist, wie allen Toten, Ihnen anders als in Rätseln zu antworten. Bluttaten müssen recte gesühnet werden! Daher dürfen wir Geister den Lebenden, mit denen wir es gut meinen, Fingerzeige geben.« Hier machte er eine theatralische Pause, wohl um mir Gelegenheit zu geben, seine Hinweise sicher aufzufassen: »Die, die warten, seindt meist nicht die, die handeln. Wo einmal nichts ist, kann später etwas sein, das

gilt für Verstecke wie für Vorsätze. Schlechtes Gewissen ist unser Schlupfloch, und der Schatz ist da, wo die Musik spielt …«
Ich verstand kein Wort und muss wohl den Tränen nahe gewesen sein, denn die hohle Sphärenstimme, wie durch hundert Siebe gesprochen, klang begütigend:
»Madame, so seindt Sie *sans souci*! Der Erfolg und der Triumph über die üblen Kujons möge Sie genug Lohn sein.«
Ich war gelähmt und wiederholte mir krampfhaft, was der Geist gesagt hatte. Er lächelte, machte einmal scherzhaft: »Buh!« und entschwebte, ein *Au revoir!*, ein *Au plaisir* und ein *Votre serviteur!* wiederholend. Die blauen Bällchen umspielten mich bellend, eins versuchte nach mir zu schnappen, und ich spürte einen kalten Anhauch an der Hand.
»Persephone! Nausikaa! Mnemosyne! Bei Fuß! Ach ihr Süßen, ihr Rackers …«
Später war die Mehrzahl der Beteiligten – ausgenommen Jérôme und Heim – der Auffassung, es sei dies alles meiner überreizten Imagination anzulasten, obschon sie das Donnern, die Stimme und die Halos doch zweifelsohne ebenfalls wahrgenommen haben mussten! Den Sermon des alten blauen Königs wollten sie für eine bauchrednerische Leistung des Knaben oder des Vaters halten, auch wenn diese ängstlich abstritten, mit dergleichen Spuk zu schaffen zu haben (und auch beileibe nicht Geist genug dazu gehabt hätten). Leuchtende Figuren, grelle Lichter und Ausströmungen wurden so kategorisch in Abrede gestellt und für Sinnestrübungen erklärt, dass jeder, dem ich später meine Beobachtungen schilderte, mich für ein hysterisches, wahnsinniges Geschöpf hielt. Ich habe es daher aufgegeben, auf etwas anderem als der subjektiven Wahrhaftigkeit meiner Erinnerungen zu bestehen. Deshalb bleibte es dem Urteil meiner Leser überlassen, sich an meinem Bericht als

einer Arabeske zu ergötzen oder sie für bare Münze zu nehmen.
Die allgemeine Meinung der Beteiligten ging dahin, dass ein Wirbel der Täuschung uns erfasste, weil die Luft so vom Weihrauch, von den schwefligen Brandgasen des entflammten Bodenholzes oder dem brennenden Wunsche nach dem Außergewöhnlichen geschwängert gewesen sei und auch die Schwingungen der Erde wie eine Zerrüttung und Zerrlinse für unsere Wahrnehmung gewirkt hätten ... Eine seismische Erschütterung auf dem Schwarzen Berge der Kanarischen Inseln hat es tatsächlich in jener Stunde gegeben, und man hat sie, wie auch die berühmten Beben von Neu Madrid vor acht Jahren, an der Berliner Sternwarte registriert, aber ich will dennoch meine Beobachtungen keineswegs so billig auf schwankenden Grund gestellt wissen.
Ich weiß, was ich gesehen habe!
Dem furchtsam starren Blick des Königs habe ich entnommen, dass er wohl wusste, wer ihm im Folgenden mit nur einem einzigen Wort so trefflich die Leviten las ... Der alte erste Diener des Staates, der so oft *Dämonen*kammer statt *Domänen*kammer gesagt und sich über die Geisterfurcht der *Gespensterliese* von Kronprinzessin lustig gemacht hatte, sprach im letzten Akt seiner dämonischen Anwesenheit blechern, aber laut und deutlich durch die Lippen des am Boden liegenden alten Dieners. Auf Lungen und Mägen lastete der Alpdruck, als er sich uns wie folgt mitteilte:
»Bis zum letzten Atemzug haben meine Wünsche dem Glück des Staates gegolten. Ich habe gehofft, er möge stets mit Gerechtigkeit, Weisheit und Stärke regiert werden! Ich habe gehofft, er möge der glücklichste, in seinen Finanzen der bestverwaltete und durch ein Heer, das nur nach Ehre und edlem Waffenruhm trachtet, der am tapfersten vertei-

digte sein! Ich habe gehofft, er möge blühen bis ans Ende der Zeiten!«

Ein grässliches Heulen und Knistern lag in der Luft. Darauf schwoll der bläuliche Schein an und dehnte sich und quoll auf, bis er den ganzen Raum ausfüllte. Mit einem Fauchen zog er sich wieder zusammen und schob sich vor den amtierenden König. Schmeichelnd umfloss er die voluminöse Gestalt wie ein Cape aus Tüll, verharrte dann stocksteif. Die kleinen Blauen sausten unterdessen durch die Harfe, die an die Wand gerückt stand, dass es klang wie das Klirren von dünnen, unter Spannung zersplitternden Eisplatten. Sodann jagten sie einander in einem immer schnelleren Kreise um den Kronleuchter. Die blecherne Stimme sagte:

»Ob Sie, mein lieber Herr Neveu, Ihre persönlichen Interessen wohl jemals dem Wohle des Vaterlandes und dem Vorteil des Staates zu opfern verstehen werden?«

Zwei Köpfe wuchsen der blauen Erscheinung und bogen sich an langen Hälsen, bis je ein Geistermund vor je einem Ohr des Königs Halt machte. Sie sah damit aus wie eine dickbauchige Henkelvase. Die Lippenpaare an den obersten Henkelenden bewegten sich, und wir hörten:

»Armleuchter!«

Hamlets Vater war dagegen eine Schwatzbase. Vom vielarmigen, dreistöckigen Lüster erscholl ein mehrstimmiges Geistergebell, wie Kinderlachen.

Die beiden grauenhaften Kopfhörner verschmolzen flugs mit dem Rest der Lichtgestalt, die als blauer Rauchring in die Höhe fuhr. Der Kronleuchter, in dem sich das Licht fing, loderte auf wie ein brennender Dornbusch. Tausend Elmsfeuer funkelten im kristallenen Geäst. Ein grauenhaftes Lachen war zu hören, und das Haus erbebte erneut, diesmal so heftig, dass sich der Parkettfußboden an mehreren Stellen hob, wodurch eine kleine Ausbuchtung entstand, die Harfe bedrohlich schwankte und ein Buch aus dem Regal fiel. Dann war alles Licht entschwunden. Es herrschte Totenstille.

11

Nach einigen Sekunden absoluten Schweigens und völliger Reglosigkeit hörten wir Schreie und Böller von draußen. Einige im Raum husteten, die Starre löste sich. Alles war vernebelt. Mein Nacken war so verspannt, dass es wehtat, als ich mich wieder rührte. Auch anderen ging es so, man reckte und streckte sich ächzend.

Jérôme, Prinz Louis Ferdinand, de Paul und Bonneheure zogen die schweren Fensterbehänge zur Seite und ließen kalte, frische Luft herein.

Draußen stand die Menge vergnügt beim heißen Punsch im Garten. Das bunte Feuerwerk brannte eben ab, und so wünschten wir einander schreckensstarr ein gutes neues Jahr, so falsch das nach dem eben Erlebten auch klingen mochte.

Die Normalität des Wunsches erfrischte. Auch das sehr irdische Röcheln des Dieners Karl neben dem Kamin diente der allgemeinen Ernüchterung. Karl konnte sich an nichts erinnern. Heim untersuchte ihn. Keine Blessuren. Vom weißen Schleim, den wir gesehen hatten, fand sich keine Spur mehr. Auf die Frage des Arztes kam heraus, dass sein Geisterahn ihn schon manches Mal würgend und um die Besinnung bringend heimgesucht hatte.

»Klarer Fall von Fallsucht«, konstatierte Heim.

Der Kronprinz hielt die Hand der Kronprinzessin. Beatrice de Grève und de Paul waren bei der Harfe und schoben die etwas herausgesprungene Lade wieder hinein, doch sie klemmte. Sie suchten das Instrument gemeinsam umzudrehen, was nicht eher gelang, bis Göttler ihnen zu Hilfe eilte. Er zog die Brauen hoch, als er die aufgesprungene Lade sah.

Der König lag in den Armen der Rietz. Der Polizeichef klopfte, und man öffnete die Haupttür des Salons. Auf dem Treppenabsatz stand eine bullige Gestalt in Polizeigewahrsam: der Polterer, der über uns herumgelaufen war! Polizisten und Lakaien kamen herein, die auf Geheiß mehrere große Standkandelaber im Raum verteilten und auch am Kronleuchter neue Lichter aufsteckten.

Der Magier und sein Sohn wurden abgeführt, nachdem man das Hilfsmittel des Betrugs entdeckt und hinausgeschafft hatte: eine elektrische Bastion aus mehreren Leydener Bouteillen unter dem Podest mit dem Schädel und dem Kruzifix als Drehschalter. Die Leitung führte zu Dampmartins Sitzplatz. Einen Metallfaden hatte er in jeder Hand gehalten, selbst durch dünne Lederhandschuhe vor der Elektrizität geschützt.

Arrat und Dampmartin waren klammheimlich zur Tür geschlichen und wollten eben hinausschlüpfen, da sich niemand um sie zu kümmern schien, als Distel plötzlich neben ihnen stand und süffisant bemerkte:

»Halt, halt, meine Herren!«

Arrats Gesicht wurde zur Fratze. Er suchte Distel derb ins Gesicht zu schlagen, doch der duckte sich und schlug seinerseits den Angreifenden zu Boden, der daraufhin schmerzgekrümmt auf dem Parkett lag. Einige Polizeioffiziere traten in den Raum und leisteten Distel Beistand.

»Es lebe die Republik! Vive la revolution!«, schrie Dampmartin und warf mit einem trotzigem Schwung des Kopfes sein schwarzes Haar nach hinten.

Er machte einen verzweifelten Versuch, sich durch die Tür

zu drängen, doch es war vergeblich. Nach kurzem, heftigem Gemenge landeten seine Hände in Fesseln. Auch Arrat wurden jetzt Handschlingen angelegt, und der Polizeichef verkündete in strengem Amtston:

»Niemand verlässt den Salon!«

»Hört, hört!«, brauste Wöllner auf. »Wie komme ich zu der Ehre, Ihren polizeilichen Verdacht zu erregen?«

Bischoffwerder und die Hoheiten schienen sich das Gleiche zu fragen und ließen ihre Blicke zwischen dem obersten Polizisten der Stadt und seinem obersten Vorgesetzten, dem König, hin- und herwandern. Distel stellte mit geschäftigem Ton richtig:

»Die ehrenwerten Mitglieder dieses erlesenen Zirkels stehen selbstredend außerhalb jedwelchen Verdachtes. Indessen hat eine der anwesenden Damen nicht nur äußerst genau und zielsicher den schmählichen Betrug vorausgesagt, dessen Zeuge wir wurden – von allen beiherspielenden Geistesüberreizungen und nebulösen Irritationen einmal abgesehen, die ich nur der üblen Ausdünstung im Raume zuschreiben kann –, sondern auch eine weitaus schwerwiegendere Behauptung geäußert, deren Erörterung an Ort und Stelle mir mehr als dringlich erscheint. Eine Behauptung, so möchte ich hinzufügen, die unter Umständen eine Enthauptung nach sich zieht. Von daher ist Ihre Gegenwart nicht ganz unpassend, Herr Justizminister!«

»Starkes Stück – mögen hören!«, sagte der Kronprinz.

»Warum die Eile?«, fragte Bischoffwerder.

»Weil sich möglicherweise ein dreifacher Mörder in unserem Kreis befindet, in dem ich Sie nichtsdestotrotz nun bitten muss, wieder Platz zu nehmen!«, forderte Distel die verwirrt herumstehende Gesellschaft auf. Arrat und Dampmartin setzte man hinzu. Dem alten Diener Groth, oder Karl, wenn man will, wurde einsam ein weiterer Stuhl an-

gewiesen. Jeder schaute jeden an, mit einer beispiellosen Mischung aus Furcht, Gleichgültigkeit, Entsetzen, Todesverachtung und abgründigem Misstrauen.
»Gnade Gott uns armen Sündern!«, sagte Wöllner.
Im Übrigen herrschte beklommenes Schweigen. Mir stieg die Röte ins Gesicht, als der König fragte:
»Wer ist die Dame, die solche Mutmaßung äußerte?«
Er blickte zu Beatrice de Grève, die lakenblass auf ihrem Stuhl saß und den neben ihr befindlichen Bonneheure wie den Teufel zu scheuen schien. Der König blickte zur Kronprinzessin, die die Schultern zuckte, und schließlich zur Rietz.
Sodann richteten sich die Blicke aller auf mich ...
»Marquise – verraten Sie uns, was Sie behauptet haben?«, fragte der König.
In meiner Verzweiflung sah ich tausend Bilder vor mir ablaufen. Es war mir, als hätte ich gar nichts behauptet. Oder hatte ich doch? Polizeipräsident Distel stieg in meiner Achtung ungemein, als er mir aus der Verlegenheit half:
»Sie haben, Marquise, mir die Vermutung nahegelegt, dass hier vor etwas mehr als drei Wochen ein Raubmord geschah. Ich kann vorausschicken, dass die Briefe, die Ihnen eines der Mordopfer schickte, wirklich Hinweise darauf enthalten, dass etwas Wertvolles im Spiele war. Und ich bin durch Ihre Andeutungen hinreichend überzeugt, dass das betrügerische Spiel der Herren Arrat und Dampmartin nicht nur auf einem Versuch beruht, Ew. Majestät Geld statt in die löblichen Zurüstungen von Malmaison in die Taschen der Revolution oder gar in die eigenen zu stecken.«
»Bei unserer Ehre als Revolutionäre: *das* nie!«, rief Dampmartin und zerrte an seinen Fesseln.
Distel beäugte ihn scharf und fand den Faden wieder:

»Wir haben allen Grund zur Annahme, dass diese Herren Exekuteure des französischen Revolutionstribunals sind, welches unter dem Deckmantel des *Volonté générale* nun im Auftrag des *Comité de salut public* alle Feinde der Revolution beseitigen soll!«
Die beiden strafften sich, wendeten aber nichts dawider ein, sodass dieser Punkt für ausgemacht gelten durfte. Ich musste anerkennend feststellen, dass Distel seine Hausaufgaben gemacht und sich erfolgreich seiner Lehrzeit in Paris entsonnen hatte.
»Was behaupten Sie genau, Marquise?«, fragte der König. »Raubmord? Etwas Wertvolles im Spiel? Was für ein Spiel wurde hier gespielt? Ich hörte von Harfen auf Schultern?«
Jérôme drückte meine Hand, um mich zu ermutigen, das Wort zu ergreifen. Ich würgte den Kloß in meinem Hals hinunter und begann:
»Ew. Majestät, ich bin untröstlich, dass ich unversehens zur Überbringerin schlechter Nachrichten werde, doch mir scheint, ich darf nicht länger schweigen!«
Der König machte eine leicht überdrüssige Handbewegung. Doch etwas in seinem Gesicht zeigte mir, dass er durchaus mehr zu erfahren wünschte. Ich hatte erwartet, dass er nach der so missglückten Zitation am Boden zerstört wäre, doch er war standhafter als gedacht.
»Bitte erklären Sie sich nur, Marquise! Sie werden einen interessierten Zuhörer in mir finden.«
Verzweifelt suchte ich mir die Fingerzeige der Erscheinung des alten Königs vor Augen zu führen. Bruchstückhaft leuchteten sie auf. Doch je mehr ich mich an diese Rätselsprüche zu erinnern versuchte, desto klarer wurden mir die eigenen Gedanken. Und so hob ich also an und sagte:
»Die drei Toten hatten Harfen auf den Schultern, und sie suchten nach dem, was die Harfe verkörpert – nach Rein-

heit! Sie waren Anhänger der Lehren Swedenborgs und beschworen die Geister der toten Franzosenkönige. Die Tataus waren Mitgliedszeichen der *L'école d'absolu*!«
Wöllner und der König bekreuzigten sich.
»Im Exil wieder glücklich vereint, nachdem sie auf getrennten Wegen dem Mahlstrom der Revolution entgangen waren, setzten sie ihr Tun in diesen alten, ehrwürdigen Mauern fort. Und sie hatten, anders als die Betrüger heute, ein wirkliches Kleinod, das sie hüteten wie ihren Augapfel und das ihnen bei den Beschwörungen zur Bündelung der geistigen Kräfte diente. Diese waren einzig darauf gerichtet, die französische Krone wieder erstarken und das Königtum in seine alten Rechte eingesetzt zu sehen.«
Gebannt blickte der König mich an.
»Was, glauben Sie, war das für ein Kleinod?«
»Ich weiß es nicht, doch was es auch war – es lag hier im Raum versteckt. In der Wohnung des Comtes.«
Ich wartete auf eine Erleuchtung. Und siehe da, sie kam:
»An einer Stelle des Parketts, die ohnedies schadhaft war und die sich vorhin gehoben hat!«
Ich verließ den Kreis der Stühle und ging zu der Stelle nahe beim Eingang, wo das Versteck im Boden eingelassen war. Der Diener sah mich hündisch an. Was hatte die Erscheinung gesagt: *Wo einmal nichts ist, kann später etwas sein, das gilt für Verstecke wie für Vorsätze ...* Ein bereits durchsuchtes Versteck ist bekanntlich das sicherste.
»Hier ...!«
Ich machte Anstalten, die Parkettzöpfe zu lösen, was durch die Aufstülpung sehr leicht war. Da sprang Bonneheure auf und rief flehentlich:
»Bitte tun Sie das nicht!«
Ein schlechter Versuch, mich von etwas abzubringen. Der denkbar schlechteste, da bin ich wie ein Kind. Wenn je-

mand sagt, tu's nicht, so tu ich's, und zwar sofort – es sei denn, der Bittende heißt Jérôme. Ich hatte mein Ziel rasch erreicht, die Öffnung war geschaffen, der Deckel mit den beiden Grifflöchern gehoben, und was ich fand, war …

»Oh, ein Brief!«

Es war der Liebesbrief, den Anne de Pouquet an Bonneheure geschrieben und den dieser in einer Anwandlung des Schmerzes hatte verbrennen wollten. Er musste ihn später aus Sentimentalität doch noch hier hineingelegt haben.

Distel war hinzugetreten und untersuchte die Höhlung. Desgleichen tat der Kronprinz:

»Druckkreis auf Samt, rot, eine Handspanne breit. Könnte von einem Ring oder einem Reif herrühren. Was für ein Brief? … Ah – riecht amourös!«

Er griente pikiert. Der Polizeichef dagegen hielt sich die Hand, mit der er den Kreis ausgemessen hatte, über den Kopf. Jérôme zischte etwas, aber ich verstand ihn nicht genau, nur das Wort *ohne*. Ich wollte mich nicht aus dem Konzept bringen lassen und sagte zu Bonneheure:

»Falls sie Ihnen darin von mehr als von ihrer Liebe schrieb, müssen Sie gestatten, dass ich ihn lese.«

Er lächelte gequält und sagte zum König:

»Ich versichere Ew. Majestät, dass ich nichts unterdrücken wollte, was der Polizei hätte helfen können. Aber es waren der Schmerz und die Scham, die mich blind machten. Ich weiß nicht, warum sie mir all das schrieb. Kann nur schließen, dass sie mich wirklich liebte und mir ihre Herkunft und ihr Handeln zu erklären suchte … Sie selbst wollte, dass ich den Brief verbrenne, doch ich brachte es nicht übers Herz.«

Er tat mir leid, sodass ich hinzufügte:

»Ich werde ihn leise lesen … bis auf die Passagen allgemeinen Interesses.«

Jérôme zog mich am Ärmel, aber ich wehrte die Störung ab und überflog das Schreiben ... und erstarrte. Verdammt! Die scheue Anne de Pouquet ... Ich hätte den parfümierten Fetzen am liebsten in der Luft zerrissen. Der Inhalt brannte sich mir ein, und man darf sicher sein, dass ich den Tonfall richtig wiedergebe, obzwar die Formulierungen in der Erinnerung zweifellos etwas an Schärfe gewonnen haben dürften.
»Falsche Schlange!«, zischte ich unwillkürlich.
Anne de Pouquet hatte sich tatsächlich eines Incognitos bedient, wie ich es bei Grandeville behauptet hatte. Ich war verstört, erstaunt und verletzt darüber, dass sie sich mir nicht zu erkennen gegeben hatte. Doch weit schlimmer: Sie hatte sich auf denkbar abschätzigste Weise über mich und Jérôme geäußert und unsere echten, warmen Gefühle ihr gegenüber auf das Schmählichste ausgenutzt:

Du sollst alles wissen und Dich nicht grämen. Es ist unmöglich, dass ich Dich eheliche. Denn ich bin nicht die, die ich vorgab zu sein. Aber ich will, dass Du mich verstehst, denn Deine Liebe hat mir mehr bedeutet als vieles in diesem schrecklichen Jahr ... Ich hatte mich über die Hintergründe der gescheiterten Flucht Ihrer Majestät durchaus informiert, um die schlimmsten Fehler bei der meinigen zu vermeiden: So war es nicht nur der angenommene Name einer de Pouquet, der mich vor Entdeckung schützte, sondern auch die Gesellschaft, in der ich reiste. Es waren gefallene Landadelige von schwer erklärlicher Herkunft und noch viel unklarerem Ziele, korrumpiert in vielerlei Hinsicht, nicht eben royal gesinnt, doch auch nicht gänzlich eins mit dem jakobinischen Mob ...

Ich glaubte, meinen Augen nicht zu trauen.
»Bodenlos unverfroren! Das hinterhältige Ding!«, entfuhr es mir angesichts dieser perfiden Falschheit.
Ich riss mir den Seidenschal vom Hals, den ich ihrem einstigen Besitz entnommen, dann aber mich zusammen und den Brief wieder vor die Augen. Mit erkalteter Stimme las ich weiter vor:

Doch immerhin brachten sie mich sicher nach Berlin, und ich kam auf dieser unbequemlichen Fahrt, die bei aller Armseligkeit immerhin den Vorteil relativer Unbetroffenheit vom absoluten Bodensatz des Daseins hatte, sogar einmal, auf Vermittlung eines Schreibers, den die gesunkene Marquise von früher kannte – bei einer Redoute im hübschen Park eines Provinzfürsten – in den Genuss, die künftige Kronprinzessin von Preußen zu sprechen.
Ohne mich zu erkennen zu geben …

Ich stockte, denn was dort stand, konnte ich unmöglich vorlesen, und las nur:
»… ein blutjunges zauberhaftes Geschöpf …«
Das Folgende ließ ich weg und setze es jetzt hinzu: *»… will sagen: ein törichtes, vertändeltes Ding. Die alten Könige sind nicht mehr, und alles, was uns bleibt, sind ihre Geister. Ihnen allein habe ich mein Leben gewidmet, seit die Barbaren mir den Mann geraubt.«*
Die Frau, die sich mir als Anne de Pouquet vorstellte und meines Mannes und meiner Obhut anvertraute, weil sie sich bei uns armen gefallenen Landadeligen sicher wähnte – ich erklärte es laut: »… war die Duchesse de Roux!«
Beatrice de Grève wurde rot vor Erregung.
»Nein!«

»Der Duc hat sie geheiratet, als sie siebzehn war. Sie war seit je *seine mystische Muse, das innerste Brennglas aller Erscheinungen ...*«
Das waren ihre Worte, und ich musste die Schönheit der Formulierung neidlos anerkennen. Zugleich war mir nun klar, wer ihr in den Tagen vor Weihnachten erschienen war und sie in einen solchen Gefühlstaumel versetzt hatte: der Geist ihres Gatten!
»Alphonse Dampmartin und der Comte de Mâconnais-Rambouillon wurden von ihrem Mann zu ihren Beschützern bestimmt, doch sie trennten sich. Geheimen Zeichen folgend, die nur ihnen ersichtlich waren, trafen sie sich in Berlin wieder. Nahmen die Beschwörungen wieder auf. Doch dann geschahen Dinge, die aller spirituellen Versenkung und Konzentration entgegenliefen.«
Die Zuhörer rückten unruhig auf ihren rotgoldenen Polsterstühlen.
»Die Duchesse sah sich von zwei Männern verehrt, beide weit unter ihrem Stand: von Ihnen, Monsieur Bonneheure, das hat sie Ihnen in diesem Brief gestanden, um ihnen zugleich mitzuteilen, dass man einander niemals anders als im Geiste lieben dürfe, und von Ihnen, Monsieur de Paul! Das füge ich hinzu, da Sie es mir gestanden. Ihren wahren Namen indes finde ich hier erwähnt, denn die Duchesse suchte ihre Bekanntschaft, um Sie in einer prekären Angelegenheit um Hilfe zu bitten! Monsieur de la Maupadé! Sie bot Ihnen eine Menge Geld. Wer wäre da nicht schwach geworden.«
Ich sah, wie sich aller Augen weiteten, und hörte, wie der König den Namen auf der Zunge wog wie Kaviar.
»De la Maupadé ... ?«
»... dessen neueste Komposition wir heute hören durften, so ist es! Ein Kompositeur, dem man noch im letzten Jahr in Paris und in Versailles zu Füßen lag.«

Ich fühlte, wie mir nun doch ein wenig die Knie weich wurden. Seit Stunden hatte ich nichts gegessen und getrunken.
»*Der* de la Maupadé?«, fragte der König unsicher.
»Sehr richtig. Hier im Exil nannte er sich anagrammatisch *Amadé de Paul*!«
Der Kompositeur war kalkweiß und verneigte sich ungelenk im Sitzen. Ich klammerte mich an die Seiten:
»Zugleich aber fiel der Comte, den ihr Gatte, der Duc, lange wie einen Sohn behandelt und am Ende gar wirklich adoptiert hatte, vom rechten Gottes- und Königs- und Geisterglauben ab. Er plante, das zu verkaufen, was …«
Ich ließ das Blatt sinken, denn Jérôme zischte erneut, und diesmal verstand ich ihn:
»Eine Krone!«
Er hielt die Hand über den Kopf und deutete auf das Loch im Boden. Der Schleier war gefallen, jetzt sah ich die Lösung auch.
»Was?«, fragte der König.
»Was haben Sie gesagt, meine Teure?«, fragte die Kronprinzessin.
»Wie meinten so trefflich?«, fragte der Kronprinz.
»Eine Krone!«, sagte ich erleichtert. »Die Krone des ersten Königs der Franzosen: die Krone der Valois!«
»Potz!«, entfuhr es dem Kronprinzen, und ich sinnierte, da mir die Worte Zelters einfielen:
»Der Duc de Roux soll sie verwahrt haben, doch man hat ihre Existenz bestritten.«
»Wie soll sie denn hierhergekommen sein, werte Marquise?«, fragte die Kronprinzessin.
»Und wo ist sie jetzt?«, wollte die Hausherrin wissen.
Der Inhalt des Briefs war weiter nur in einem Punkte von Belang, den ich noch aufzusparen gedachte. Was die Frage der Kronprinzessin betraf, bedurfte ich keiner Hilfestel-

lung der falschen Anne. Ich entsann mich der letzten Unterredung mit Dampmartin:

»Als seine Tage gezählt waren, übertrug der Duc die Verantwortung über die Krone dem Bruder von Philippe Dampmartin, dem Goldschmied Alphonse Dampmartin! Diesem erschien der Duc noch nach dem Guillotiniertwerden als Geist und mahnte ihn, das Erbe der Könige zu bewahren. Dampmartin, bei der Ehre seines Berufes, dachte nicht im Traum an einen Diebstahl. Er tat sich mit dem Ex-Abgeordneten Gaston Armand Comte de Mâconnais-Rambouillon zusammen, der ebenfalls zu des Ducs Anhängern zählte. Sie flüchteten mit der Krone und brachten sie heil in diese Zuflucht hier.«

Es war kalt geworden im Raum, und meine letzten Worte verhallten wie im Theater, vom kondensierenden Atem umspielt. Es wurde Zeit, die Schlinge zuzuziehen, daher fragte ich Dampmartin ganz unverblümt:

»Sie wussten von der Krone und wollten sie stehlen! Für die Revolution! Um sie einschmelzen zu lassen oder mit mehr Gewinn noch zu verkaufen, wie der Mann es vorhatte, den sie ermorden sollten!«

Dampmartin schüttelte energisch den Kopf und sah Arrat erschrocken an, der daraufhin erklärte:

»Von diesem Geheimnis haben wir nichts gewusst. Der treue Schmied, mein unwerter Bruder, hätte es beinahe mit ins Grab genommen.«

»Wenn was nicht passiert wäre?«, fragte ich zunehmend ungeduldig.

»Wenn Sie nicht eben von ihr erzählt hätten, Marquise … Ich bin schon sehr gespannt darauf, wie Sie die Frage von Madame de Grève beantworten werden!«

»Ich auch!«, sagte diese und wiederholte: »Wo ist sie? Ihre angebliche Krone?«

Ich ließ mich nicht aus der Ruhe bringen und setzte meine Ausführungen fort:
»Der Beschluss, die Feinde der Revolution zu töten, wo man sie auch träfe, führte Sie, Monsieur Arrat, und Sie, Monsieur Dampmartin, hierher. Und einer von Ihnen, der gern Kaffeebohnen kaut, wenn ihm langweilig ist, stand unten in der Mordnacht, unter einer verschneiten Ulme, und lugte herauf zu den hell erleuchteten Fenstern dieses Salons, während hier die Beschwörung im Gange war und Anne de Pouquet sich die Krone des ersten Königs von Frankreich aufs Haar drückte ...«
Die Offiziere fassten Arrat fester.
»Haben Sie die Morde begangen?«, fragte ich.
»Nein!«, rief Arrat aus.
»Waren Sie allein?«
»Ja. Ich wollte ja nur beobachten, was droben vor sich ging. Dampmartin und ich waren erst einen Tag in der Stadt. Es reichte gar nicht für einen Plan. Wir hatten mit Not herausbekommen, wo das Schwein wohnte!«
»Der Comte?«
»Ja!«
Beatrice de Grève durchmaß den Kreis und ohrfeigte Arrat.
»Erbärmliche Kreatur!«
Arrat ließ ein schmutziges Lachen hören. Der König deutete mit lautlosem Applaus sein *Bravo* an. Die erzürnte Kämpferin für die Gegenrevolution kehrte auf ihren Stuhl zurück.
»Was ist das für eine Verletzung an Ihrem Hals?«, fragte ich. »Bitte nehmen Sie den Verband ab!«
Arrat entfernte sein Tuch, und ein schwacher Bluterguss zeigte sich.
»Ich erhielt einen Schlag.«
»Von wem?«

»Von einem Mann, der das Haus eilig verließ. Ich hörte Schreie zuvor. Gesehen hab ich wenig, nur die Gestalt einer Frau an einem der Fenster. Sie schrie und suchte es zu öffnen – es war die Duchesse, wie man jetzt wohl sagen kann. Ich sah Schatten über die Wände laufen, dann erloschen die Lichter. Ich wollte hinein und sehen, was los war, doch noch ehe ich an der Tür war, kam einer heraus. Ich spürte seine Handkante dort, wo Sie den Verband bemerkten, und verlor die Besinnung.«

Die, die warten, seindt meist nicht die, die handeln. Ich blickte auf die Schuhspitzen Göttlers, sah ihn gemeinsam mit Beatrice de Grève und Amadé de Paul alias de la Maupadé die Harfe an die Wand schieben, dabei sehr um die aufgegangene Lade mit dem Gewicht besorgt ...

Und mit einem Mal, wie in einem bewegten Bild, welches entsteht, wenn man einen Bildstreifen rasch durch die Zauberlaterne schiebt, sah ich den Ablauf in der Nacht vom achten auf den neunten Dezember vor mir. Bildlich gesprochen, versteht sich, und ich begann, laut zu denken:

»Der Mann, der Monsieur Arrat in jener Sonntagnacht mit der Kante seiner starken Hand zu Boden streckte, um unerkannt zu entkommen, hatte Schuhe mit breiten Vorderkanten. Er war im Haus, bevor die Beschwörung begann. Er verschwand später durch den Park, ich nehme an, in der ersten Stunde des Montags. Seine Fußspur war eine von zweien, die vom Haus wegliefen, die andere war die Arrats. Er hat Erfahrung im Töten mit der Hand! Und Material für die Schlingen hat er in seiner Werkstatt. Metalldrähte. Sehr einfach und praktikabel. Schneiden gut ein und sind leicht zu transportieren.«

»Erfahrung im Töten mit der Hand? Metalldrähte? Von wem sprechen Sie, Marquise?«, fragte der Polizeichef.

»Was gab es bei Ihnen an Weihnachten?«

»Was meinen Sie?«
»Was gab es zu essen?«
»Wie? Oh, Hasenbraten«, sagte er ganz treu.
Göttler schoss wie ein aufgescheuchter Feldhase nach vorn und rannte, nachdem er den schmächtigen Wöllner, der sich ihm voll Gottvertrauen in den Weg stellte, wie einen Futtersack zur Seite geschleudert hatte, auf die Fenster zu. Er sprang auf die Brüstung und riss einen Flügel auf. Man hörte den Aufschrei der Menge draußen. Seine breiten Schuhspitzen wankten, als ein hinzugesprungener Polizist ihn nach hinten zu zerren versuchte.
Göttler schlug ihn brutal zu Boden, verlor aber dabei das Gleichgewicht und stürzte hinaus ... Doch Jérôme und ein Mann von Distels Truppe packten ihn noch im Augenblick des Abgleitens am Schlafittchen und konnten ihn festhalten. Er schrie wie am Spieß, als sie ihn hereinwuchteten und den neuesten Griff der Berliner Polizei anwendeten. Sie winkelten ihm den rechten Arm rücklings bis zum Anschlag an, nachdem er auch dem zweiten Polizisten einen mächtigen Hieb in die Seite versetzt hatte, der diesen noch wochenlang an diesen Tag erinnern sollte.
Der Aufschrei der Menge, die das Geschehen am Fenster von unten mit angesehen hatte und einen Anschlag auf den König vermutete, schwoll noch einmal an. Der König zeigte sich kurz am Fenster, ebenso die Kronprinzessin und der Kronprinz, woraufhin der Argwohn in untertänigsten *Vivat*-Rufen zerfloss.
Göttler war inzwischen mit gebundenen Händen und Füßen wieder auf seinen Stuhl gesetzt worden. Ich wies den Polizeichef auf die Schuhe hin, die exakt meinen Vermessungen und Beobachtungen im verschneiten Park entsprachen. Sie gehörten zur Spur, die vom Palais wegführte. Auf dem Hinweg war Göttler über die vordere Treppe gekom-

men. Er hatte vielleicht schon länger im Haus gewartet. Es bot genügend Möglichkeiten des geheimen Aufenthalts.
»Wen haben Sie ermordet?«, herrschte Distel den Gefesselten an. »Den Comte? Die Duchesse? Den Goldschmied? Einen, zwei, alle drei? Wer hat Ihnen geholfen, falls Ihnen einer half?«
»Das kriegst du nicht mit glühenden Eisen raus«, stieß Göttler hervor, rot vor Wut.
Der König sah fragend zu mir, und ich fuhr fort:
»Die Krone verkaufen zu wollen, wohl wissend, dass sie das Einzige war, woran das Herz der Duchesse wahrhaft hing, das war des Comtes verhängnisvoller Fehler! Die Krone war der einzige geweihte Schlüssel zur Geistersphäre und somit zu ihrem verstorbenen Mann, ihrem unsterblichen Geliebten! Die Duchesse plante den Tod des Comte.«
»Verkaufen? Die Krone? Unfassbar!«, entrüstete sich Beatrice de Grève. Sie sprang auf, setzte sich wieder.
»Ihn zu ermorden? So dumm war sie nicht ... Wäre sie ... Hatte sie nie ... Hätte ...«, stotterte de la Maupadé.
Auch der Außen- und der Justizminister, die sich zur Untersuchung des Verstecks der Krone erhoben und sich leise beraten hatten, nahmen wieder Platz.
Ich überflog noch einmal den Brief. Es war das deutliche Zeugnis des rundweg verstörten Geistes einer Herzogin, die eine Zeitlang so getan hatte, als suchte sie meine Freundschaft ... Das Eingeständnis seiner Schande wollte ich Bonneheure nicht abnehmen.
»Die Duchesse de Roux hat nicht *Sie* um Hilfe gebeten, Monsieur Bonneheure, ihr bei der geplanten Beseitigung des Comtes zu helfen. Weshalb nicht? Sie fühlten sich ihr doch viel mehr und inniger verbunden als Monsieur de la Maupadé alias de Paul, der sie nur einmal oder zweimal sah?«
Bonneheure wand sich wie ein Wurm.

»Sie wollte mich nicht in diese Niederungen ziehen ... Ihr Gefühl für mich sollte nicht von der Befleckung durch ein solches Verbrechen betroffen werden ... Von einem Mord war nie die Rede! Sie wollte dem Comte nur einen Denkzettel verpassen! Und sie wollte die Krone an einem sicheren Ort verbergen – vor ihm.«

»Ich begreife es nicht!«, brach es aus Distel hervor, den das Unwissen quälte wie ein Hieb mit der neunschwänzigen Katze. »Die Duchesse wollte des Comtes Plan vereiteln, die Krone zu veräußern. Warum bat sie nicht einfach den Goldschmied um Hilfe, ihn zu bestehlen? Oder ihn zur Räson zu bringen?«

Er hatte tatsächlich in seiner Erregung ein französisches Wort verwendet.

Zur Vernunft!, wollte ich sagen. *Zur Vernunft?*

»Das wäre sehr naheliegend«, sagte ich. »Der abtrünnige Comte, der die Krone zu hartem Gold machen will, statt weiter mit ihrer Hilfe Frankreichs Könige im Geisterreich anzurufen und den Goldvorrat schwinden zu sehen, wird von seinen beiden vormaligen Gefährten aus dem Weg geräumt oder doch mit sanfter Gewalt eines Besseren belehrt. Aber hätte dann ohne Not ein Außenstehender mit hineingezogen und die Gefahr des Entdecktwerdens risikiert werden müssen?«

Ich blickte zu Göttler.

»Zu zweit gegen einen, das hätten die Duchesse und Alphonse Dampmartin mit List und Tücke schon geschafft, wenngleich der Goldschmied klein war und die falsche Anne de Pouquet schwächlich ... Aber der Harfenbauer passt nicht ins Bild.«

»Meine Liebe«, sagte plötzlich die Kronprinzessin, »es lastet mir schlecht auf dem Gewissen, wenn der arme Mann dort so lange leidet!«

Sie zeigte auf den Diener Karl, der sich kaum auf dem Stuhl halten konnte, auf den man ihn gesetzt hatte.
»*Schlechtes Gewissen ist unser Schlupfloch*«, extemporierte ich und musste an die Erscheinung des blauen Königs denken.
»Was sagten Sie? Ich dachte, man könnte den Ärmsten vielleicht hinausbringen?«, fragte die Hoheit.
Mir aber ging ein blaues Licht auf.
»Oh, gestatten Sie, Hoheit, dass ich dem Ärmsten noch eine Frage stelle?«
»Aber schonen Sie ihn bitte, meine Liebe!«, sagte sie. »Er hat schon genug durchlitten.«
Dies nun, ihn zu schonen, gedachte ich mitnichten zu tun, denn wenn ich das Wort des Geistes richtig interpretierte, so war es das schlechte Gewissen des Dieners, durch das er – der erste alte Diener seines Staates – ins Diesseits geschlüpft war. Groth wusste etwas. Und er hatte es verschwiegen. Doch nicht umsonst.
»Das schlechte Gewissen lockt die Übel an und die Geister, Herr Groth. Wie ich hörte, haben Sie viel Geld für das Schlösschen vorm Frankfurter Tor bezahlt. Es ist ein gut gehender Betrieb, und der jetzige Besitzer will fünftausend Taler Ablösung. Hat man jemals von einem Bediensteten gehört, der genug zusammensparte, um sich selbstständig zu machen? Ich wäre die Letzte, die dem Glück Ihres Alters im Wege stehen möchte. Indes frage ich mich, da Sie weder etwas erheiratet, noch etwas geerbt haben: Woher haben Sie dieses Geld?«
Ein Häufchen Elend jetzt, krampfhaft um Haltung bemüht. Der Ärmste … Distel herrschte den Mann an:
»Fünftausend … nun, das ist eine Menge. Dafür muss ein alter Diener lange Lichter putzen! Herrgott, Mann – heraus damit: Was haben Sie dafür getan?«

Groth war stocksteif geworden. Er kämpfte mit den widerstreitenden Gespenstern seines einst loyalen Gewissens.

»Hat sich kaufen lassen!«, schnarrte der Kronprinz. »Red er, Mensch! Könnte ihm das Gewissen kurieren! Muss er keine Geister mehr sehen!«

»Ich verspreche ihm, dass er so schmerzlos wie möglich …«, begann der König, hielt aber inne, als die Rietz ihm in die Seite stieß.

»Gnade, Ew. Majestät! Ich schwieg für das Geld. Doch mein Schweigen brachte keinem den Tod!«

Er hatte es herausgeschluchzt.

»Richtig!«, rief ich. »Aber was haben Sie gehört? Was gesehen? Und – wo?«

»Ich hörte und sah etwas, das ich nicht hätte hören und sehen sollen … Meister Göttler war tags darauf, nach der grauenhaften Nacht, bei Madame de Grève. Sie lachten, denn Göttler sagte, es habe gut gebrannt, das Haus, es sei eine rechte Bruchbude gewesen.«

»Alphonse Dampmartins Haus?«

»Ja.«

»Es ist zwar gotteslästerlich, sich am Schaden anderer zu belustigen, aber kein Verbrechen. Was noch?«, mischte sich nun Wöllner ein.

»Ich sah, wie sie die Krone an ihren neuen Ort brachten.«

Alles sperrte die Augen auf, und ich fragte:

»Wer waren *sie*?«

Distel fasste Groth beim steifen Kragen, der König ihn bei seiner Ehre:

»Es kann Ihr Gewissen entlasten und Sie davor bewahren, zum Wiedergänger zu werden!«

Groth senkte den Blick und sagte:

»Meister Göttler, den Herrn Kompositeur und Madame de Grève!«

Beatrice de Grève sprang auf. Sie lachte schrill, sah de Paul mit schreckgeweiteten Augen an und schrie:
»Verleumder! Wie können Sie es wagen, so einen haarsträubenden Unsinn zu erzählen?«
»Madame de Grève? Ich dachte, die Duchesse ...«, ächzte Distel und wandte sich an mich: »Sagen Sie, Marquise: Von welchem Verbrechen sprechen wir jetzt eigentlich?«
»Nehmen Sie Platz, Madame!«, beschwichtigte der Prinz von Preußen die erboste Hausherrin.
Widerstrebend ließ sie sich wieder auf den Sitz ziehen.
»Anne de Pouquet war nicht sehr helle, wenn sie sich einbildete, in Monsieur de la Maupadé einen tatkräftigen Helfer zu finden«, sagte ich. »Ein verschuldeter Komponist, der überdies nur einer Frau hörig war: Beatrice de Grève, einer Royalistin und Harfenistin von Format ...«
Ich sah sie zittern und erklärte:
»Wir sprechen von dreifachem Mord, zum Zwecke der Entwendung und gemeinschaftlichen gewinnbringenden Veräußerung eines Juwels von nationaler Bedeutung für Frankreich, von der Dame dort drüben und gemeinschaftlich begangen von dem Mann, der neben ihr sitzt, Monsieur de la Maupadé, ihrem Geliebten, sowie dem Harfenbauer Valentin Göttler!«
»Ha! Aus welchem Grund denn? Sie delirieren ja!«, hauchte die de Grève in böser Wut erstarrt, und ihr Blick war ein zielloses Flammenzüngeln.
»Zweck dieses Raubmords«, fuhr ich ungerührt fort, »war die private Sanierung der Lebensverhältnisse dieser Dame und dieses Herrn. Ironie des Schicksals, dass Ew. Majestät der harfenspielenden Auftraggeberin der Harfenmorde auch noch kostenlos das Haus renovieren ließen.«
»Das beweisen Sie mir!«, loderte sie herüber.
»Ich werde Ihnen zeigen, was für ein Unsinn es wäre, sich

noch zu wehren oder zu leugnen!«, sagte ich und genoss die Blässe in ihrem Gesicht. »Bitte helfen Sie mir!«, wandte ich mich an Distel und ging zur Harfe hinüber.
Wir drehten das Instrument herum.
Ich deutete auf die klemmende Lade im Fuß und bat den Polizeichef, sie herauszuziehen. Das schwere Instrument hatte ein wenig geschwankt beim Konzert, das war mir durchaus nicht entgangen. Das konnte nur heißen, dass es am Standgewicht haperte. Nach einiger Mühe hatte Distel Erfolg, und ins Quietschen des verkanteten Holzes mischte sich sein Aufschrei:
»Mon d… Pard… Äh! Da hol mich doch …!«
Wir waren wie geblendet. Wo normalerweise nur Gewichte steckten, war er hineingezwängt: ein Reif aus Weißgold mit siebzehn daumennagelgroßen Diamanten. Es war das Kostbarste, was ich jemals in Händen hielt, als Distel es mir gab, damit ich es betrachten konnte. Es gleißte und glitzerte im warmen, sanften Kerzenschein.
»Was ist … Wie kommt das … Wer hat mir das …?«
Beatrice de Grèves Versuch zu leugnen war so erbärmlich, dass ich ihn am liebsten überginge. Ich hielt ihr die Krone vor die Augen, und wie wahnsinnig schnellte sie hoch, um sie mir zu entreißen. De la Maupadé sank in sich zusammen. Beiden wurden die Hände gebunden.
»Warum?«, rief der König, während ich der Kronprinzessin den Diamantreif anvertraute, die mir ein *Touché*! zuraunte, bevor sie das Schmuckstück ihrem Mann gab, der es dem König überreichte.
»Einzig und allein des Geldes wegen, Majestät! Wegen nichts sonst …«, sagte ich, und es schauderte mich mehr vor dem schnöden Mammon und seiner verderblichen, todbringenden Dimension als vor jedem altpreußischen Schreckgespenst.
»Dies Verbrechen färbt die Vorsatzblätter ihrer Notenwerke

blutrot«, sagte die Kronprinzessin und hielt die Partitur der ihr gewidmeten Kammermusik mit spitzen Fingern hoch.
»Ich glaubte stets, ein guter Menschenkenner zu sein, doch das ... doch das ...«, stammelte der König.
Vorsatzblätter! Jetzt wusste ich, weshalb sich de la Maupadé so intensiv um die Ausgabe des Parry bemüht hatte. Wie hatte es der hilfreiche Geist formuliert: *Wo einmal nichts ist, kann später etwas sein, das gilt für Verstecke wie für Vorsätze ...*
»Lassen Sie aus de la Maupadés Wohnung hier nebenan ein gebundenes Notenwerk heranschaffen!«, sagte ich zu Distel und beschrieb einem seiner Leute die Parry-Ausgabe.
Mit der flachen, warmen Unterseite der metallenen Feuerschale, in der zu diesem Behuf nochmals etwas Alkohol entflammt wurde, konnte ich vor den erstaunten Augen des Auditoriums einen Teil des herzoglichen Testaments zum Vorschein bringen. Auf den ersten Blättern jenes Buches, das ich vor Tagen vergeblich untersucht hatte, war mit Geheimtinte geschrieben:
»Und so stelle ich es meinem über alles geliebten Eheweib anheim, gemeinsam mit dem von mir an Sohnes statt angenommen Gaston Armand Comte de Mâconnais-Rambouillon und dem Kronjuwelier Alphonse Dampmartin, die heilige Krone der Franzosen in ein besseres Leben hinüberzuführen und tapfer im Gebet die Reinheit zu suchen. Dein Stiefsohn mag für sich selbst sorgen, denn er ist nicht mittellos. Dir aber werde ich für die Ungelegenheiten bei der Ansiedlung im Ausland eine Summe von 100 000 Livres in Kurant zum Zehrpfennig anvertrauen. Höre indes, meine Liebe, auf meinen Rat: Nimm Quartier wie ein Bettelweib ... Es schont nicht nur Dein Portemonnaie, sondern auch Dein Leben! Die jakobinischen Teufel werden überall nach Dir suchen! So ich es vermag, werde ich auf Dein

Rufen erscheinen, und nichts wird uns dermaleinst daran hindern, wieder vereint zu sein! Gebe uns Gott ein Wiedersehen von gleich zu gleich! Lass uns im Geisterreich aufs Neue heiraten!«

»Haben Sie die anderen Teile des Testaments gefunden? Oder nur vermutet?«

»Verdammt, mach's Maul auf, Franzmann!«, polterte Distel, zügelte sich aber rasch, als er Jérômes grimmige Miene sah. Zwei Beamte nahmen de la Maupadé wie einen verstockten Ketzer in die Zange, bis er mit der Wahrheit herausrückte.

»Die falsche Pouquet zeigte es mir, um mich von der Existenz der Krone zu überzeugen. Der Comte wählte stets ein neues Versteck, sodass sie mir nicht einfach sagen konnte, wo sie war. Das hätte manches vereinfacht ...«

Ich will dem Schurken nicht mehr Raum zu Verlautbarungen geben, als nötig. Er hatte auch die anderen Teile des Testaments gesucht, um selbiges in Gänze zu vernichten. Vermutend, dass auch beim Goldschmied etwas Kompromittierendes zu finden sein könnte, zündete er Dampmartins Unterkunft kurzerhand an. In der schäbigen Kate der mittellosen Herzogin kam er fast zu spät, hier musste er mir kurzzeitig den Preis zugestehen. Als er aber den Parry schließlich doch ergattert hatte, siegte seine musikalische Ader über die Furcht, und er ließ das teure Werk heil.

Der Polizeichef begann, nach Einzelheiten des Herganges zu fragen. Der Kronprinz wollte seine Frau hinausbringen, doch sie beharrte darauf, nicht wie ein Kind behandelt zu werden.

»Die Duchesse vertraute Ihnen, als Sie hier hereinkamen«, sagte Distel zu de la Maupadé. »Ich nehme an, dass sie als Erste dran war. Haben Sie sie erdrosselt? Oder war es Göttler?«

»Sie erhielt keinen Schlag, war also bei Bewusstsein. Sie lief noch zum Fenster und muss geschrien haben«, ergänzte ich, »das haben sowohl Monsieur Arrat als auch die Hausmädchen gehört!«
Das steinerne Gesicht de la Maupadés blieb unbewegt, als er antwortete, mit den Händen eine imaginäre Harfensaite um einen imaginären Hals legend, und Heim will in seiner Stimme ausbrechenden Irrsinn gehört haben:
»Sie sah ihn noch als Gespenst … ihren Mann. Doch trotz ihrer Empfänglichkeit für das Treiben der Spektren blieb ihr die Wahrheit der Kunst verborgen! Meine Kompositionen … hat sie nicht verstanden, sie hat sie falsch gespielt … Sie erzählte mir von der Krone, sie wollte, dass ich sie stahl, während der Zitation! Sie wollte ihren Stiefsohn geschont wissen, und auch Dampmartin, den Goldschmied! Sie wollte die Krone für sich, wollte sie selbst bewahren … Ich und mein Helfer sollten nur jeweils tausend Taler für ein paar rüde Schläge bekommen. Doch ich sah die Zukunft, die in der Krone für Beatrice und mich steckte. Ein Königtum für meine Kunst! Geld ist Leben für die Kunst! Eine Närrin war sie! Ich würgte selbst den Ort aus ihr heraus, an dem angeblich ihr vieles Geld versteckt war, bevor ich mit Göttler die Krone zu Beatrice brachte …«
»Wo war es versteckt? Das bare Geld? Im Garten draußen, unter einem Baum? «
»Zur Hölle mit den Gespenstern der Duchesse! Es gab kein Bargeld! Der Comte hatte das seine aufgebraucht, und ihr verdammter Wechsel war nichts wert! Hätten wir sie nicht getötet, sie hätte uns gar nicht bezahlen können … Und jetzt, wo wir's haben, bleibt uns nur der Strick …«
Er zog einen wertlosen Fetzen aus seiner Fracktasche. Wahrlich hätte niemand noch irgendeinem Pariser Bankhaus vertraut, auch nicht Becker & Becker, Rue de Geoffrin …

»So war die Sache also eigentlich die«, resümierte die Kronprinzessin, »die Herzogin hatte kein Geld, der Comte nur noch Schulden, und sie sah den Verkauf der Krone tatsächlich herannahen! Sie hätte sich nie von ihr getrennt! Ob sie nun den Stiefsohn und den dritten im Bunde nur betäubt wissen wollte, oder nicht – von ihr ging die Sache aus. Sie engagierte Sie, Herr Komponist! Madame de Grève kam hinter die Kronengeschichte, weil sie mit Ihnen insgeheim liiert war. Sie beide zogen den Handwerker Göttler hinzu. Und warum das alles? Wegen des Geldes! Während die Herzogin, Gott hab sie selig, nur Idealistin war!«
»Nein, Hoheit, nicht wegen des Geldes!«, rief de la Maupadé. »Wegen der Musik! Einzig und allein wegen der Musik! Auch wir sind Idealisten! Es lebe die Musik ... die wahre und einzige Kunst, die höchste Vollendung der Kunst ... Es lebe meine Musik!«
Beatrice de Grève hatte ihn während dieser Worte verklärt betrachtet. Dann sah sie starr nach vorn, wiegte den Kopf und rettete sich ins innerliche Repetieren eines Musikstückes, wie ich ihrem Mienenspiel ansah.
Und Göttler, mit einem leisen Lachen, das sich steigerte zum Crescendo, sagte:
»Hasenherzen ... Was für eine Idee, die Geister heraufzubeschwören, um sie zu besänftigen. Wer Geister heraufbeschwört, der wird von ihnen erdrosselt!«
Aus Überführten wurden Abgeführte.
»Blaues Blut – blauer Geist!«, sagte Heim. »Ich werde einen Artikel über die Farben der Geister im Jahrbuch der Akademie veröffentlichen: *Über die Spektralfarben der Spektren.*«
Auf meine Frage nach seinen Vorsätzen fürs neue Jahr antwortete er lakonisch:
»Ausschlafen!«

12

Der Januar des Jahres 1794 verlief kalt und klar. In Berlin vergisst man schnell, daher war von den Morden kaum weiter die Rede. In der Donnerstagausgabe der *Berlinischen Neuesten Nachrichten* wurde nur kurz über das gelungene Feuerwerk berichtet:

> Das von Seiner Kgl. Majestät ausgerichtete Neujahrsschießen der Kasachen, die seit vielen Jahren kgl. Pyroneure sind und bei keinem Hoffest des Preußischen Königshauses fehlen dürfen, wo achtbare Höhenfeuer abbrennen, fand ebenso freudige Zustimmung wie der von Seiner Kgl. Majestät in bewährter Freigebigkeit gespendete königliche Neujahres-Punsch im Garten des ehemals Vernezobre'schen Palais', das nunmehr wieder in königlichen Besitz übergegangen ist. Seine Kgl. Majestät hegt die Absicht, dort eine Blatternschutz-Anstalt einzurichten, zu welchem löblichen Endzwecke der Kgl. Leibarzt Heim, der jüngst auf kgl. Geheiß eine erste, überaus erfolgreiche vorbeugende Punktation gegen diese Geißel der Menschheit in der Friedrichstadt ins Werk setzte, alle seine Kräfte einzusetzen gedenkt.

Auch eine kleine Ehrenrettung konnte man lesen, die so formuliert war, dass weder dem König noch dem Polizeichef größere Zacken aus der Krone fielen:

Die im verwichenen Monat zum Zwecke ihres eigenen Schutzes in löblicher Vorsicht von der kgl. Polizei in Gewahrsam genommenen Herren R. Ballé und F. Bertrand werden im Palais des Kronprinzenpaars die Ehre haben, eine Kammer-Komposition für Flöte und Violine von der Hand Seiner Kgl. Hoheit des Prinzen von Preußen zur Aufführung zu bringen. Eintritt: 30 Groschen. Der Erlös dieses und weiterer Konzerte von gleicher Art wird den Grundstock einer Unterstützungskasse für die zahlreichen in Berlin lebenden ehemaligen Hofmusiker aus Frankreich vermehren helfen, welche Seine Kgl. Majestät höchstselbst, die mit gutem Beispiel vorangingen und 1 000 Reichstaler eingelegt haben, ins Leben riefen.

Unter der Hand kursierten natürlich die wildesten Gerüchte, doch über die wahren Hintergründe der Harfenmorde verlautete öffentlich kein Wort. Von Distel erfuhr ich später, dass der Magier und sein Sohn tatsächlich mit der Truppe der Kasachen aus Dresden gekommen waren, eigentlich aber aus der Spandauer Vorstadt stammten. Auch berichtete er mir, dass der Bruder des Comtes, Frédéric de Mâconnais-Rambouillon, der Schlächter von Nantes, von Robespierre persönlich den Auftrag erhalten hatte, den kultischen Zirkel zu zerschlagen. Sei es nun, weil er zu viele andere zu töten hatte, sei es, weil er den Bruder nicht hoch genug schätzte, um ihn umzubringen, oder weil ihn doch das Gewissen biss – um wenigstens den Brudermord sein zu lassen, hatte der Beauftragte seinerseits zwei seiner Spießgesellen nach Berlin geschickt.
Arrat und Dampmartin, selbst auf der Abschussliste des Wohlfahrtsausschusses und bestrebt, sich durch willfährige Morde wieder das Wohlwollen der Jakobiner-Oberen zu erwerben, wurden wegen des versuchten Betrugs in Span-

dau festgesetzt, wo sie noch saßen, als Napoleon in Berlin einzog. Der kleine dicke Korse verkündete eine Amnestie für alle Franzosen …

Im Falle des Dieners Groth ließ der König Gnade vor Recht ergehen, wiewohl einige böse Zungen wissen wollten, mit dieser Begnadigung wäre nur dem Umstand Rechnung getragen worden, dass der Galgen bei der Ludergrube weit draußen vor dem Oranienburger Tor in *des Teufels Lustgarten* ein dreischläfriger sei.

Die Exekution fand unter breitestem Volkszuspruch statt und war eine der letzten großen Belustigungen dieser Art im vergangenen Äon – größer als die Höppner'sche, wenn auch noch nicht so groß wie die diesjährige Horst'sche. Beatrice de Grève, Valentin Göttler und Felicien de la Maupadé »schliefen« in aller Öffentlichkeit volle dreißig Tage der ewigen Verdammnis entgegen.

Was aus dem königlichen Gegenstand wurde, um dessentwillen die drei letzten Reinen im roten Salon hatten sterben müssen, das weiß ich nicht. Er wird den Weg aller Reichtümer gegangen sein, die unser damaliger König kurzzeitig sein Eigen nannte. Eine Belohnung für meine Hilfe erhielt ich nicht, wohl aber eine Einladung zum Konzert meiner Verfolger.

Der alte König ist tot. Auch die damalige Kronprinzessin und spätere Königin weilt schon seit zehn Jahren nicht mehr unter den Lebenden. Es lebe ihr Ehemann, unser jetziger König!

Apropos Ehemann — mein Jérôme wird heute eintreffen, ich spüre es … Der Mond ist groß und schön, und ich denke an die herrlichen Nachtfahrten, die wir im Ballon unternahmen, in Nächten mit dem runden lunaren Sonnenspiegel als Leitgestirn.

Hundertmal schon sah ich das Blinken der Kutsche, hörte das Getrappel der Hufe, und dann war es nur eine Fata Morgana. Jetzt werde ich ihm auf der langen Allee entgegenschlendern, zum Haveldamm hinüberschauen, die Luft genießen und mich von den goldenen Oktoberblättern der noch sommerlich rauschenden Linden beschneien lassen. Und wenn ich so bis Paris laufen müsste, ich würde nicht innehalten! Ach Jérôme …

HISTORISCHE STICHWORTE

S. 12

Kronprinzessin Luise ... Als König Friedrich Wilhelm II. 1793 Luise von Mecklenburg-Strelitz und ihre Schwester Friederike zum ersten Mal sah, war er »... so frappirt von ihrer Schönheit, daß ich ganz außer mir war, als die Großmutter sie mir präsentirte. Ich wünschte sehr, daß meine Söhne sie sehen möchten und sich in sie verlieben [...] Ich machte mein Möglichstes, daß sie sich öfter sahen und sich recht kennen lernten. [...] Sie gaben sich das Jawort und die Versprechung wird bald vor sich gehen, vermuthlich in Mannheim. Der älteste heirathet die älteste und der jüngste die jüngste.« Die Doppelhochzeit wurde für die Weihnachtstage 1793 vereinbart. Die schönen Bräute wurden festlich eingeholt, am 24. und 26. Dezember war Hochzeit. Die Berliner liebten die siebzehnjährige Luise wegen ihrer natürlichen, zugänglichen Art. Die Gräfin Sophie Marie von Voss, die mit vierundsechzig Jahren zur Oberhofmeisterin Luises ernannt worden war, hatte ihre liebe Mühe mit dem Wildfang. Luises Schmähungen (gegenüber Gerardine geäußert) sind aus dem brieflich überlieferten originalen Wortlaut entwickelt. Fünf Jahre jünger als ihr Mann, war die Kronprinzessin ein ziemliches Kind. Sie tanzte gerne, las wenig, verwechselte die Könige, hatte kein Zeitgefühl und kleidete sich französisch-revolutionär. Luise tat alles, eine preußische Marie Antoinette zu werden, was ihr im kleinen Rahmen auch gelang. Das erste halbe Jahr in Berlin verlief äußerst turbulent. Die Kronprinzessin eilte von Fest zu Fest und klagte in ihren Briefen über zu wenig Schlaf wegen der endlosen Bälle und Redouten. Aus den ersten Wochen in Preußen datiert ihre Affäre mit Prinz Louis Ferdinand, dem Onkel dritten Grades ihres Mannes. Zwischen Luise und Friedrich Wilhelm kam es zu handfesten Streitereien über ihre Tanzlust, ihre Vergnügungssucht und das unpreußische Spätaufstehen ... Von einer *großen Szene* am 22. März 1794 zwischen ihrem Mann und ihr berichten die Chronisten: Anlass war eine Unpünktlichkeit Luises. Im vorliegenden Text wird der Beginn des Flirts zwischen ihr und Louis Ferdinand vorverlegt; realiter datierte er eher in die ersten Januartage (da der schmucke Prinz Luise während des Karnevals oft zum Kutschfahren abholte) und zog sich wohl bis ins Frühjahr 1794 hin. Kulminationspunkt scheint Luises Geburtstagsfest am 10. März 1794 gewesen zu sein. »Massenbach erzählt, daß sie noch Jahre später blutrot geworden sei, als in einem Gespräch ... die Rede auf Prinz Louis Ferdinand kommt, und er ihn ein Chamäleon nennt, der bei tugendhaften Frauen die Farbe der Tugend annimmt, bis er seinen Zweck erreicht hat.« (Merete van Taack: Königin Luise, S. 222 f.) Luises Beziehung zu Louis Ferdinand, wie innig auch immer, kühlt wieder ab, wozu auch ihre Schwangerschaft und ein beruhigender Potsdam-Aufenthalt beitrugen, in dem sie gezwungen ist, zu Hause zu bleiben. Da lebte sie dann im stillen Kämmerlein wie ein *Soldatenweib* (ihr Wort), während sich der Kronprinz auf dem Exerzierplatz vergnügte: »Ich gehe zu Bett mit den Hühnern, Küken und Kikerikis und stehe mit höchstdenenselben wieder auf.« Sechs Wochen lang bleibt das Paar in Sanssouci; unstreitig eine glückliche Zeit: »Ganz ohne Gêne und Etikette ... und ich fühlte das Glück ... nie lebhafter, als wenn ich von Berlin Nachricht bekam: heute ist großer Ball oder heut ist groß Konzert und Souper. Ach, da war ich vergnügt, mich an der Seite meines Mannes zu finden, in einer Linonchemise und ausgekämmte Haare, und ihm recht vorschwatzen zu können, wie sehr ich ihn liebte und schätzte, und dann so gegen sieben Uhr, gerade um die Zeit, wo die Tanzenden sich fürchterlich zerhabten und zersprangen um warm zu bekommen ...« (Merete van Taack: Königin Luise, S. 230)

S. 13

Dieses schreckliche 1793 ... 21. Januar: Hinrichtung König Ludwigs XVI. (zweite Phase der Revolution) – sofortige Konsequenz: Beitritt Großbritanniens, Spaniens, Portugals und der meisten deutschen und italienischen Staaten zur Koalition gegen Frankreich. *1. Februar*: Kriegserklärung Frankreichs an Großbritannien und Holland. *März*: Beginn des Aufstandes in der Vendée, in dessen Folge große Teile Frankreichs unter die Herrschaft der Gegenrevolution geraten. *10. März*: Gründung des Revolutionstribunals (Judikative), dessen Urteile nicht angefochten (kassiert) werden können. *18. März*: Die Revolutionsarmee verliert bei Neerwinden gegen österreichische Truppen. *6. April*: Einsetzung des Wohlfahrtsausschusses als Exekutiv- und Legislativorgan des Nationalkonvents, erster Vorsitzender ist Georges Danton. *4. Mai*: Das *Kleine Maximumgesetz* setzt Lebensmittelpreise staatlich fest, um Versorgungskrisen zu verhindern. *31. Mai – 2. Juni*: Aufstand der Pariser Sansculotten gegen den Konvent zur Durchsetzung radikaler Gleichheitsforderungen. *2. Juni*: Entmachtung und Sturz der Girondisten im Nationalkonvent durch die Pariser Nationalgarde. *24. Juni*: Die unter Führung Robespierres erarbeitete Verfassung des Jahres I der Republik wird angenommen; sie ist jedoch realitätsfern und kommt nie zur Anwendung. *13. Juli*: Jean-Paul Marat wird von Charlotte Corday ermordet. *26. Juli*: Die Todesstrafe für Kornaufkäufer, Schieber und Schwarzhändler wird beschlossen. *27. Juli*: Robespierre übernimmt den Vorsitz des Wohlfahrtsausschusses. *6. August*: Schändung der Königsgräber von St. Denis. Die Gebeine der französischen Könige werden in die Seine geworfen. *23. August*: Der Nationalkonvent verfügt die *Levée en masse*; Einführung der allgemeinen Wehrpflicht. *5. September*: Wohlfahrtsausschuss und Nationalkonvent bekennen sich zum Terror; Beginn der Terrorherrschaft. *17. September*: Gesetz über die Verdächtigen. Legalisierung der Verhaftung beliebiger Verdächti-ger. *29. September*: *Großes Maximumgesetz*; Festsetzung von Höchstpreisen für Lebensmittel. *5. Oktober*: Der Nationalkonvent beschließt den zweiten Republikanischen Kalender. *10. Oktober*: Unbeschränkte Vollmachten des Wohlfahrtsausschusses. *14. Oktober*: Der Prozess gegen die frühere Königin Marie Antoinette beginnt. *16. Oktober*: Verurteilung Marie Antoinettes zum Tode und Hinrichtung am selben Tag. *17. Oktober*: In der Schlacht bei Cholet erleiden die Aufständischen der Vendée eine empfindliche Niederlage durch die republikanischen Truppen. *24. Oktober*: Das Revolutionstribunal verurteilt die ersten Girondisten zum Tode und lässt sie am 31. Oktober hinrichten. *November*: Öffentliche Verbrennung der Reliquien der Heiligen Genoveva von Paris. *18. Dezember*: Der Artilleriehauptmann Napoléon Bonaparte wird, nach seiner Teilnahme an der Rückeroberung Toulons von den Briten, zum Brigadegeneral befördert. *19. Dezember*: Einführung der Schulpflicht und des kostenlosen Schulunterrichts.

S. 18

Kronprinz Friedrich Wilhelm, als steifer Stock verschrien … Friedrich Wilhelm, 1770 geboren, war schüchtern, jähzornig und wortkarg. Das Weglassen der Personalpronomina in der Militärsprache geht angeblich auf sein Vorbild zurück. Luise von Mecklenburg-Strelitz, die er am Heiligabend 1793 heiratete, gebar ihm zehn Kinder. Im

Kronprinzenpalais Unter den Linden in Berlin führten die beiden ein eher bürgerliches Leben. Angewidert vom moralischen Zerfall am Hofe seines Vaters, war König Friedrich Wilhelm III. sehr auf Sitte und Anstand bedacht. Dieser Eifer ging sogar so weit, dass er Johann Gottfried Schadows Prinzessinnengruppe versteckt aufstellen ließ, weil ihm Gattin und Schwägerin zu leicht bekleidet erschienen. Überhaupt zeigte er nur wenig Sinn für Kunst und Literatur. Seine Außenpolitik war, wie er selbst, zurückhaltend und gilt als Fehlschlag. Reformen im Inneren liefen nur sehr langsam an, Förderung der Schulen und Gleichstellung der Juden sind seine größten Leistungen. Die spätere Meinung über Friedrich Wilhelm, den Gerechten, fasste Friedrich Engels kurz und herzlos zusammen, in dem er ihn *einen der größten Holzköpfe* nannte, *die je einen Thron geziert.*

S. 19
So hinreißend wie Louis Ferdinand ... Prinz von Preußen, war der Kronprinz nicht ... Louis Ferdinand, der Neffe Friedrichs des Großen, sah gut aus und riss die Frauen zu Begeisterungsstürmen hin. Er hatte zeichnerische Begabung und war ein brillanter Klavierspieler. Seine Tante Amalie, die eine reiche Sammlung an Musikalien besaß und vom Bachschüler Johann Philipp Kirnberger in Kompositionslehre unterrichtet worden war, förderte seine Talente, wie auch sein Onkel Heinrich. Der Durchbruch zur Entfaltung der eigenen musikalischen Kreativität kam im intensiven Austausch mit Beethoven, der sein Klavierspiel nicht prinzlich fand, sondern *echt*, wie das eines *tüchtigen Klavierspielers*. Kurz war der Prinz auch Kompositionsschüler von Johann Ladislaus Dussek. Die Musik hätte sein Lebensinhalt werden können, wenn er darauf verzichtet hätte, sich kriegerisch hervorzutun. 1805 bewegte er neben anderen Friedrich Wilhelm II. zur Mobilmachung gegen Frankreich und fiel am 10. Oktober 1806 in der Schlacht bei Saalfeld, vier Tage bevor Preußen Bonaparte unterlag.

S. 23
Laternae magicae, die magischen oder Zauberlaternen ... »Die dadurch bewirkten Erscheinungen, sind eins der gewöhnlichsten und am meisten bewunderten Kunst=Stücke der natürlichen Magie. Sie ist bereits eine so bekannte Sache geworden, daß sie sich durch eine beygefügte Leyer, oder Orgel, jedermann auf der Straße unter dem Nahmen der Laterna magica anbiethet, ob sie gleich ehedem Schre-

cken und Entsetzen verursachte. Ihre Wirkung ist, die Zeichnungen und Farben kleiner Objecte, die man auf Glas=Streifen mit durchsichtigen Farben anbringt, an der weißen Wand etc. an einem finstern Orte groß nachzumahlen. Sie stellt eine vollkommen umgekehrte Cameram obscuram vor ... Die eigentliche Zeit, und von wem die Zauber=Laterne erfunden worden ist, ist nicht bekannt. Es ist wohl zu vermuthen, daß deren Beschaffenheit und Verfertigung in den ersten Zeiten als ein großes Geheimniß verborgen gehalten, und der erste Erfinder unbekannt geblieben ist. In der Mitte des 17ten Jahrh. hat schon der bekannte Künstler Jo. Franz Griendel von Ach, auf Wankhausen, dergleichen verfertigt und verkauft.« (Johann Georg Krünitz: Oekonomische Encyklopädie oder allgemeines System der Staats- Stadt- Haus- und Landwirthschaft, 1773 ff., Bd. 65, S. 467)

S. 26
Wenn Anne de Pouquet von Geistern sprach ... Die Sakralisierung des Königtums in Frankreich reicht ins 12. Jahrhundert zurück. Der *rex christianissimus* wurde mit himmlischem Öl gesalbt, welches Gott selbst dem Hl. Remigius gegeben haben soll. Die Vorstellung von den *zwei Körpern des Königs* geht auf spätmittelalterliche Quellen zurück. Dass der König einen sterblichen Körper und einen mystischen habe, der nie stirbt, ist Grundlage der nach dem Tod eines Monarchen verkündeten Devise *Le roi est mort, vive le roi!* Das Befragen der Toten, der Götter und der Geister ist so alt wie die Menschheit. Im Alten Testament etwa berichtet Saul, wie er eine Zauberin die Seele des toten Samuel beschwören ließ. »Ein eindrucksvoller Bericht über eine Totenbefragung findet sich in der Odyssee (11. Gesang, Nekya). Der auf dem Meere herumgetriebene Odysseus fährt an eine der Pforten des Totenreiches, opfert dort und gibt den Schatten der Toten vom Opferblut zu trinken. Von der Seele des toten Sehers Teiresias erhält er Auskunft über Heimkehr und über die Versöhnung mit seinem göttlichen Widersacher Poseidon. Aus den meisten Religionen sind Verfahren bekannt, um von den Göttern und Geistern eine Auskunft zu einem geplanten Vorhaben und vor allem zu schwierigen Entscheidungsfragen zu erhalten (Orakel und Divinationen). In den monotheistischen Religionen wurden diese Orakelverfahren verworfen, in anderen Religionen sind private und individuelle Orakelbefragungen häufig strengen Einschränkungen unterzogen. Doch ist das Bedürfnis der Menschen nach einer von höheren Mächten legitimierten Entscheidung oder Hilfe offensichtlich

so groß, dass sich Orakel und Divination in allen Kulturen und Religionen finden.« (Ingolf Christiansen, Rainer Fromm und Hartmut Zinser: Brennpunkt Esoterik. S. 20f.)

S. 38

Der Mensch wusste offenbar gar nichts über die Revolution … »Die ungeheure Erschütterung der Französischen Revolution wirkte sich zunächst in Preußen kaum aus. Man verglich zwar die Weiberherrschaft mit der zu Versailles – auch Ludwig XV. war ja der *Vielgeliebte* gewesen –, aber es blieb … bei derlei freundlichen Feststellungen. Während man in Paris die Welt in Brand steckte, herrschte in der Residenz an der Spree nur das Vergnügen. Man schimpfte auf die Günstlings- und Mätressen-Tyrannei und drängte sich zugleich zu den Empfängen im Königspalast, wo man die üppig besetzten Buffets plünderte. Der König zahlte auch großzügig die gesamte Beköstigung während des Karnevals und der öffentlichen Feste. Man hatte es ja – noch.« (Eberhard Cyran: Das Schloß an der Spree, S. 262)
»Zur Zeit Friedrich Wilhelms II. herrschte die größte Liederlichkeit, alles besoff sich mit Champagner, fraß die größten Leckereien, frönte allen Lüsten. Ganz Potsdam war ein Bordell; alle Familien suchten nur mit dem Könige, mit dem Hof zu thun zu haben, Frauen und Töchter bot man um die Wette an, die größten Adlichten waren am eifrigsten …« (Johann Gottfried Schadow, zit. n. Cyran, S. 271f.)

S. 43

In der Spukvilla der Äbtissin … Das Prinz-Albrecht-Palais (auch Palais Vernezobre genannt) war ein herrschaftliches Stadtpalais in der Berliner Friedrichstadt. Es befand sich in der Wilhelmstraße 102, schräg gegenüber dem östlichen Ende der Kochstraße. 1737–1739 im Auftrag des Sodatenkönigs für Baron Vernezobre de Laurieux errichtet, lag das dreigeschossige Haus anfangs ziemlich abseits in der Nähe der Stadtmauer. Der Park erstreckte sich bis zur heutigen Stresemannstraße. Nach dem Auszug der Vernezobres wurde es zunächst zum Sommerschloss der Äbtissin von Quedlinburg, der Prinzessin Anna Amalie von Preußen. Nach Amalies Tod 1787 wechselte es oft den Besitzer und diente etwa 1796 als Quarantänestation für die damals spektakuläre Pockenschutzimpfung des preußischen Kronprinzen Friedrich Wilhelm III. Danach verfiel es und wurde um 1830 vom Prinzen Albrecht von Preußen erworben, der es von Karl Friedrich Schinkel renovieren und umgestalten ließ. Ab 1928 wurde es

Gästehaus der Reichsregierung. 1934 zog der Sicherheitsdienst des Reichsführers SS in das Gebäude und nutzte es für das SD-Hauptamt und als Dienstsitz des Chefs der Sicherheitspolizei Reinhard Heydrich. Bei einem Luftangriff am 23. November 1944 wurde das Palais schwer beschädigt. 1955 wurden die auf dem Gelände befindlichen Gebäudereste und Trümmer abgeräumt. Der Chef des Hauses Hohenzollern, Prinz Louis Ferdinand von Preußen d. J., verzichtete 1961 auf die Besitzansprüche seiner Familie. Auf dem Gelände entsteht derzeit die *Topographie des Terrors*.

S. 77
Nach dem neuen Gesetz ... Aus dem *Gesetz über die Verdächtigen*: *Artikel 1.* Sofort nach Verkündung des vorliegenden Dekrets (17. September 1793) werden alle verdächtigen Personen, die sich auf dem Territorium der Republik aufhalten und noch in Freiheit befinden, in Haft genommen. *Artikel 2.* Als verdächtige Personen gelten: 1. alle, die sich durch ihr Verhalten oder ihre Beziehungen oder durch ihre mündlich oder schriftlich geäußerten Ansichten als Parteigänger der Tyrannen, des Föderalismus und Feinde der Freiheit zu erkennen gegeben haben; 2. alle, die sich nicht auf die durch das Gesetz vom 21. März dieses Jahres vorgeschriebene Weise über ihre Existenzmittel und die Erfüllung ihrer Bürgerpflichten ausweisen können; 3. alle, denen das Bürgerzeugnis verweigert worden ist; 4. die durch den Nationalkonvent oder seine Kommissare von ihren Ämtern suspendierten oder abgesetzten und nicht wieder eingesetzten Staatsbeamten, insbesondere diejenigen, die kraft des Gesetzes vom 12. August dieses Jahres abgesetzt worden sind oder noch abgesetzt werden müssen; 5. alle diejenigen vormaligen Adligen, ob Männer, Frauen, Väter, Mütter, Söhne oder Töchter, Brüder oder Schwestern, sowie Bevollmächtigten der Emigranten, die nicht dauernd ihre Verbundenheit mit der Revolution unter Beweis gestellt haben; 6. alle, die in dem Zeitraum zwischen dem 1. Juli 1789 und der Verkündung des Gesetzes vom 8. April 1792 emigriert sind, auch wenn sie in der durch dieses Gesetz gesetzten Frist oder auch früher nach Frankreich zurückgekehrt sind. [...] *Artikel 10.* Die Zivil- und Kriminaltribunale können bei Personen, welche wegen Vergehen angeklagt sind, betreffs derer eine Anklage für unstatthaft erklärt worden ist, oder welche von der gegen sie erhobenen Anklage freigesprochen worden sind, eine Aufrechterhaltung der Haft aus Verdachtsgründen und die Einlieferung in die oben genannten Haftanstalten verfügen, falls dies erforderlich erscheint.

S. 78

Wie man Bürgertreue nachzuweisen hat ... »Man muß 1. den Auszug aus dem Register der Nationalgarde von Beginn des Jahres 1790 an vorlegen, sofern man zu dieser Zeit Aktivbürger war; 2. Quittungen über die Abgaben für das Vaterland und die Steuern für die Jahre 1791 und 1792 vorlegen; 3. man darf nach dem 10. August nur noch ein Amt innegehabt und ein Gehalt bezogen haben; 4. man darf nichts gegen die Freiheit geschrieben haben; 5. man darf in keinem Club Mitglied gewesen sein, den die öffentliche Meinung geächtet hat, wie die Pariser Clubs der Monarchiens, Feuillants, der Sainte-Chapelle, von Massiau und Montaigu; 6. man darf aus keiner Société populaire ausgeschlossen worden sein, in Paris zum Beispiel nicht aus den Gesellschaften der Jakobiner oder der Cordeliers, im Zuge der Säuberungen; 7. man darf keine der offiziell verurteilten Petitionen unterzeichnet haben, in Paris zum Beispiel die der Achttausend und der Zwanzigtausend gegen die Überführung der Asche Voltaires ins Panthéon und gegen die Priesterehe, selbst wenn man seine Unterschrift sofort wieder zurückgezogen hätte.« (Der Scharfrichter. Das Tagebuch des Charles Henri Sanson aus der Zeit des Schreckens 1793–1794, S. 20)

S. 103

Zum Leidwesen des auf Unauffälligkeit bedachten Kronprinzen ... »Vorbereitungen für die Hochzeit und den neuen Hausstand wurden in einer Eile getroffen, daß ihm der Kopf schwindelte. *Unser Haus wird, ich wage es zu sagen, sehr hübsch, ich wage mich der Hoffnung hinzugeben, daß es Ihren Beifall finden wird.* Vergebens suchte der Prinz zu verhindern, daß die Bürger von Berlin einen feierlichen Einzug für die Prinzessinnen veranstalteten. Was er von dergleichen Aufwand dachte, hatte er Luise schon in einem früheren Brief geschrieben: *Solche Possen sind zu nichts nütze, als höchstens den Gassenjungen und den Herumläufern ein Schauspiel zu geben, wo sie ihr albernes, nichtssagenwollendes Geschrei anbringen können ... Ich würde die maussadeste abgeschmackteste Rolle dabei spielen.* Nun ließ sich nichts mehr dagegen tun, und er mußte sich fügen. Genauso unangenehm wie der bunte Aufzug bei der Einholung der Braut war dem Prinzen, daß aus Anlaß der Vermählung eine Illumination der Stadt, eine Festbeleuchtung mit bunten Lämpchen und Dekorationen, vorgesehen war. Er bat, kaum daß er in Berlin angekommen war, den König, die geplante Illumination zu verbieten und die wohlhabenderen unter den Bürgern aufzufordern, das für die Illumination vorgesehene Geld lieber für die Kriegswitwen und -waisen zu spenden, die der gegenwärtige Krieg ins Unglück gestürzt hätte.« (Thomas Stamm-Kuhlmann: König in Preußens großer Zeit, S. 90f.)

S. 109

Dass wir alle zu Gespenstern werden ... Im ausgehenden 18. Jahrhundert belebte sich der uralte Geisterglaube in Europa und wurde vielfältiger. Die erste Adaption der fernöstlichen Reinkarnationslehre durch Johann Georg Schlosser hat dazu ebenso beigetragen wie die Lehre Emanuel Swedenborgs, eines zuvor recht angesehenen, begabten und vielseitigen exakten Naturwissenschaftlers. Erst berichtete Swedenborg von »Gesprächen mit Engeln und Geistern«, die er angeblich geführt hatte, dann entwarf er eine völlig eigene Version vom christlichen Jenseits. In diesen ewigen Jagdgründen lebten sowohl einzelne Abgeschiedene als auch Geisterkollektive und teilten sich dem gottesfürchtigen Frager mit. Obwohl klare Köpfe wie Kant von diesen »Träumen eines Geistersehers« nichts hielten, waren Swedenborgs Auffassungen in den Salons beliebtes Thema. Schillers Romanversuch *Der Geisterseher* schildert den gedanklichen Morast, in dem sich derlei abspielte, und führt die technischen Hilfsmittel vor, die dabei gerne eingesetzt wurden: Elektrisiermaschine und Laterna magica. Bei den Geheimbünden gehörten *Geheime Obere* und Geister schon immer zum sine qua non ... Auch die sehr beliebten okkulten Kräfte des Magnetismus (ausgenutzt etwa vom Strahlentherapeuten Franz Anton Mesmer) wirkten allseits begeisternd. Der berühmte Hochstapler Cagliostro, dem Goethe den Ritterschlag einer Biographie erteilte, beschwor Geister mitunter durch Zuhilfenahme von Kindern als Medien. Auch wenn der Spiritismus erst im 19. Jahrhundert zu blühen begann, sind Tischklopfséancen bereits durch Lavater im Jahre 1795 bezeugt. Aus der Revolutionszeit stammt der Brauch, Tarotkarten zu Wahrsagezwecken zu legen. Unruhige, schreckliche Zeiten und Zeiten der Krise und Ungewissheit – beim Einzelnen wie im Allgemeinen – ließen (und lassen) die Scharlatane frohlocken, denn die Menschen hatten (und haben) gerade dann seltsamerweise viel Geld für Orakel übrig, die ihnen sagen, wie gut alles werden wird. Ein äußerst sicheres und daher sehr beliebtes Orakel in dieser Hinsicht war seit jeher das christliche Heilsversprechen mit oder ohne swedenborgianische Verstärkung.

S. 139
Einholen ist eben Bürgersache ... »Aus Potsdam, wo ihnen ein Festzug das Ehrengeleit gab, kamen die Prinzessinnen um ein Uhr mittags nach Schöneberg. Schon aus der Ferne von dem Jubelruf der Volksmasse begrüßt ... In Schöneberg ... standen von 10 Uhr morgens an die Zünfte, Gilden, Corporationen, um dem Staatswagen der Prinzessinnen bis nach Berlin voranzureiten. Sechs königliche Postsekretäre, an der Spitze von vierzig blasenden Postillionen, alle neu uniformiert, sollten den Festzug ... eröffnen. Daran reihten sich: ein Corps der Frachtfuhrleute, das Schlächtergewerk, die Schützengilde, eine Schar Berliner Bürgersöhne in altdeutscher Rittertracht, die vereinigten Brauer- und Brennergilden, zwei Züge der jungen Kaufleute und zum Beschluss die Kaufherren von den drei Gilden der Kaufmannschaft. Jenseits des Dorfes ... aufgestellt, machten sie mit gezogenem Degen zur Linken am Rande der Chaussee Front gegen diese hin; zur Rechten an der Fahrstraße hielt ein Teil der königlichen Garde du Corps in großer Uniform. ... Während hier dem Wagen ein neues Gespann von acht Pferden aus dem königlichen Marstalle vorgelegt wurde, zogen alle berittenen Corps in schmalen Reihen vorüber, ihre Führer nahten sich dem Kutschenschlage und baten die Prinzessinnen um die Genehmigung, ihnen vorreiten zu dürfen. / In Berlin wurden die Prinzessinnen am Potsdamer Tore von dem Magistrat empfangen; im Namen der Residenz hieß er sie willkommen. Die Leipziger Straße hinauf bis an die Ecke der Wilhelmstraße hatten sich die vier Kompagnien der bewaffneten Berliner Bürger-Brigade in zwei Reihen aufgepflanzt, sie begrüßten die Ankommenden mit klingendem Spiel. Tausende von Zuschauern füllten dahinter die Straße und die Häuser. Ein unaufhörliches Jubelgeschrei scholl den jungen Fürstinnen entgegen. Unmittelbar hinter ihrer Staatskutsche fuhr der Familienwagen mit der Großmutter, dem Vater und dem Bruder. / Die Wilhelmstraße entlang, bis dahin, wo sie Unter den Linden einmündet, waren zu beiden Seiten Geländer gezogen. Innerhalb dieser Barrièren standen die übrigen zweiundzwanzig Kompagnien der damaligen Berliner Bürgerwehr. In soldatischer Weise grüßten sie die Vorüberfahrenden, schwenkten dann von rechts und links zusammen und reihten sich dem Zuge an. / Der Brennpunkt, worin alle Strahlen der Festlichkeiten zusammenflossen, war Unter den Linden. Dort war eine prächtige Ehrenpforte errichtet. Sechzig Fuß hoch, vierzig Fuß breit mit drei Portalen nebeneinander: ein großes in der Mitte und zwei kleinere seitwärts. In dem mittleren,

dem Hauptportale, schwebte ein doppelter Brautkranz von frischer Myrte. An dieser Ehrenpforte standen dreißig Knaben von der französischen Kolonie, daneben vierundfünfzig Mädchen, Töchter Berliner Bürger, in weißen Gewändern mit grünen Kränzen in den Haaren. Aus ihrer Mitte wurde der Braut des Kronprinzen ein Festgedicht überreicht, dessen Verse von einem der Mädchen gesprochen wurden. Die natürliche Anmut des Kindes erfreute Luise so, daß sie sich zu ihm nieder neigte, es in die Arme schloß und küßte.« (Friedrich Adami: Luise, Königin von Preußen, zit. nach Merete van Taack: Königin Luise, S. 205 ff.)

S. 143
Unser vielgeliebter König ... Der Neffe und Thronfolger Friedrichs des Großen, Friedrich Wilhelm, war schon als Kronprinz für sein Lotterleben bekannt und hieß im Volksmund *der dicke Lüderjahn* oder *der dicke Willem*. 1774 wurde dem englischen Gesandten Harris über ihn berichtet, er habe allein in Berlin 300 000 Taler Schulden und ebenso viel im Ausland, sodass er *nicht einmal seine Wäscherin bezahlen* könne, und *alles mit Mädchen durchgebracht* habe. Nach einer unglücklich verlaufenen, da in beiderseitige Untreue mündenden Ehe mit der Prinzessin Elisabeth Christine Ulrike von Braunschweig-Wolfenbüttel wurde er mit Friederike Luise von Hessen-Darmstadt verheiratet, die für Nachwuchs im preußischen Königshaus sorgte. Sie musste die zahllosen Geliebten ihres Gatten kommentarlos ertragen. Wilhelmine Encke etwa, die er 1796 zur Gräfin Lichtenau erhob, galt von 1769 als von Friedrich II. gebilligte Hauptmätresse des Kronprinzen, dem sie fünf Kinder schenkte. Der früh verstorbene Alexander (das »Anderle«) war Friedrich Wilhelm II. so lieb, dass er ein Grabmal in Auftrag gab, welches Schadows Ruf als Marmorbildhauer begründete. Das 1790 fertig gestellte Werk steht heute in der Alten Nationalgalerie. Friedrich Wilhelm III. ließ später – als eine seiner ersten Amtshandlungen – die Hauptmätresse des Vaters verhaften und ihr den Prozess machen. Der *dicke Willem* war zum Glück nicht nur Verschwender, sondern auch ein großer Förderer der Künste. Seine Gebietserweiterungen bei zwei weiteren Aufteilungen Polens führten dazu, dass ein Drittel der Einwohnerschaft Preußens einst polnisch war. Sein wichtigster Beitrag zur europäischen Koalition gegen Frankreich ist der Frieden von 1795, den sein Sohn zum denkbar ungünstigsten Zeitpunkt wieder verspielte.

S. 149

Hätten wir gewusst, was er mit seinen Fragen bezweckte ... Johann Rudolf von Bischoffwerder beeinflusste Friedrich Wilhelm II. nachhaltig durch technisch ausgefeilte Methoden der Geister-Projektion, die er etwa im Charlottenburger Belvedere und in der Grotte seines Schlosses in Marquard zum Einsatz brachte. Er war bei Johann Georg Schrepfer, dem betrügerischen Dresdner Multitalent, in die Beschwörer-Schule gegangen und benutzte wie sein Lehrmeister doppelte Wände, Hohlspiegel, Laternae magicae und Glasharmonikas. Der leicht zu rührende König ließ sich von geisterhaften Bildern täuschen, die auf Rauch, Wasserdampf und Milchsamt geworfen wurden, wo sie lebendig wirkten. Ein Bauchredner stellte dem König unterdessen mit der Stimme der Geister (etwa Marc Aurels und Julius Cäsars) anheim, was in simplen Entscheidungsfragen zu tun sei. Krieg, ja oder nein? Pensionen für Staatsdiener, erhöhen oder kürzen? Ausgaben für Champagner erhöhen, ja oder ja ... ? »Als eines Abends ... der Prinz bei seiner Geliebten ... verweilte, rief ihn Bischoffwerder ab und führte ihn in ein entlegenes Haus, um ihn endlich an der langersehnten Unterhaltung mit abgeschiedenen Geistern teilnehmen zu lassen. ... Die Zauberei bestand darin, daß während der Beschwörungsformel und unter den nervenangreifenden Tönen einer Glasharmonika der geforderte Geist in dem Nebenzimmer leibhaftig sich so vor einen Hohlspiegel stellte, daß sein Bild von dem gegenüberliegenden Milchflor in dem dunklen Zimmer sichtbar wurde, in welchem der geängstigte Prinz ganz allein saß. Es war dem Prinzen gestattet worden, Fragen an die Abgeschiedenen zu richten, allein er war nicht imstande, auch nur einen Laut über seine bebenden Lippen zu bringen. Dagegen vernahm er von den heraufbeschworenen Geistern strenge Worte ...« (zit. n. Karl Eduard Vehse: Preußens Könige, S. 279f.)

S. 162

Versammelte des Geheimen Direktoriums ... In Berlin verbreitete seit 1775 der altschottische Obermeister der National-Mutterloge »Zu den drei Weltkugeln«, Johann Christoph Wöllner, rosenkreuzerische Gedanken unter den Freimaurern. U.a. war der Apotheker Martin Heinrich Klaproth Rosenkreuzer, sprich okkultistischer Alchemist, was ihn nicht hinderte, nebenbei das Uran und das Tellur zu entdecken. Berlin wurde Hauptstadt des »Orden vom Goldenen Rosenkreuz nach altem System«. Friedrich Wilhelm II. wurde am 8. August 1781 als Bruder *Ormesus* Mitglied der Gold- und Rosenkreuzer. Wöllner und Bischoffwerder veränderten den Orden von einer mystischen Organisation zu einem politischen und persönlichen Machtinstrument, sowohl gegen die lutherische Landeskirche als auch gegen die Aufklärung und eher kopflastige, wohltätige Bünde wie die Illuminaten. Adolph Freiherr Knigge, der dem Illuminatenorden Adam Weishaupts 1780 beitrat und ihn maßgeblich reformierte, war ein großer Widersacher Wöllners. Mit der Zeit fielen beide Orden in einen Wettstreit, in dem vor allem Knigge zu brillieren trachtete. In dem Traktat *Ueber Jesuiten, Freymaurer und deutsche Rosencreutzer* ging er mit den Gold- und Rosenkreuzern scharf ins Gericht. Neben Knigge war auch der Illuminat Johann Joachim Christoph Bode ein Gegner des Ordens, der 1788 mit seiner Schrift *Starke Erweise* geheime Rituale und Inhalte des Gradsystems der Gold- und Rosenkreuzer veröffentlichte. Schließlich kam es bereits im Januar 1787 zum *Silanum*: zur Stilllegung aller Ordensarbeit in den einzelnen Zirkeln. Als Grund wird vor allem die immer stärkere politische Ausrichtung genannt. Trotzdem war ein *Geheimes Direktorium* der Gold- und Rosenkreuzer (genannt: *Die Stillen im Lande*) bis 1793 aktiv. Weitere Ordensaktivitäten reichten nur noch bis in die Anfangszeit des 19. Jahrhunderts, bis auch hier die Aktivität völlig erlosch. Die heutigen Rosenkreuzersekten haben mit den älteren und ältesten Rosenkreuzern nicht viel mehr als den Namen gemein; ihr Wirken bleibt so opak, dass auch die Mitglieder einander nicht kennen, was für einen Geheimbund doch höchst unpraktisch ist.

S. 162
Nach dem grauenhaften Sakrileg von St. Denis … St. Denis war seit Hugo Capet Grabstätte fast aller französischen Könige. Am 6. August 1793 wurde die Basilika von Revolutionären verwüstet und die Gebeine der rund 160 dort beigesetzten Mitglieder des Herrscherhauses entweder gestohlen und in die Seine geworden oder außerhalb der Kirche vergraben. Nach Wiedereinsetzung der Bourbonen unter Ludwig XVIII. wurden die Grabmäler, soweit sie noch lokalisierbar und die Steine noch auffindbar waren, wieder errichtet und alle aufgespürten Knochenreste 1817 wieder in die Kirche gebracht. Allerdings war es nicht mehr möglich festzustellen, von welchen Personen noch Skelettteile vorhanden waren bzw. die vorhandenen zu identifizieren. So wurden sie gesammelt in zwei gemauerten Ossarien in einem Seitenraum der Krypta beigesetzt. Daher sind fast alle im Kirchenraum und in der Krypta sichtbaren Grabstätten leer. Nur die

später überführten Knochen von Ludwig XVIII. und von vier weiteren Blaublütigen ruhen heute dort: die von Ludwig VII., von Louise von Lothringen, von Ludwig XVI. und von Marie Antoinette.

S. 162

Fall von Cholet ... Im März 1793 begann in der Vendée ein Aufstand gegen die Revolution. Unter dem Zeichen von Herz und Kreuz kämpfte die Landbevölkerung gegen die Zwangsrekrutierungen des Pariser Jakobinerparlamentes. Die kirchen- und königstreuen Bauern im Westen Frankreichs, in der Bretagne und in der Vendée, dem Gebiet südlich der Loiremündung, hatten schon in der Auseinandersetzung um die Zivilverfassung des Klerus meist Partei für die eidverweigernden Priester ergriffen. Die für ihre Begriffe ungeheuerliche Hinrichtung des Königs am 21. Januar 1793 und die Massenaushebung von Rekruten für einen Krieg gegen die Unterzeichner der Pillnitzer Deklaration brachte das Fass zum Überlaufen. Der angezettelte Krieg traf die Bauern angesichts der Ernte- und Feldarbeiten besonders hart. Gegen die vom Konvent beschlossenen Aushebungen bildete sich eine zunächst siegreiche »Katholische und Königliche Armee« unter der Führung von jungen Adeligen, u.a. Henri du Vergier, Comte de la Rochejaquelein und Charles Melchior Artus de Bonchamps, der in der Schlacht von Cholet am 17. Oktober 1793 starb. Erst als die kampferprobten Truppen aus dem Osten Frankreichs in die Kämpfe eingriffen, konnte die katholisch-königliche Armee besiegt werden. Die Tatsache, dass die Regierungstruppen noch nach diesem Sieg einen brutalen Rachefeldzug durchführten, ganze Dörfer niederbrannten und deren Bewohner ermordeten, ist eine bis heute schmerzliche Erinnerung in derRegion.

S. 233

Die hohe Stunde der Mitternacht ... »Stunde (Mitternachts=), die Stunde von elf bis zwölf, auch von zwölf bis ein Uhr in der Nacht, die Geisterstunde, welche letztere Benennung sie daher erhalten hat, weil man gerade in dieser, dem betrachtenden und forschenden, so wie auch dem regen und geweckten Geiste des Menschen so zusagenden Zeit, wegen der tiefen Stille, die in der Natur herrscht, so manche Erscheinungen von unkörperlichen Wesen bemerkbar geworden sind, die theils Bezug auf den sie betreffenden Sterblichen hatten, auf ihn, dem sie begegneten, theils auch auf die Begebenheiten

Anderer, ja auf Regenten und Staaten. Daß dergleichen Erscheinungen unkörperlicher Wesen Statt gefunden haben und Statt finden, ist außer Zweifel, eben so, daß sich warnende und beruhigende Stimmen in Worten haben vernehmen lassen, doch nicht gerade immer um die genannte Zeit, auch oftmals am Tage im einsamen Zimmer. Woher diese Erscheinungen kommen, und nur bei einigen (wenigen) Menschen in der großen Wesenkette des Universums, ist freilich nicht zu erklären [...] Entfernen muß man hiervon aber Alles, was Aberglaube, List und Betrug schon so lange in der Welt auf Rechnung der genannten Erscheinungen aus dem Geisterreiche oder der unkörperlichen Welt getrieben haben, ja nicht das Göttliche mit dem Menschlichen verwechseln; denn dort leitet eine unsichtbare Hand die Erscheinung, und lenkt so den Menschen auf den Himmel, nur auf den Einfluß des Weltregierers in die Begebenheiten der Erdbewohner, und hier eine sichtbare, um den Menschen zu verführen und zu betriegen. Mehr hier zu sagen, erlaubt nicht dieser Artikel, der sich nur auf die Mitternachtstunde beschränkt, die allerdings etwas Eigenthümliches, nicht Erklärbares in ihrem Bereiche hat, auch dann, abgesehen von den übernatürlichen Begebenheiten, für den Beobachter, wenn sich in ihr nur die feierliche Stille der Natur offenbart, die Ruhe der durch den Schlaf bis zum neuen Tage Abgeschiedenen, die nur noch eine Mahnung von ihrem Daseyn durch den Wächterruf, Schlag der Thurmuhren, das Gepfeife und Gezische der Nachtvögel etc. haben.« (Johann Georg Krünitz: Oekonomische Encyklopädie oder allgemeines System der Staats- Stadt- Haus- und Landwirthschaft, 1773 ff, Bd. 177, 426.)

Alle historischen Kriminalromane von Tom Wolf

Königsblau – Mord nach jeder Fasson
ISBN 978-3-89809-009-4

Purpurrot – Tödliche Passion
ISBN 978-3-89809-013-1

Rabenschwarz – Zepter und Mordio
ISBN 978-3-89809-018-6

Schwefelgelb – Mörderische Kälte
ISBN 978-3-89809-019-3

Smaragdgrün – Teuflische Pläne
ISBN 978-3-89809-026-1

Silbergrau – Blutige Spiele
ISBN 978-3-89809-028-5

Goldblond – Verheerende Torheit
ISBN 978-3-89809-501-3

Muskatbraun – Zerstreute Gesellschaft
ISBN 978-3-89809-504-4

Kreideweiß – Letzte Schreie
ISBN 978-3-89809-512-9

Kristallklar – Mord à la carte
ISBN 978-3-89809-514-3

Alle Krimis ca. 272 Seiten, je 9,95 € [D]

berlin.krimi.verlag im www.bebraverlag.de